十萬
對敵劍

Fantastic Oriental Heroes

십만대적검

오채지
新무협 판타지 소설

십만대적검 4

오채지 新무협 판타지 소설

초판 1쇄 찍은 날 § 2013년 4월 25일
초판 1쇄 펴낸 날 § 2013년 5월 3일

지은이 § 오채지
펴낸이 § 서경석

편집부장 § 권태완
편집책임 § 어정원
디자인 § 신현아

펴낸곳 § 도서출판 청어람
등록번호 § 제1081-1-89호
등록일자 § 1999. 5. 31
어람번호 § 제2-2333호

주소 § 경기도 부천시 원미구 심곡2동 163-2 서경B/D 3F (우) 420-822
전화 § 032-656-4452팩스 § 032-656-4453
http://www.chungeoram.com
E-mail § chungeorambook@daum.net

ISBN 978-89-251-3274-7 04810
ISBN 978-89-251-3196-2 (세트)

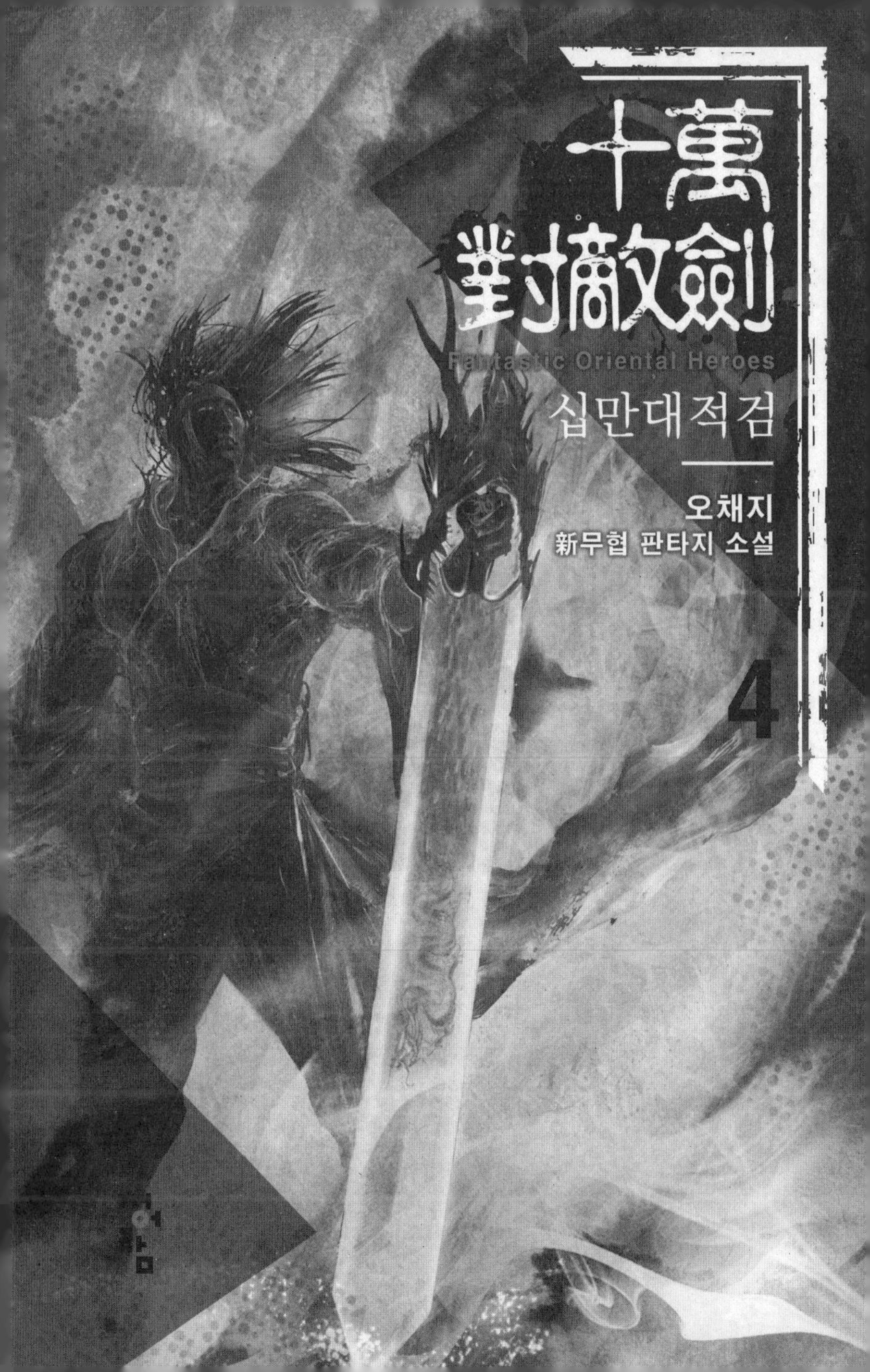
十萬
對敵劍
Fantastic Oriental Heroes
십만대적검
오채지
新무협 판타지 소설
4

目次

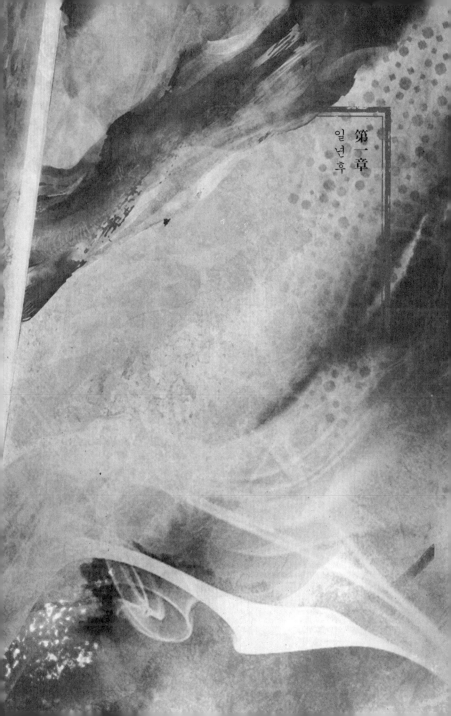

第一章

일 년 후

항주의 북검맹이 운중동을 습격, 은거해 있던 사마외도들을 일망타진하고 일부는 포로로 잡았다는 소문이 돌 무렵 대륙 곳곳에선 사공을 익힌 고수들이 대거 출몰하기 시작했다.

그들은 더 이상 숨어 지내지 않았다.

사공을 익혔다는 사실을 숨기지도 않았다.

그들은 무리를 지었고, 무림방파들을 습격하였으며 약탈과 살인을 자행했다. 오륙 년 전부터, 어쩌면 훨씬 이전부터 강호에 급속도로 퍼지기 시작한 좌도방문의 비급을 몰래 익힌 자들이 드디어 수면 위로 부상하기 시작한 것이다.

백도를 표방한 무림방파들과 협객들이 곳곳에서 사마외도들을 추격하고 척살했지만, 대륙 전역에서 동시다발적으로 출몰하는 그들을 상대하기에는 역부족이었다. 이 갑작스러운 상황에 중원무림은 큰 충격을 받았다.

그 무렵 한 가지 흉흉한 소문이 돌았다.

머지않은 시일에 무림사를 통틀어 한 번도 경험해 보지 못한 무시무시한 혈겁이 일어날 거라는 것, 그들은 이미 대륙 곳곳에 뿌리를 내렸으며 항주 운중동의 혈사는 빙산의 일각에 불과하다는 게 그것이었다.

하지만 그들의 실체가 무엇인지, 어디에 뿌리를 내렸다는 것인지에 대해 누구도 정확히 말해주는 이가 없었다. 안개에 싸인 집단은 숱한 말들을 만들어 내는 법, 출처를 알 수 없는 온갖 이야기들이 난무하는 사이 시간은 어느새 일 년이 흘렀다.

"아직도 안 갔소?"

주방에서 나온 계도상이 한쪽 구석에 앉아 처량 맞게 술을 마시는 설강도를 발견하고 면박을 주었다. 그새 제법 친해져 이제는 대놓고 평대다.

"손님을 내쫓는 객잔도 있나?"

"손님도 손님 나름이어야지. 자고로 까마귀 앉는 가지에 백로가 앉지 않는 법이라고 했소. 여기가 사천회의 소굴인 줄 뻔히 알면서 허구한 날 북검맹도가 찾아오면 어쩌자는 거요? 오죽하면 사천회의 형제들이 나더러 설강도의 끄나풀이 아니냐고 물어올까."

일 년 전, 북검맹은 빙소화를 통해 사천회가 야신과 무관하다는 사실을 확인했다. 강호엔 알려지지 않았지만 이후 이병학과 하 노인이 은밀히 회동을 했고, 그 자리에서 모종의 밀약이 이루어졌다.

북검맹은 십혈계를 엄히 준수하고 항주무림의 질서를 어지럽히지 않는다는 전제하에 사천회의 존재를 인정하고, 하 노인은 야신과 배후의 세력에 관해 그가 아는 모든 것을 제공해 주는 대가로 사천회의 안전은 물론 향후 십 년간 항주 유흥가에 대한 기득권을 보장받았다.

정보를 힘으로 바꾸는 하 노인의 놀라운 수완이 또 한 번 발휘된 것이다. 이후 북검맹과 사천회이 서로 소 닭 보듯 했음은 물론이었다. 하지만 북검맹의 공식적인 입장과는 상관없이 망구객점을 뻔질나게 드는 사람이 있었다.

설강도였다.

전날 장개산과 함께 빙소화를 구하러 갔다가 계도상과 안면을 튼 이후 설강도는 사흘이 멀다 하고 망구객점을 드나들었다.

"끄나풀은 무슨, 딱히 아는 것도 없으면서."

"내 말이 그 말이오. 아는 것도 없는데 왜 자꾸 찾아와 귀찮게 하는 거요?"

"진짜로 아는 거 없수?"

"없소. 없어. 도대체 몇 번을 말해야 하는 거요?"

일 년 전 그날 장개산은 뇌옥에 갇혀 있던 화의공자 방사인을 처참하게 죽이고 홀연히 사라졌다. 다음 날 가약란이 장개산의 처소를 찾았을 때는 입맹할 당시 맹주부로부터 받은 동패가 고이 놓여 있었다.

동패는 북검맹의 맹도임을 입증하는 맹패, 그것을 놓고 떠났다 함은 더는 북검맹의 맹도로 살지 않겠다는 뜻이다.

곧 탈맹이었다.

흑도방파와 달리 자의에 따라 무사를 모집하고 받아들인데다 장개산이 맹에 딱히 위해를 가한 일이 없어 북검맹은 그를 추격할 명분도 징치를 가할 이유도 없었다.

그러나 그가 북검맹에 위해를 가한 것보다 더 큰 배신감을 느낀 사람들이 있었다.

가약란과 빙소소였다.

장개산에게 적지 않은 정을 주었던 가약란과 빙소소가 느낀 상실감은 이루 말할 수가 없었다. 가약란과 빙소소만큼은 아니어도 창랑사우 역시 실망이 이만저만 아니었다.

그날 밤 함께 운중동을 기습했던 창랑사우는 벗을 잃은 것만큼이나 아쉬워했다. 감정의 색깔과 무게는 저마다 달랐지만 장개산을 그리워하고 보고 싶어 하는 건 모두가 매한가지였다.

설강도는 좀 달랐다.

장개산이 자신에겐 한마디 하지 않고 야반도주했다는 걸 안 설강도는 배신감을 느꼈다.

함께 곤장을 맞아가며 겨우 입맹시켜 놓았더니 줄행랑을 놓을 줄이야. 이럴 줄 알았으면 처음부터 정을 붙이지 말 것을……

그 후 설강도는 허구한 날 망구객점을 찾아 계도상을 닦달했다. 양지에서 돌아다니는 정보가 있고, 음지에서 돌아다니는 정보가 따로 있는 법, 흑도들 사이에 떠도는 이야기들 중 녀석에 관련된 것이 혹시나 있을까 해서였다.

결과는 신통치 않았다.

땅으로 꺼졌는지, 하늘로 솟았는지 놈에 대한 소식은 도통 들려오질 않았다. 그렇게 일 년여를 흐르다 보니 애초의 목적은 온데간데없이 그저 습관적으로 망구객점을 찾고, 습관적으로 계도상을 괴롭힐 뿐이었다.

"온 김에 한번 물어본 걸 가지고 발끈하기는."

"하아."

"그건 그렇고 이 화주(火酒) 말이오. 혹시 물 탄 거 아니오?"

"뭐요?"

"화주란 본시 목구멍을 뜨끈하게 지지며 넘어가는 게 맛인데 이건 뭔 물도 아니고, 술도 아닌 것이 영 싱겁단 말이지. 아무리 취객들을 상대로 장사한다지만 이러면 곤란하지."

"후유······."

계도상은 땅이 꺼져라 한숨을 쉬었다.

설강도의 주특기가 저것이다.

저렇게 말도 안 되는 걸로 강짜를 놓다 보면 귀찮아서라도 계도상은 술값을 깎아주거나 경우에 따라서는 아예 안 받을 수밖에 없었다.

그렇다고 칼잡이들을 불러다 드잡이를 할 수도 없다. 상대는 북검맹의 무사인데다 천검문의 소공자가 아닌가. 자칫 일을 크게 벌렸다가는 무슨 사태가 벌어질지 모른다.

설강도 역시 그 사실을 너무나 잘 알기에 허구한 날 와서 저렇게 강짜를 부리며 공짜 술을 마시는 게다. 한마디로 왈짜보다 더 왈짜 같은 인간이 바로 설강도였다. 계도상은 더 말을 섞기도 귀찮다는 듯 주방에 대고 일렀다.

"설 공자 술값은 내 앞으로 달아놔."

"뭘 그렇게까지나. 그러면 내가 미안해지지."

"알았소, 알았으니까, 인제 그만하고 제발 돌아가시오. 우리도 눈을 좀 붙여야 내일 장사를 할 거 아니오. 보시오, 이 넓은 객점 안에 설 공자 하나뿐이잖소. 벌써 삼경이 넘었소."

"벌써 그리됐나. 그렇다면 딱 한 병만 더 마시고 가야겠군."

이걸 죽이지도 못하고 살리지도 못하고.

계도상은 속이 터져 죽을 지경이었다.

그때 한 사람이 도롱이를 걸치고 객점 안으로 들어섰다. 작은 키에 구부정한 허리를 지닌 그는 하 노인이었다. 계도상이 얼른 포권지례를 올렸다.

"다녀오셨습니까?"

"무슨 일인데 이리 시끄럽느냐?"

"천검문의 소공자께서 오늘도 돈이 없다십니다."

계도상이 말미에 설강도 쪽으로 시선을 던지며 오만상을 찌푸렸다. 오늘도 저 인간이 나타나 강짜를 부리는 것이니 어르신은 신경 쓰지 말고 이 층으로 올라가시라는 뜻이다.

아무리 혹도라고는 하나 항주무림의 명숙을 앉아서 맞이할 수 있나. 설강도는 조용히 일어나 포권의 예를 갖추었다. 태도 또한 좀 전에 계도상을 대할 때와는 달리 공손했다.

"많이 마셨군."

하 노인이 탁자 위로 시선을 던지며 말했다. 탁자 위에는 이미 빈 술병이 대여섯 개나 놓여 있었다.

설강도는 더는 장난을 치기가 애매해 품속에서 은전 하나를 꺼내 탁자 위에 슬며시 올려놓고는 객점을 나가려 했다. 한데 하 노인은 그런 뜻으로 한 말이 아닌 모양이었다.

"괜찮다면 나랑 한 잔 더 하겠나?"

"……?"

이 층 조그마한 방안에서 설강도는 탁자를 가운데 두고 하 노인과 마주 앉았다. 그간 망구객점을 뻔질나게 드나들며 하 노인과 여러 번 만났지만, 그의 거처로 초대되기는 이번이 처음이었다.

그윽한 먹 향과 벽면 가득히 쌓여 있는 서책들이 왠지 모르게 주눅 들게 했다. 아무리 보아도 하 노인은 흑도의 두령과는 거리가 멀었다.

하 노인이 술잔 가득 화주를 따라주었다.

설강도가 겸연쩍은 얼굴로 말했다.

"소란을 피워 죄송합니다."

"아닐세, 아무렴 천검문의 소공자가 술값이 없어서 어깃장을 부렸겠나. 나름의 사정이 있는 게지. 내 도상이에게 일러둘 터이니 언제든 편하게 와서 마시고 가게."

한바탕 경고를 각오했는데 하 노인이 이렇게 나오자 설강

도는 더욱 미안한 마음이 들었다. 하 노인은 편안한 신색으로
말을 이어갔다.

"다시 검을 쥐었다지?"

"부끄럽습니다."

"무엇이?"

"……?"

"한동안 검을 놓았다가 다시 쥔 것이? 아니면 보잘것없는
검술이? 그도 아니면 검을 놓고 산 세월이?"

"……."

"천 년을 산 고목도 바람에 흔들리지 않으면 줄기가 터지
는 법이라네. 중요한 것은 볕을 향해 여전히 가지를 뻗치고
있느냐는 것이지. 자네는 어떤가?"

상대는 항주의 흑도무림을 대표하는 사천회의 회주, 그로
부터 마치 선사(禪師)의 법문 같은 말을 듣자 기분이 묘했다.
마땅한 대답을 찾지 못한 설강도는 현재로서 그가 할 수 있는
최선의 답을 했다.

"다시 검을 놓는 일만큼은 없을 겁니다."

"한데 왜 북검맹에만 머무르는가?"

"……!"

설강도는 두 눈을 크게 떴다.

일 년 전, 그 일이 있고 난 후 자신과 창랑사우는 무려 한

달간이나 근신 처분을 받았다. 하지만 이후 창랑사우가 무림을 종횡하며 창궐하는 사마외도들을 응징하고 다닌 데 반해 자신은 갖은 핑계를 대며 북검맹을 떠나지 않았다.

막상 검을 잡기는 했지만 무얼 해야 할지, 어떻게 시작해야 할지 몰랐기 때문이다. 좀 더 솔직히 말하면 아무것도 하고 싶지가 않았다. 한데 자신의 그런 행보를 북검맹의 맹도도 아닌 하 노인이 어떻게 아는 걸까?

"혹여 장개산이 돌아오길 기다리는 건가?"

"……!"

"포기하게. 그는 돌아오지 않을 걸세."

말과 함께 하 노인이 자신의 잔에 다시 술을 채웠다. 설강도가 다소 격앙된 음성으로 물었다.

"어째서 그렇습니까?"

"그가 왜 북검맹을 떠났다고 생각하는가?"

"빙소화의 복수를 위해서가 아니었습니까?"

"빙소화는 장개산이 강호에 나온 이후 처음으로 사귄 벗이었네. 빙소화 역시 순박하면서도 불의와 타협하지 않는 그를 마음에 들어 했지. 두 사람의 사이가 각별했던 건 사실이지만 그게 장개산으로 하여금 북검맹도가 되길 바라는 사부의 소망을 저버리면서까지 맹을 떠난 이유가 될까?"

"하면 왜……?"

"겪어봐서 알겠지만, 그는 누구의 눈치도 보지 못하는 위인일세. 더불어 자신이 옳다고 믿는 것은 옆에서 벼락이 쳐도 눈 하나 깜짝하지 않을 친구지. 당동벌이(黨同伐異), 옳고 그름을 가리는 것보다 내 편과 네 편을 구분하는 게 먼저인 무림방파는 처음부터 그에게 맞지 않았네."

하 노인은 지금 무림의 속성에 빗대어 북검맹의 자가당착(自家撞着)적인 면들을 힐난하고 있었다. 하지만 적극적으로 반박할 수 없는 것이 엄연한 사실이었고, 또 하 노인의 말처럼 그것이 무림방파의 속성이기 때문이다.

"통제 불가능한 녀석이긴 했지요."

"북검맹을 떠나던 날 밤, 그가 나를 찾아왔네. 그러곤 한 시진 동안 독대를 하고 갔지."

설강도는 깜짝 놀랐다.

숱하게 망구객점을 드나들었지만 이런 얘기는 처음 듣는 것이었다.

하 노인의 말이 이어졌다.

"그는 내게 야신과 그의 배후에 대한 모든 정보를 요구했네. 가히 협박의 수준이었지. 난 그들에 대해 내가 보고 들은 걸 말해주었네. 며칠이 지난 후에는 북검맹주에게도 똑같은 말을 해주었지. 오늘 자네에게 다시 그 말을 전해주면 세 번째가 되겠군."

"그게 무슨……?"

"기실 야신의 배후에 대해 내가 아는 건 그리 많지 않다네. 단지 그날 내가 보고 들은 것이 기이하다면 기이했지."

하 노인이 다시 자신의 잔에 술을 채우느라고 잠시 이야기가 중단되었다. 그리고 이어지는 말은 충격적이었다.

백골소혼장에 맞은 빙소화를 구출해 망구객점에 숨겨두고 치료를 시작한 지 사흘째 되던 날 밤, 하 노인은 야신의 소환령을 받고 동해에 뜬 범선에 올랐다. 그곳에서 그는 놀라운 광경을 목격했다.

"배에는 일곱 명의 늙은이들이 타고 있었지. 불행하게도 난 그들을 알아보았네. 설산옥녀(雪山玉女), 적안살성(赤眼殺星), 일지혼마(一指混魔), 신검차랑(神劍叉螂), 천화성군(天火星君), 은하검객(銀河劍客) 그리고 야신이 있었네. 자네도 제법 오랜 시간 무림을 종횡했으니 그들이 누구인지는 알겠지?"

알다마다.

한때는 이름을 언급하는 것만으로도 일성을 공포에 떨게 만들었다는 노마두들이다. 마음만 먹는다면 따르는 무리만으로도 능히 일가를 이루고도 남을 거라고 평가받던 사마외도의 전설적 고수들.

하지만 그들은 사공을 극성으로 익힌 자들이 으레 그렇듯 넘쳐나는 사기(邪氣)를 통제하지 못해 주화입마에 빠졌고, 결국은 하나둘씩 이름 모를 산야에서 쓸쓸하게 죽어갔다고 들었다. 그게 짧게는 십 년에서 길게는 삼십 년 전의 일이다.

이미 죽어 백골이 되었어야 할 노마두들이 왜 갑자기 항주에 나타났는가. 단지 별호를 들었을 뿐인데도 설강도는 머리끝이 쭈뼛 서는 것 같았다.

한데 하 노인의 입에서는 더욱 놀라운 말이 흘러나왔다.

"하지만 그들도 두령은 아니었네. 진짜배기는 따로 있었지. 백발에 투명한 살결을 지닌 청년이 있었네. 서른 살이나 되었을까? 매미껍질처럼 텅 비어 버린 듯한 그 눈동자를 마주하는 순간 난 일생을 통틀어 한 번도 경험해 보지 못한 공포를 느꼈네. 내 비록 무학에 조예가 깊지는 않으나 사람을 보는 눈만큼은 누구에게도 뒤지지 않는다고 자부하지. 단언컨대 그는 성라원의 어떤 노강호들과 견주어도 아래가 아니었네."

"무슨 그런 말씀을……!"

성라원의 노강호들은 이미 각자의 무학으로 일가를 이룬 무인들이다. 특히 성라원주인 남궁유룡을 필두로 한 사대공신가의 가주들은 일성의 패주로 불리는 극강의 고수들, 아무리 사공을 익혔다고 해도 불과 서른을 헤아리는 젊은 나이에 그들과 대등한 무공을 소유할 수는 없는 일이었다.

"그 청년은 내게 딱 한마디를 했네. 살고 싶으면 자신의 가랑이 사이를 기어서 지나가라고. 난 시키는 대로 할 수밖에 없었지."

다시 한 번 그때 생각이 나는지 하 노인은 잠시 말을 멈추고 술을 연거푸 석 잔이나 비웠다.

설강도는 놀란 표정을 감출 수 없었다.

이천 방도를 거느린 사천회의 회주가, 북검맹조차 두려워한다는 천재 전략가 하 노인이 공포에 질려 누군가의 가랑이 사이를 기어갔다니. 이 얘기를 해주면 누구도 믿지 않을 것이다.

하 노인의 말이 다시 이어졌다.

"소선을 타고 뭍으로 돌아오는 도중 야신이 그러더군. 머지않아 강호에 피바람이 불어닥칠 거라고. 살고 싶다면 자신들과 대척점에 서지 말라고. 그리고 사흘 후 장개산이 창랑사우와 함께 운중동을 기습했네. 난 무얼 어떻게 할 틈도 없이 다시 북검맹의 수중에 떨어진 격이 되어 버렸지."

마지막 말은 과장이다.

하 노인은 그때 분명 장개산에게 모종의 언질을 주었고, 그로 하여금 운중동을 기습하게 만들었다. 장개산이 하는 일을 옆에서 하나부터 열까지 지켜보았기에 설강도는 그 일의 전모를 누구보다 잘 알았다.

결국 하 노인은 청년에게 무릎을 꿇었을지언정 장개산과

북검맹의 힘을 이용해 놈들에게 멋지게 한 방을 먹인 것이다. 여기에는 사천회가 북검맹을 이웃하는 한 놈들이 함부로 항주를 넘보지 못할 거라는 계산도 깔려 있었음에 틀림없다.

사정이 이리되고 보니 이제는 사천회가 엉뚱하게도 북검맹의 처마 아래에 깃든 격이 되었다. 설강도는 아슬아슬하게 줄타기를 하는 하 노인의 수완에 혀를 내두르지 않을 수 없었다.

그러다 문득 이상한 생각이 들었다.

만약 야신의 말처럼 놈들이 중원무림을 삼키게 되면 어떻게 되는가. 그땐 북검맹이 지워질 것이고, 더불어 사천회도 깨끗하게 몰살당하게 된다. 그런데도 불구하고 북검맹을 선택했다함은…….

'북검맹이 승리할 것이라고 보는 건가?'

"한데 어찌하여 운중동을 기습할 당시에는 그들이 모습을 보이지 않았을 걸까요?"

"아직은 때가 이르다고 판단한 탓이겠지. 좀 더 자세히 말하자면 야신 역시 그때까지는 본색을 드러낼 생각이 없었을 걸세. 한데 한 사람이 나타나고, 그가 어떤 여자에게 정을 주면서 모든 게 뒤죽박죽이 되어 버렸지."

"장개산!"

"그가 싸우려는 자들은 그런 자들일세. 그럼에도 북검맹을 뛰쳐나간 이유가 무엇인 줄 아는가?"

"가르침을 주십시오."

"이해할지 모르겠네만 가끔은 아주 기이한 인간들이 태어
난다네. 어떤 이들은 천살성(天殺星)을 타고났다고도 하고,
어떤 이들은 악마(惡魔)의 현신(現身)이라고도 하지. 나는 야
수의 운명을 타고난 자들이라고 말한다네. 그들에겐 선과 악
을 구별이 무의미하지. 내 세계를 침범당했다는 생각이 들면
상대가 누구든 철저하게 응징을 해야만 직성이 풀리는 무서
운 집념의 소유자들. 장개산이 그렇네. 그나마 다행인 것은
어느 고인이 그의 성정만큼은 인간의 것으로 만들어 놓았다
는 것이지. 아마도 광동 어느 오지에 있다는 그의 사부일 걸
세."

"녀석은 사부에 대한 존경심이 유달랐지요."

"하지만 사부도 그의 타고난 야성만큼은 어쩔 수 없었을
것이네. 광야를 달리는 말은 마구간을 돌아보지 않는 법. 그
는 북검맹으로 돌아오지 않을 걸세. 설혹 북검맹을 다시 찾는
한이 있더라도 맹도가 되려 하지는 않을 걸세."

설강도는 하 노인이 하려는 말의 뜻을 어느 정도 이해할 수
있었다. 장개산에게 북검맹은 하는 일마다 제약을 거는 거추
장스런 존재였다. 맹규를 따라야 하고, 명분을 따져야 하고,
나아가 강호인들의 눈에 비치는 북검맹의 입장을 헤아려야

했다.

그러다가 빙소화가 죽었다.

장개산은 마구간을 벗어나 광야를 달리기로 결심한 것이다. 그리고 세상의 눈치를 보지 않으면서 오직 자신만의 방식으로 빙소화를 죽인 악의 무리와 맞설 작정이었다.

"장개산은 그만 잊어버리게. 이제부터는 자네의 길을 가게. 자네의 적과 그의 적이 같다면 언젠가 한 번쯤은 만나게 될지도 모르지. 그때 그의 엉덩이를 걷어차 주려면 부단히 노력해야 할 걸세."

말미에 하 노인이 가볍게 미소를 지었다.

설강도는 하 노인이 마치 오랫동안 알고 지낸 무림의 선배처럼 친근하게 느껴지면서 저도 모르게 마음의 빗장이 스르륵 열리는 것 같았다.

"저는 아직 적의 실체도 모릅니다."

"그건 장개산 역시 마찬가지였지."

"하지만 지금은 아니겠지요?"

"내가 좀 도와줄까?"

순간, 설강도는 하 노인이 무언가 알고 있음을 직감했다. 서둘러 두 손을 마주 쥐며 말했다.

"지혜를 빌려주십시오."

"빌려주면?"

"예?"

"한 가지를 얻으려면 한 가지를 내놓아야지."

설강도는 정신이 번쩍 들었다.

자신이 누구와 대화를 하고 있는지를 뒤늦게 깨달았다. 아무리 그래도 그렇지, 그 역시 장개산과 깊다면 깊은 정을 쌓은 사이에 이런 순간에서까지 주판을 두들길 줄이야.

"무얼 드리면 되겠습니까?"

"지금 당장은 자네로부터 필요한 게 없을 것 같고, 일단은 자네 내게 빚을 한번 진 셈으로 하지."

"그 빚이 무슨 말로 돌아올지 두렵군요."

"내키지 않으면 말게."

"하겠습니다."

설강도는 스스로 말을 해놓고도 살짝 놀랐다. 하 노인이 훗날 무슨 요구를 할지도 모르는 상황에서 자신이 이렇게까지 과감하게 나갈 줄은 몰랐다. 아마도 장개산에게 지고 싶지 않아서였을 것이다. 더불어 하 노인이 그리 나쁜 사람이 아니라는 생각도 들었다.

설강도는 장개산도 이런 식으로 당해 코를 꿰었다는 걸 까맣게 몰랐다.

하 노인인 푸근하게 웃더니 책장의 서랍을 열어 손때가 꼬질꼬질하게 묻은 서책 몇 권을 탁자 위에 올려놓았다. 표지에 쓰인 글귀들을 읽는 순간 설강도는 소스라치게 놀라고 말았다.

사령마안(邪靈魔眼), 미심환요공(迷心幻妖功), 환영묘음(幻影妙音), 천마섭혼술(天魔攝魂術), 겁백사혼령(劫魄邪魂鈴), 섭혼비공(攝魂秘功)……

하나같이 일세를 떨어 울린 금단의 마공비급들이었다. 이것들이 지금 이 순간 왜 튀어나오는가. 가볍게 술 한 잔을 먹으러 들어왔다가 저도 모르게 덫에 걸린 듯한 느낌에 설강도는 솜털이 곤두섰다.

"이, 이게 다 뭡니까?"

"강호에 떠돌고 있는 좌도방문의 비급들일세."

"그걸 몰라서 묻는 게 아니잖습니까? 이걸 왜 어르신께서 가지고 계시는 겁니까? 이 물건들이 어르신의 수중에 있다는 것이 알려지면 비급에 눈먼 자들이 들이닥치기 전에 북검맹의 무인들을 만나셔야 할 겁니다."

"적을 모를 때는 적이 하는 행동을 살펴야 하지. 난 오래전부터 강호에 퍼지고 있는 좌도방문의 비급들을 수소문해 왔고 그중 일부를 손에 넣었네. 도대체 이 많은 것들이 어디에서 흘러나왔을까? 누가, 왜 퍼뜨리는 걸까? 그리고 마침내 한 가지 단서를 찾았네."

"그게 뭡니까?"

"이 비급들은 수련하는 과정에서 반드시 마병(魔病)을 동반하는 바람에 오래전에 맥이 끊겼다고 알려진 것들이네. 익히는 사람마다 주화입마에 걸려 죽어버렸으니 저절로 단맥될 수밖에. 한데 내가 손에 넣은 비급들은 짐작하기로 원본과 조금씩 다른 것 같네. 하나같이 주화입마를 피할 수 있는 치료법이 덧붙여져 있지."

"누군가 손을 보았군요!"

"내 생각도 그렇네. 무릇 무학이란 하나의 줄기에서 뻗어나와도 가지를 달리하면 그 기운이 하늘과 땅만큼이나 차이가 있는 법, 이건 제아무리 무학에 정통했다고 해도 사람이 할 수 있는 일이 아니네."

"그건 제 생각도 같습니다. 그게 가능하려면 천하의 모든 사공에 정통해야 한다는 말인데, 그건 말이 안 되는 얘기지요."

"과연 그럴까?"

"……?"

"그런 고인은 있을 수 없다는 생각에는 여전히 변함이 없지만, 굳이 꼽으라면 지난 백 년을 통틀어 내가 아는 한 한 사람밖에 없네."

"그가…… 누구입니까?"

"바로 독수광의(毒手狂醫)일세."

"그럴 리가요. 그는 이미 삼십 년 전에 불귀의 객이 되었습니다."

"독수광의는 대망혈제회(大蟒血弟會)를 십 년이나 이끌었지. 십 년이면 누군가에게 일생의 비학을 전수하기에는 짧은 세월이지만 그렇다고 아주 불가능한 것은 아니지. 문일지백의 기재라면 가능성이 조금은 더 커지고."

"이, 이건 아무래도 저 혼자 알고 넘어갈 일이 아닌 듯합니다. 서둘러 맹주님께 말씀드려야겠습니다."

말과 함께 설강도는 서둘러 자리에서 일어나려 했다. 하 노인이 그를 말렸다.

"성라원에서 모를 것 같나? 자네는 북검맹의 맹도이면서 북검맹의 저력을 너무나 무시하는군."

"그게 무슨……?"

"방법은 다르지만 그들 역시 상당한 수준의 정보를 축적했을 걸세. 어쩌면 나보다 더 놈들의 실체에 접근했는지도 모르지. 그럼에도 불구하고 함구하는 건 놈들의 움직임을 살피기 위해서지. 자고로 용을 사냥하려면 안개 속에 숨어서 기다려야 하는 법이라네."

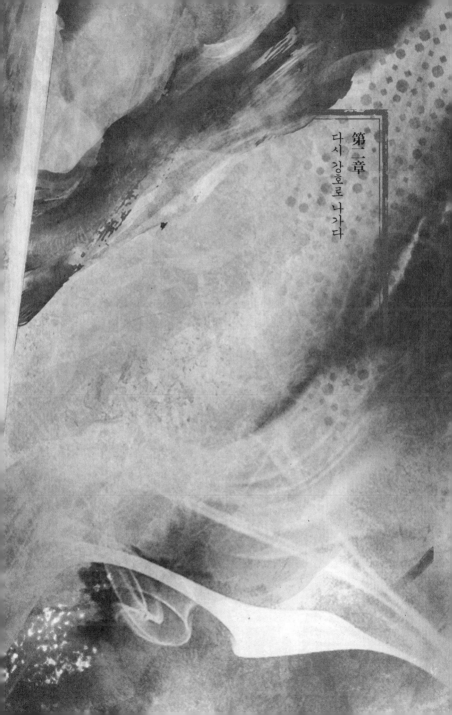

第二章

다시 강호로 나가다

　사건의 발단은 삼십여 년 전으로 거슬러 올라간다. 매화가 만개한 어느 해 봄, 벗들과 함께 동정호로 뱃놀이를 나선 미공자가 호수를 건너지 못해 발을 동동 구르던 만삭의 아낙을 태워준 일이 있었다.

　한데 이 아낙의 만삭의 몸에도 용모가 제법 출중했다. 춘심이 동한 미공자는 벗들과 함께 아낙에게 차마 입에 담지 못할 말들을 주워 담으며 추파를 던지기 시작했다.

　뒤늦게 철부지 화화공자(花花公子)들과 함께 탔다는 걸 깨달은 아낙은 품속에 지나고 다니던 비수를 뽑아 들었다.

한데 이 아낙의 무공이 예사롭지 않았던 모양, 만삭의 몸임에도 아낙은 눈 깜짝할 사이에 세 명의 가슴을 긋고 미공자의 얼굴에도 흉물스런 검상을 새겨 놓았다. 그들은 호위무사 다섯을 잃은 끝에 가까스로 아낙을 생포하는 데 성공했다.

화가 머리끝까지 난 미공자는 벗들과 함께 만삭의 아낙을 차례로 범한 후 배를 가르고 호수에 던져 버렸다. 그러곤 서둘러 동정호를 빠져나갔다.

하지만 세상에 완벽한 범죄는 없는 법, 호숫가 기슭 나무 아래에서 햇빛을 피해 낚시를 하던 늙은 강태공 하나가 이 장면을 목격했다.

그는 죽은 아낙을 알고 있었다.

심지어 그 아낙의 남편이 누구인지도…….

사흘 후, 장강을 표류하던 배 위에서 미공자와 그의 벗들, 그리고 십 인의 호위무사들이 형체를 알아볼 수 없을 만큼 곤죽이 된 시체로 발견되었다. 사인은 부골산(腐骨散)에 의한 중독이었다.

진짜 문제는 그때부터였다.

부골산에 죽은 여섯 후기지수의 신분이 밝혀진 것이다. 그중 미공자의 신분이 특히 문제가 되었다.

그는 황실의 고관대작들은 물론이거니와 대륙 전역의 상계에 엄청난 영향력을 지닌 섬서성의 대호족이자 상왕(商王)으로 불리던 금화선부(金花仙府)의 부주 벽금성의 일점혈육이었다.

막강한 가문의 여식과 머지않은 장례에 혼례를 치르기로 되어 있던 벽위학은, 혼례를 치르기 전 마지막으로 벗들과 강호나 유람하고 돌아오겠다며 나선 길에 그만 횡액을 당한 것이다. 그 사건으로 말미암아 금화선부의 맥이 끊겨 버린 게 무엇보다 큰 문제였다.

분기탱천한 벽금성은 비보를 들은 즉시 호광, 강서, 남직예의 군벌과 관아에 전서를 보내 협조를 요청하는 한편, 그 자신이 직접 섬서의 명망 높은 무림 고수들을 이끌고 동정호를 찾았다. 그 숫자가 무려 일백을 헤아렸다.

아들의 죽음에 아무리 이성을 잃었다고는 하나 흉수를 잡고자 군벌까지 대동한 그를 두고 세상 사람들은 우도할계(牛刀割鷄)의 우를 범한다고 손가락질했다.

하지만 그건 어디까지나 범부들의 이야기, 무림사에 정통한 강호인들의 생각은 달랐다. 죽은 아낙의 남편이 바로 독수광의(毒手狂醫)라는 인물이었기 때문이다.

그는 흑백을 막론하고 무림인들에게는 전설과도 같은 인물이었다. 특히 사마외도의 무인들에게는 가히 성인으로 추앙받았다.

좌도방문은 그 특성상 정공에 비해 주화입마에 빠질 확률이 극도로 높았다. 일정한 경지에 이른 사마외도의 고수들치고 주화입마에 빠져 생사를 넘나들어 보지 않은 사람이 없다고 해도 과언이 아니었다.

그들에게 주화입마는 언제고 한번은 닥쳐올 생사의 위기 아니라 항상 껴안고 살아야 하는 당면한 문제였다. 오죽하면 주화입마를 가리켜 언제든 걸릴 수 있는 고뿔과 같다는 뜻에서 마병(魔病)이라 불렀을까.

독수광의는 그 마병을 치료하는 데 천부적인 재능을 보였다. 그는 마병을 일종의 기독(氣毒)으로 보았고, 이독제독(以毒制毒)의 이치에 따라 오직 독으로써만 주화입마를 고쳤다.

여기까지만 보면 그저 주화입마를 치료하는데 특화된 의원이라고 볼 수 있다. 한데 그에겐 한 가지 유별난 기벽이 있었으니 별호에 광(狂) 자가 붙은 이유다.

그는 주화입마에 걸려 찾아온 무림인들에게 흑백을 막론하고 한 가지를 내놓으라고 했는데, 그때 내놓는 것은 반드시 목숨에 버금가는 것이라야 했다. 내가 너의 목숨을 살려주니 너 또한 그에 합당한 것을 바쳐야 하지 않겠냐는 뜻이다.

어떤 이들은 신병이기(神兵異器)를 바쳤으며 어떤 이들은 괴공절학(怪功絶學)을 내놓았다. 신병이기도 없고 괴공절학도 없는 자들은 차명부(借命簿)라는 괴이한 문서를 내놓았다.

이 차명부가 문제였다.

누구든 이 문서를 보여주는 자에게 한 번은 목숨을 걸고 도와주겠다는 언약의 증서인 차명부야말로 독수광의가 지닌 진짜 힘이었다.

이름만으로 세상을 떨어 울리는 사파의 고수 수십 명이 동정호로 집결했다. 싸움은 보름이 넘도록 이어졌고, 수백 명에 달하는 관과 무림인들이 죽었다.

벽금성도 만만치 않았다.

화가 머리끝까지 난 그는 군벌과 관아의 병력이 무림인을 상대하는 데는 별로 쓸모가 없다는 걸 깨달았다. 해서 상계를 지렛대 삼아 근동의 무림문파들을 움직였다.

무림사를 통틀어 그 어느 때보다도 상계의 영향력이 강하던 시기, 상계로부터 막대한 지원을 받아 살림을 꾸려나가던 무림방파들은 앞다투어 나설 수밖에 없었다. 전후 사정이야 어찌 되었든 척살해야 할 상대가 사마외도들이라면 명분도 충분했다.

호광, 남직예, 광서성의 스물일곱 개 방파로부터 천여 명에 달하는 무림인들이 악양(岳陽)으로 집결했다.

금력을 기반으로 한 호족의 인맥과 의술을 기반으로 일개 의원 인맥의 대결, 그때까지만 해도 강호인들은 그들 두 사람이 싸움이 몰고 올 엄청난 결말을 알지 못했다.

피는 사람을 미치게 만든다.

벽금성이 동원한 백도무림인들은 동정호 일대에 산개한 고촌(古村)과 유흥가를 쓸며 사마외도로 짐작되는 자들을 닥치는 대로 찾아 죽였다.

하지만 끝내 독수광의는 찾지 못했다.

벽금성은 급기야 자신이 지닌 모든 역량을 동원해 무림방파들을 끌어들이는 한편, 대륙에 있는 사마외도인들의 씨를 말리겠다고 공언했다.

두 번에 걸친 전투로 말미암아 숱한 제자를 잃은 무림방파들도 이제는 발을 뺄 수가 없게 되었다. 이제는 간청을 빙자한 상계의 협박이 문제가 아니었다. 그들은 죽은 제자들의 복수를 위해 사마외도들을 추적할 수밖에 없었다.

혈풍이 불었다.

연간 수만을 헤아리는 무림인들이 동원되어 사마외도인들을 추적하고, 색출하고, 척살하기 시작했다. 전쟁의 불길은 원한과 복수의 소용돌이 속에서 대륙 전역으로 들불처럼 번져갔다.

무림사를 유례가 없는 위기에 직면한 사마외도인들은 살아남기 위해 힘을 하나로 뭉쳐야 한다는 걸 깨달았다.

진눈깨비가 흩날리던 겨울 어느 협곡에서 사파를 대표하는 열일곱 개 방파의 방주들이 한자리에 모였다.

그들은 회동을 한 협곡의 이름에 결맹의 의미를 담아 자신들을 대망혈제회(大蟒血弟會)라 이름 짓고 최후의 한 사람이 남을 때까지 항전할 것을 결의했다.

하지만 수적으로도 압도적인데다 금화선부와 상계의 전폭적인 물량공세를 지원받는 백도무림인들을 당할 수는 없었다.

한 여자의 어이없는 죽음으로부터 시작된 이 전쟁은 장장 십 년이나 이어진 끝에 독수광의의 시체가 천산 어느 골짜기에서 얼어 죽은 채로 발견됨으로써 마침내 종지부를 찍었다.

떠도는 풍문에 의하면 사파로 손가락질 받던 서른아홉 개 방파가 멸문지화를 당했으며, 독보강호하다 저도 모르게 전쟁에 휘말린 자들을 포함해 사마외도의 고수 일만이 비명횡사했다고 한다.

그리고 삼십 년이 흐른 지금 대망혈제회라는 이름이 하 노인의 입에서 다시 흘러나왔다. 하 노인은 어둠 속에 숨어 강호를 폭풍전야로 만드는 미지의 세력이 대망혈제회의 잔당이라고 생각하는 게 틀림없었다. 삼십 년의 세월은 원한을 잊기에는 너무나 짧은가 보다.

*　　　*　　　*

이른 아침, 설강도는 집법당을 연한 연무장에서 가약란과

대련을 하고 있었다. 아이들은 밤새 자란다고 하더니 그 말이
꼭 맞다.

그 사이 한 살을 더 먹어 꽉 찬 열다섯이 된 가약란은 숙녀
티가 폴폴 났다. 다리는 한 뼘이나 길어졌고, 허리는 더 잘록
해졌으며 가슴도 제법 봉긋했다.

그리고 도법이 날카로워졌다.

사부의 성명절기 단양도법(斷陽刀法)은 그 이름처럼 무겁
고 육중한 도법이다. 천검문의 절기이자 광속의 쾌검인 사혼
구검(死魂九劍)을 익힌 설강도에게 아비인 설인옥이 조길창을
초빙사부로 붙여준 것도 자칫 쾌검만을 추구하다 검이 가벼
워질 것을 염려한 탓이었다.

한데 가약란은 여린 여자의 몸임에도 불구하고 힘들다는
내색 한 번 않고 열심히 단양도법을 수련했다. 처음엔 초식을
흉내 내기 바쁘던 것이 어느새 검로에 담긴 오의들을 하나하
나 간파했고, 상대의 공세에 따라 이제는 제법 변식도 만들어
냈다.

진짜 무인이 되어가는 것이다.

"상대의 검극에 시선을 고정하지 마라. 어깨도 보지 말 것
이며 발끝도 보지 마라. 한눈에 상대의 모든 동작을 담아야만
비로소 싸움의 흐름을 읽을 수 있다. 정신 차려! 보법이 흐트
러지잖아. 반격이 너무 늦어! 머리로 생각하기 전에 몸이 먼

저 반응해야지!"

"잘 안 되는 걸 어떻게 해요!"

"안 되면 하지 마라. 까짓 거 죽으면 되지 무슨 걱정이냐."

말과 함께 설강도가 가약란의 전권 속으로 검을 깊숙이 찔러 넣었다. 톱니바퀴처럼 맞물려 돌아가던 공방이 갑자기 깨지며 가약란은 혼비백산 물러났다.

까라라랑! 깡깡!

새파란 불똥이 요란하게 튀는가 싶더니 설강도의 애검 서각은 어느새 가약란의 목덜미에 찰싹 달라붙어 버렸다.

무려 백여 초식만의 승부, 하지만 가약란은 사형이 마음만 먹었다면 언제든지 대련을 끝낼 수 있었다는 걸 알고 있었다.

"이로써 너는 내게서 총 백스물세 번의 중상을 입고 이백열두 번의 죽임을 당했다."

"거꾸로인 것 같은데요."

"그게 그거야. 중상을 입고 쓰러졌다면 죽고 사는 건 이제 나한테 달린 거니까. 백스물세 번의 중상이 결국엔 죽음이나 마찬가지라는 얘기지."

"그런 논리라면 중상과 죽음을 굳이 구분할 건 또 뭐예요? 백스물세 번의 중상이 아니라 삼백서른다섯 번의 죽임이 아닌가요?"

"백스물세 번은 그날 내가 기분이 괜찮았거든."

"그럼 제가 죽고 사는 건 무조건 사형의 그날 기분에 따라 달라진다는 말씀이잖아요."

"역시. 한 가지를 가르쳐 주면 열을 아는군. 한데 왜 무공은 허구한 날 그 모양일까? 오늘은 여기까지."

설강도가 검갑에 검을 갈무리했다.

가약란은 풀이 잔뜩 죽어서는 정중하게 포권지례를 올렸다. 땀으로 흥건한 옷이 그렇잖아도 힘들어하는 그녀를 더욱 지쳐 보이게 만들었다.

"기죽지 마라, 가약란. 너 아니라 누구라도 저 녀석을 상대로 대련하면 백 번이고 천 번이고 패할 수밖에 없으니까. 인정하기 싫지만 네 사형의 검술은 나 못지않다."

갑작스러운 목소리에 고개를 돌려보니 창랑사우와 빙소소가 걸어오고 있었다. 말을 한 사람은 구양소문이었다. 가약란은 빙소소를 비롯한 창랑사우 모두를 향해 황급히 포권지례를 올렸다.

"내가 대신 복수해 줄까?"

구양소문이 재차 말했다.

가약란은 설강도의 사매였지만 오히려 창랑사우의 사랑을 듬뿍 받았다. 특히 구양소문이 그녀를 무척 아꼈다. 그는 가약란의 일이라면 자다가도 벌떡 일어날 정도로 애정을 쏟았다.

"모두 제가 부족한 탓인 걸요."

"첫술에 배부를 수 있나. 지금 정도만 해도 엄청 대단한 거야. 지금은 저렇게 잘난 척하지만 네 사형도 네 또래였을 때는 작대기 들고 개나 쫓으러 다니던 코찔찔이였단다."

아무렴 천검문의 소공자가 열다섯이 되도록 작대기를 들고 개를 쫓았을까. 아는 사람들은 모두 아는 바, 무림문파의 혈족들은 아홉 살 무렵에 벌모세수(洗髓伐毛)를 통해 체질을 바꾸고, 영약을 통해 꾸준히 몸을 만들며, 훌륭한 사부를 모셔다가 무공을 수련한다.

구양소문은 단지 가약란의 기분을 풀어주기 위해 농담을 한 것이었다. 구양소문의 거듭된 위로에 가약란도 그만 피식 실소를 흘렸다.

"그럼 전 이만."

가약란은 창랑사우 선배들에게 다시 한 번 꾸뻑 인사를 한 후 쌩하니 사라졌다. 필시 어디 조용한 곳에서 수련을 좀 더 하려는 것일 게다. 가약란이 사라지고 나자 이번엔 남궁휘가 설강도를 향해 말했다.

"적당히 좀 하지."

"벌써 열다섯 살이야. 알다시피 저 나이에 수련을 시작해서는 대성을 하기 어려워. 늦게 시작한 만큼 남들보다 몇 배로 피와 땀을 흘려야 해."

"좀 늦긴 했지만 무재가 워낙 뛰어나니 금방 제 몫을 할 거야, 본인도 열심이고. 며칠 전에도 보니 혼자 담벼락에 기대 앉아 피멍이 든 손바닥을 광목으로 감고 있던걸."

"뭐? 피멍? 하아. 얼마나 닦달을 했으면 그 조막만 한 손에 피멍이 들도록 수련을 했을꼬."

구양소문이 짠해 죽겠다는 표정으로 저만치 멀어져 가는 가약란의 뒷모습을 바라보았다. 그러다 갑자기 설강도에게로 고개를 홱 꺾으며 말했다.

"피도 눈물도 없는 인간!"

그러거나 말거나 설강도는 남궁휘를 돌아보며 물었다.

"웬일이야?"

"바람이나 쐬고 오자."

"밑도 끝도 없이 무슨 소리야?"

"금화선부의 부주가 섬서 무림인들의 회동을 제안한 모양이야. 북검맹에도 초청장을 보내왔는데, 아무래도 근자에 일어나는 일들과 관련해서 북검맹의 입장을 듣고 싶은 것 같아."

장안부의 금화선부라면 삼십 년 전 일어난 겁란의 시발점이 된 섬서성의 바로 그 대호족이다. 그 일이 있고 난 후에도 군벌과 상계에 대한 금화선부의 영향력은 전혀 줄어들지 않았다.

오히려 무림방파의 위력을 실감한 금화선부는 막대한 금력을 동원해 무림 고수들로 구성된 가병(家兵)까지 거느리면서 이제는 사실상 무림방파나 다름없었다.

이 살벌한 시국에 금화선부에서 왜 갑자기 섬서 무림인들이 회동을 제안한 걸까? 장안부에서 항주까지는 말을 쉬지 않고 갈아타며 달려도 족히 열흘은 걸리는 먼 길, 좀처럼 왕래가 없던 그곳에서 왜 북검맹에 초청장을 보낸 걸까?

설강도는 뭔가 사정이 있음을 직감했다.

"누가 가기로 되어 있지?"

"맹주님께서 흑풍조를 사절단으로 임명하셨다."

"너희를?"

"갈 거야, 말 거야?"

구양소문이 불쑥 물었다.

"하지만 난 명령을 받지 못했는데……."

"조장이 특별히 너를 흑풍조로 받아주겠단다."

남궁휘가 설강도를 찾아온 진짜 이유가 이거였다. 구양소문은 지나가는 말인 것처럼 아무렇지도 않게 툭 내뱉었지만, 내심 이 기회에 설강도를 흑풍조로 끌어들이려고 하는 것이다. 아나나 다를까, 남궁휘를 비롯한 모두의 표정이 잔뜩 상기되어 있었다.

설강도는 가당치도 않다는 표정으로 말했다.

"흑풍조에 들어가는 게 무에 그리 대단하다고."

"그래서 안 간다고?"

"안 간다고는 안 했다."

"짜식, 처음부터 솔깃했으면서."

구양소문과 설강도의 대화에 빙소소가 말갛게 웃었다.

                    *   *   *

촉도(蜀道)는 섬서성의 장안부에서 시작해 한중(漢中), 광
원(廣元), 검각(劍閣), 면양(綿陽), 덕양(德陽), 성도(成都)를 거
쳐 사천으로 들어가는 길 중 가장 험준하다는 장안에서 검각
에 이르는 일천육백 리 길을 일컫는 말이다.

이 길이 아니면 수천 리를 우회해야 했기 때문에 촉도는 고
래로 섬서와 사천을 잇는 교통로이자 전략적 요충지 역할을
해왔다.

촉도를 통틀어 가장 험준하기로 유명한 곳은 단연코 검
각(劍閣)이다. 대검산(大劍山)과 소검산(小劍山) 사이로 난
가파른 잔도(棧道)를 지나 겨우 한숨을 돌릴라 치면 검각의
사천 쪽 출구인 검문관(劍門關)을 만나게 된다.

군사적 요충지인 탓에 검문관에는 관병 수십 명이 봉수대(烽
燧台)까지 준비한 채 상시 대기 중이었다.

봉화가 마지막으로 피어오른 것은 십 년 전이었다. 그나마 적군이 침입해서가 아닌, 추운 겨울날 술 취한 병사들이 곁불이라도 쬘 요량으로 피운 불이 봉수대에 옮겨 붙으면서 생긴 불상사였다.

봉화는 산봉우리와 산봉우리를 타고 전해졌고, 성도에 주둔 중이던 장수가 삼천의 병력을 이끌고 검문관으로 달려오는 사태까지 벌어졌다.

하지만 병사들의 단순한 실수였음을 깨닫고 화가 머리끝까지 난 장수는 모두가 보는 앞에서 검문관의 책임자는 물론이거니와 관병 오십을 그 자리에서 참형을 해버렸다.

그날 이후 검문관을 지키는 관병들은 아무리 추워도 불을 피우지 않았느냐? 천만의 말씀, 그들은 봉수대에서 조금 떨어진 곳에 일 년 열두 달 꺼지지 않는 불을 피웠다. 대신에 어지간한 일이 아니고서는 절대로 봉화를 피우지 않았다.

그리고 검문관을 지나는 여행객, 상인, 표사 등을 상대로 재물을 긁어모았다. 검문관의 통행세는 사람 한 명당, 말 한 필당 각각 국법으로 정해진 액수가 있다.

하지만 먼 길을 여행하는 사람들이 어디 말만 타고 다닌다던가. 검문관을 지나는 사람들은 개인의 소지를 국법으로 금한 병기를 든 자들이 절반 이상이었다. 그들의 등짐 속에는 역시나 국법으로 개인 간의 거래를 금한 염철도 있었다.

이게 다 돈이었다.

검문관의 관병들은 칼 한 자루당 얼마, 염철 한 근당 얼마
해서 아예 자기들만의 규칙을 정해 놓고는 닥치는 대로 돈을
뜯었다. 검문관 관병 생활 일 년에 다섯 칸짜리 기와집을 마
련하지 못하면 병신이라는 말이 그래서 나왔다.

세월이 흐르다 보니 이게 관습으로 굳어졌고, 이제는 누구
나 검문관을 지날 적에 병장기 소지를 꺼리지 않았다. 심지어
표국이나 무림 방파의 제자 수십 명이 떼 지어 지나가도 마찬
가지였다. 관병들은 오히려 대목을 맞았다며 신나게 돈을 거
뒀다.

사실 이건 왕조가 바뀔 때마다 되풀이되어 온 검문관만의
독특한 풍경이었다. 왕권이 살벌할 때는 다들 군기가 바짝 섰
다가 왕권이 느슨해지면 이렇게 게게 풀어지는 것이.

검문관으로부터 멀지 않은 곳에 사람들이 하나둘씩 모여
들기 시작한 것은 우연이 아니다. 촉도의 험준한 길을 지나자
마자 검문관에서 또 한참을 기다렸다가 세금을 뜯기고 나면
제아무리 건장한 사람이라도 녹초가 되어 시원한 술 한 잔 생
각나지 않겠는가.

하지만 이 험준한 산비탈에 누가 객점을 지을까?

염려 마시라. 땅이 아무리 험준해도 먹고살 방편만 있으면
인간은 기어이 뿌리를 내린다. 사람들은 산 중턱을 깎아 여곽

을 올리고 구불구불 이어진 산자락 사이를 파고들어 가 주루와 기루를 세웠다.

그 세월이 벌써 수백 년, 삼강촌(三岡村)은 이제 밤이면 오십여 개의 등롱이 밝혀지는 제법 커다란 여곽 마을로 변모했다.

그러나 타성에서 온 상인들과 물건을 운송하는 표사들, 죄를 짓고 도망치는 범죄자 등속의 뜨내기들이 하룻밤 머물다 가는 경우가 대부분이었기에 사건사고가 끊이질 않았다.

살인은 일상에 속했고, 미치광이 무림고수라도 나타나는 날엔 수십 명씩 죽어나가는 일도 자주는 아니었지만 가끔은 일어났다.

위험한 환경은 사람을 단련시킨다.

여곽, 주루, 기루 등을 포함해 여행객들을 상대로 삼강촌에서 장사를 하는 모든 업주는 저마다 솜씨 좋은 칼잡이들을 고용했고, 거친 여행객들을 상대했다. 그 세월이 녹록지 않다 보니 삼강촌의 여곽업들은 그 한 곳 한 곳이 작은 무림문파와도 같은 모습을 띠었다.

그리고 만검산장(万劍山莊)이 있었다.

백 년 전, 하일검(下日劍) 백철심이라는 인물이 뿌리를 내린 이후 삼 대를 이어온 만검산장은 사실상 삼강촌에 산개한 여곽업주들의 수장 역할을 해왔다.

여곽업주들이 감당키 어려운 고수가 나타났을 때 흔쾌히 무사들을 보내주었고, 관과의 마찰이 생겼을 때도 앞장서서 도와주었다.

덕분에 현 장주 백인명은 여곽업주들의 존경을 한몸에 받았다. 일천육백 리에 달하는 촉도 상의 무림방파를 통틀어 그와 견줄 만한 무인이 몇 없었기에 사람들은 그에게 촉도검왕(蜀道劍王)이라는 별호까지 선사했다.

삼강촌을 중심으로 한 촉도는 한마디로 만검산장의 영역이자 백인명의 통치 아래 놓인 왕국이나 다름없었다. 적어도 보름 전까지는.

천금객점(千金客店)은 삼강촌의 많고 많은 객점 중 한 곳이었다. 이곳을 거쳐 가는 사람들은 모두 천금의 재물을 긁어모으라는 뜻에서 천금객점이라 이름 지었지만, 낡고 오래된 건물 탓인지 손님들은 그리 많지 않았다.

궁핍은 여러 가지 상황을 초래한다.

수입이 줄어들자 주인 노 씨는 가장 먼저 칼잡이들을 내보냈다. 칼잡이들에게 지급하는 돈이 가장 컸던 탓이다. 다음엔 솜씨는 좋지만 비쌌던 숙수를 내쫓았고, 노련한 점소이 둘을 차례로 내쫓았다.

지금은 그저 마누라 겸 데리고 사는 서른줄의 퇴기와 그가 번갈아 주방도 보고 점소이 노릇도 하는 형편이었다. 그러면서 이따금 돈 많은 호구라도 찾아오면 이리 뒤집고 저리 뒤집으면서 돈을 쪽 빼먹는 맛이 쏠쏠했다. 하지만 그짓도 오늘로써 끝이었다.

"빌어먹을!"

이삿짐을 싸다 말고 노 씨가 커다란 보퉁이를 바닥에 내팽개쳤다. 그러곤 아무거나 잡히는 대로 의자를 하나 끌어다 앉았다.

"왜 또 그러시우?"

부인 방 씨가 이 층에서 또 다른 짐보퉁이를 이고 내려오다 의자에 앉아 땅이 꺼져라 한숨을 쉬는 남편을 보며 물었다. 노 씨는 화풀이할 때가 없었는데 너 마침 잘 걸렸다는 듯 빽 소리를 질렀다.

"몰라서 물어!"

"아이고, 깜짝이야. 저 냥반은 밤일은 하루가 다르게 쇠약해져 가면서 목청은 어째서 날이 갈수록 좋아지는가 몰라."

"내가 서른 살에 삼강촌에 들어와서 올해로 꼭 삼십 년째야. 그동안 이 객점에 처바른 돈이 얼만지나 알아? 이제 겨우 좀 살 만해졌는데 또 이사를 가야 하다니. 아이고, 수중에 남은 거라곤 밥그릇 몇 개가 전부인데 무슨 돈으로 어딜 가서 정착하나."

"솔직히 말해 그건 좀 아니오. 허구한 날 노름에다 계집질로 탕진했지, 객점에 돈을 들이진 않았잖소. 그랬다면 객점이 이렇게 낡아 빠지진 않았겠지."

"이놈의 여편네가 말하는 것 좀 보소. 홍등가에서 이리저리 굴러다니는 걸 데려다 배불러 먹여줬더니 주제도 모르고 헛소리를 하고 앉았네. 내가 노름과 계집질에 빠지지 않았다면 지금 자네가 여기 있기나 했을 줄 알아?"

남편의 얼굴이 시뻘겋게 달아오르자 방 씨는 대거리하기도 귀찮고, 또 인간이 한심하기도 해서 한발 물러났다.

"됐고, 잠시만 기다리시우. 어차피 음식은 싸가지도 못 할 거 내 부엌에 가서 얼른 뭐라도 좀 만들어 오리다. 안주 삼아 한잔하고 속을 털어내시오."

올해 예순 살의 노 씨는 사실 홍등가를 전전하는 걸 데려왔을망정 방 씨를 끔찍이 아꼈다. 그도 그럴 것이 자신은 하루가 다르게 쇠해가는 데 반해 이제 서른을 갓 넘긴 방 씨는 여전히 엉덩이가 탱탱하고 얼굴 또한 어디 가서도 빠지지 않을 만큼 반반했다.

예쁜 마누라도 있겠다, 큰돈은 벌지 못할망정 객점도 하나 있겠다. 점주 생활 삼십 년에 호구 손님 어르고 뺨치는 솜씨 끝내주겠다.

이만하면 남부럽지 않았지만 그는 사실 내일 아침까지 야반도주를 해야 했다. 보름 전에 있었던 무시무시한 일 때문이다.

그뿐만이 아니라 삼강촌에서 역곽업을 하던 업주들은 지금 죄다 보따리를 싸고 있었다. 혼자만 떠나는 건 아니라 다행이긴 하지만 그래도 억울한 건 억울한 거였다.

잠시 후, 방 씨가 삶은 돼지고기에 반주를 곁들여 내왔다. 방 씨가 치맛자락을 휙 걷어 올리더니 맞은편 자리를 차지하고 앉았다. 그녀의 허연 허벅지를 본 노 씨는 저도 모르게 회가 동했다.

슬그머니 일어나 방 씨의 옆으로 가서는 적삼 사이로 손을 쑥 밀어 넣어 탱탱한 젖가슴을 쭈물텅 쭈물텅 만지기 시작했다.

"아이, 왜 이러시오?"

"가만있어 봐."

"아이참, 누가 오기라도 하면 어쩌려고."

"문 닫은 객점에 오긴 누가 온다고 그래."

"그래도……."

"가만있어 보라니까. 임자의 젖가슴은 언제 봐도 실하단 말이야. 다만 내 양물이 자네의 성에 차지 않는 것이 미안해서 그렇지."

"아까 내가 한 말 때문에 상처받은 거유? 홧김에 그냥 해본 소리니 신경 쓰지 마시오. 쓰잘데기 없이 팔팔하기만 한 것들보다 난 내 가려운 데를 잘 알아주는 영감이 훨씬 좋으니까."

"그래? 그렇단 말이지. 크허허."

주거니 받거니 한참 진도를 나가던 두 사람은 어느 순간 문간 앞에 서서 자신들을 물끄러미 바라보는 사내를 발견하고는 소스라치게 놀랐다.

"엄마야!"

방 씨가 목구멍이 찢어져라 비명을 지르며 물러났다. 그는 노 씨의 뒤에 숨어 서둘러 옷매무새를 가다듬었다.

사내는 육척장신에 피풍의를 입은 거구였다. 등 뒤로는 족히 오 척은 될 법한 장검이 삐쭉 솟아 있었는데 그 모습이 아무렇게나 틀어 묶은 머리카락과 어울리어 흡사 산중에서 금방 튀어나온 짐승을 연상시켰다.

노 씨는 손에 잡히는 대로 방 씨가 내온 돼지 뒷다리를 움켜쥐고는 긴장된 목소리로 물었다.

"웨, 웬 놈이냐!"

"밥 됩니까?"

"뭐?"

"밥 되냐고요."

"……!"

"……!"

"안 됩니까?"

"아, 안 될 거야 없지만……."

노 씨는 저도 모르게 대답을 해놓고 아차 싶었다. 오늘부로 장사를 접었는데, 손님이 오면 매양 하던 말이 저도 모르게 그만 습관처럼 튀어나온 것이다.

야반도주하기 위해 이삿짐을 싸는 와중에 손님을 받을 정신이 어디 있나. 용기를 내어 이제라도 장사 접었다고 설명을 하려는 데 사내가 탁자 위에 은전 한 닢을 딱 소리가 나도록 튕겨 놓았다.

'안 될 거야 없지만……' 이라는 말을 사내는 '안 될 거야, 없지만 선불이오.' 라는 말로 알아들은 모양이었다.

은전을 보자 노 씨와 방 씨는 눈이 번쩍 뜨였다.

날랜 방 씨는 얼른 은전을 챙겨 품속에 쑤셔 넣고는 의자를 빼주며 말했다.

"여기 앉으셔요."

사내는 검을 풀어 탁자에 비스듬히 기대어 세워둔 다음 내친김에 피풍의까지 벗어 의자 등받이에 대충 걸쳤다.

그러자 피풍의 속에 감춰져 있던 사내의 어깨와 가슴팍과 팔뚝이 백일하에 드러났다. 엄청난 근육 덩어리였다.

노 씨는 입이 쩍 벌어졌고, 방 씨는 눈이 휘둥그레졌다. 근육질이다 근육질이다 하지만 이렇게까지 근육으로 똘똘 뭉친 사내는 난생처음이었다. 두 사람의 시선을 아는지 모르는지 사내가 순진한 얼굴로 물었다.

"한데 무슨 일 있습니까?"

"왜 그러시오?"

노 씨가 되물었다.

은전을 먼저 내놓는 것도 그렇고, 생긴 것답지 않게 공손한 말투도 그렇고, 노상강도는 아닌 것 같았다. 그러자 흥분이 한층 가라앉으며 마음도 조금 편해졌다.

"마을이 어수선해서요. 여기저기 짐마차도 많이 보이는 것 같고."

"글쎄올시다. 난 잘 모르겠는데."

노 씨는 일단 시치미를 뚝 뗐다.

그 장단에 맞춰 방 씨가 교태를 있는 대로 부리며 물었다.

"지금 검각을 지나오시는 길인가요?"

"그렇습니다."

"어쩜, 시장하시겠다. 한창 먹을 나인데 제가 빨리 뭘 좀 만들어 올게요. 마침 아침에 끓여다 놓은 돼지고기가 있는데, 삶은 돼지고기 괜찮죠?"

"좋습니다."

하지만 방 씨는 자리를 뜨지 않고 젊은 사내의 얼굴을 빤히 바라보며 헤실헤실 웃기만 했다.

사내가 물었다.

"왜 그러십니까?"

"어떡하죠? 거스름돈이 없는데……."

손님이 아무리 없기로서니 장사를 하는 객점에 잔돈이 없을 리 없다. 방 씨는 좀 전에 받은 은전을 통째로 먹고 싶은 욕심에 사내를 슬쩍 떠본 것이었다.

"양이나 푸짐하게 내오십시오."

"이를 말씀이라고요."

"한 십 인분으로다가."

"예?"

"배가 좀 고파서……."

"아, 예."

신이 난 방 씨는 잰걸음으로 사라졌다.

그사이 사내는 창가 쪽에 자리를 잡고 앉았다.

그때부터 노 씨는 매의 눈으로 사내를 훑기 시작했다. 사실 그의 이름은 노지량이었다. 삼강촌의 사람들은 그를 전구자(電口者) 노지량이라고 불렀는데 이는 입이 번개처럼 날랜 나머지 찾아오는 손님마다 홀라당 벗겨 먹는다는 뜻에서 붙여준 말이었다.

'나이는 스물대여섯쯤 되었을 것 같고, 덩치를 보아하니

외공을 익힌 놈이렷다. 하지만 싸우는 근육과 노동을 하는 근육이 따로 있는 법, 쓸데없이 근육만 키운 걸 보면 깊게 익혔다기보다는 얄팍하게 두루 익혔어. 그편이 어수룩한 사람들 겁주기에는 낫지. 이런 작은 객점에 와서 은전을 덜컥 내놓는 걸 보면 수중에 철전이나 동전이 없기 때문이야. 전낭이 얄팍한 것을 보니 은전으로다가 한 열 냥쯤 들어 있으려나?

순식간에 견적을 낸 노지량은 슬그머니 말을 붙여 보았다.

"어디서 오는 길이시오?"

"섬서에서 오는 길입니다."

"말투는 강남 말투를 쓰오만."

"어렸을 때부터 줄곧 광동에서 살았지요."

"그렇군, 한데 지금은 섬서 어디서 오는 길이시오?"

"한중에서 오는 길입니다."

"검각을 지나왔으니 당연히 한중에서 왔겠지. 별 실없는 청년을 다 보겠군."

노 지량은 '청년'이라는 말에 특히 힘을 주었다. 너는 새파란 청년이고 나는 이미 반백을 바라보는 노인이니 공손하게 굴라는 뜻을 인간이라면 누구나 가지고 있는 양심에 기대어 슬그머니 주지시킨 것이다.

이는 사실 아주 중요한 문제였다.

사람과 사람이 만나면, 특히 수컷들은 만나면 본능적으로

마음속으로 서열을 정하게 마련이었다. 이때 우위를 점해야
상대를 좀 더 쉽게 요리할 수 있었다.

"저 양반 말하는 것 좀 봐. 검각을 지나온 사람에게 어디서
왔느냐고 물으면 당연히 한중에서 왔다고 그러죠. 안 그래
요?"

주방으로 들어갔던 방 씨가 김이 모락모락 나는 돼지고기
를 들고 나오면서 노지량에게 면박을 주었다. 이건 계획에 없
던 것이다.

'저 여편네가 눈치도 없이 초를 치고 있네.'

한데 방 씨는 그것으로 끝을 낼 게 아닌 모양이었다. 그녀
는 돼지고기를 탁자 위에 올려놓더니 큼지막한 엉덩이로 사
내를 툭 밀어내고는 옆 자리를 차지하고 앉았다. 이어 시키지
도 않은 죽엽청을 꺼내 주발에 돌돌 따라주며 코맹맹이 소리
를 냈다.

"우선 속부터 다스리세요."

사내는 사양하지 않고 술잔을 받아서는 목구멍에 탁 털어
넣었다. 술잔이 다시 탁자 위에 놓이자마자 방 씨가 또 술을
따라주면서 말했다.

"어쩜, 술 마시는 것도 이렇게 사내다울까."

사내는 연거푸 다섯 잔을 비운 후에야 비로소 돼지고기에
손을 가져갔다. 낡고 허름한 외관과 달리 돼지고기는 제법 맛

이 있었다.

"해가 저물어 가는데 오늘은 삼강촌에서 묵으셔야겠네요."

"글쎄요."

한편, 노지량은 두 눈을 희번덕거리며 방 씨를 노려보았다. 쓸데없이 팔팔하기만 한 것들보다 내 가려운 데를 잘 알아주는 영감이 훨씬 좋다고 할 땐 언제고 이제 와서 튼실한 놈을 보자 혀가 자동으로 꼬부라지는 모양이었다.

노지량의 꼭지에서 김이 피어오르거나 말거나 방 씨는 이참에 남편을 새로 갈아타기라도 하려는 듯 계속해서 살살거렸다.

"설마하니 밤길을 가려는 건 아니겠죠? 아시는지 모르겠지만 촉도는 고래로 노상강도가 들끓기로 유명하답니다. 근자에는 족보도 없는 자들까지 출몰해서는 살인을 서슴지 않는다더군요."

"그렇습니까?"

"어머, 아무것도 모르시나 보네. 대륙 곳곳에서 마두들이 출몰해 강호가 시끄러워진 지가 언제인데요. 그나마 촉도는 무장을 한 상방의 무사들과 표사들이 수시로 오가는 길목인지라 사정이 조금 나은 편이었는데, 요즘은 마두들이 떼를 지어 다니는 바람에 그렇지도 않은가 봐요. 굳이 가시려거든 날이 밝을 때 다른 사람들에게 물어가서요."

"물어가다뇨?"

"범이 사는 산중을 지날 땐 사람들이 여곽에 모였다가 다음 날 함께 산을 넘는다잖아요. 하물며 범보다 무서운 노상강도들임에야. 그리고 손님은 운이 억세게 좋은 편이에요. 몇 날 며칠을 허섭한 뜨내기들만 지나가는 날도 많은데 오늘은 대흥표국(大興鏢局)의 사람들이 삼강촌에 묵고 있거든요. 마을이 어수선해 보이는 건 그들이 짐을 부려 놓았기 때문일 거예요."

"그랬던 것이군요."

"그까짓 노상강도들이 무에 무섭다고."

건너편 탁자에서 노지량이 불쑥 끼어들었다.

방 씨는 노지량을 향해 한차례 눈을 흘겨 주고는 다시 사내를 돌아보며 물었다.

"그래, 묵을 곳은 정하셨어요?"

"글쎄요. 여긴 초행이라."

"달리 정한 곳이 없으면 저희 객점에서 하룻밤 묵으시는 건 어때요? 마침 이 층에 빈 객방이 몇 개 있는데 술 취해 난동을 부리는 사람도 없고 편안하게 묵으실 수 있을 거예요."

방 씨가 몸을 착 밀착시키며 수작을 건넸다. 잘하면 늙은 남편이 잠든 사이 자신을 한 번 품어볼 수 있을지도 모른다는 분위기를 살살 풍기면서.

사내는 품속을 뒤져 은전 하나를 더 꺼내 탁자 위에 올려놓았다. 눈이 휘둥그레진 방 씨는 은전은 주울 생각도 않은 채 몸을 더욱 밀착시키며 말했다.

"더 필요한 건 없어요?"

노지량은 두 눈을 휩떴다.

저 여편네가 간이 배 밖으로 나와도 유분수지, 남편이 빤히 쳐다보는 앞에서 무슨 저런 헛소리를 하는 것인가. 꼭지가 돈 노지량이 탁자를 뒤집어엎어 버리려는 순간 사내가 방 씨를 억지로 떼어내며 말했다.

"목욕물이나 좀 데워주십시오."

방 씨는 아쉬워 죽겠다는 표정을 짓더니 슬그머니 사라졌다.

"큼!"

노지량은 종종걸음으로 사라지는 방 씨의 등에 대고 콧방귀를 뀌어 주고는 사내를 돌아보며 대뜸 물었다.

"젊은이는 행선지가 어디오?"

앞서 방 씨의 면박을 받아서인지 이번엔 어디서 왔느냐가 아니라 어디로 가느냐. 사실 상대를 알고자 한다면 이게 가장 정확한 질문이긴 하다. 사람은 어디에서 무엇을 하고 살았는지보다는 어디로 가고 무엇을 할 것인지가 더 중요한 법이니까.

"일자리를 찾아 여기저기 떠도는 중입니다. 지금은 성도에서 큰 싸움이 있었다기에 혹여 발붙일 곳이 있나 해서 가는 길이고요."

"낭인이시오?"

"뭐, 그런 셈이지요."

'무사 자리 하나 얻자고 무슨 성도까지나. 안 봐도 알 만하군.'

시골의 양민들에겐 평생을 가도 한두 번 볼까 말까 한 사람들이 무인이지만, 일단 무림에 발을 들여놓고 보면 발에 채는 것 또한 무인이고 방파다.

저만한 덩치에 구하려고 들자면 얼마든지 구할 수 있는 게 칼잡이 자리건만, 그것 하나 잡자고 그 먼 성도까지 가겠다는 걸 보면 어지간한 곳에서는 받아주지 않을 만큼 솜씨가 형편없는 모양이다.

"검은 좀 쓰시나?"

노지량이 탁자 옆에 비스듬히 세워둔 장검을 힐끗 보며 물었다. 말투가 어느새 하대로 바뀌어 있었다. 공대가 평대로 바뀔 때는 둘 중의 하나다. 상대가 만만해 보이거나, 아니면 상대가 거절할 수 없는 무언가를 내가 줄 수 있을 때. 노지량은 둘 다였다.

"밥값은 합니다."

"혹, 삼강촌에서 일해볼 생각 없나?"

"삼강촌에서요?"

"촉도의 길목에 있다 보니 예로부터 삼강촌에는 별의별 미친놈들이 다 드나들지. 해서 어지간한 여곽에선 칼잡이들 네댓 명씩을 꼭 상주시켜 놓는다네. 하지만 내가 소개해 주려는 곳은 그런 여곽이 아닐세. 어엿한 무가의 호원무사자리란 말이지. 혹, 만검산장이라고 들어봤나?"

"글쎄요."

"쯧쯧쯧, 촉도를 지나면서 만검산장을 모르다니. 그런 귀동냥으로 그동안 어찌 칼밥을 먹었을꼬. 만검산장은 장장 일천육백 리에 달하는 촉도 상의 방파들 중 가장 큰 곳일세. 강호인들은 만검산장의 장주 백인명에게 촉도검왕이라는 별호까지 선사했을 정도지. 만검산장은 가법이 엄해 내력이 수상한 외부인들은 함부로 고용하지 않는다네. 하지만 일단 만검산장의 호원무사가 되고 나면 그야말로 팔자가 바뀌지. 만검산장은 호원무사들을 단순히 돈에 고용된 무사가 아니라 거의 제자의 수준으로 대우해 주거든."

"그런 대단한 곳에서 저 같은 뜨내기 무사를 받아줄까요?"

"혼자였다면 당연히 어림도 없는 소리지."

말과 함께 노지량이 엄지와 검지를 동전 모양으로 구부려 몇 개 달려 있지도 않은 턱수염을 위에서 아래로 쓸어내렸다. 돈을 달란 소리다.

사내는 품속에서 은전 하나를 꺼내 탁자 위로 올려놓았다. 노지량은 누굴 놀리느냐는 듯 콧방귀를 뀌고는 다시 수염을 쓸어내렸다.

한 냥을 더 얹고, 두 냥을 더 얹어도 노지량은 꿈쩍도 하지 않았다. 그는 무려 여덟 냥을 올려놓은 후에야 탁자로 와서 은전을 홱 잡아챘다.

"따라오시게."

"지금 당장 말입니까?"

"쇠뿔도 단김에 빼야지."

"하지만 이미 방값을 지불했는데요?"

"그나마 그것 때문에 겨우 여덟 냥에 일자리를 구해주는 줄이나 알게. 그리고 이건 노파심에서 하는 말이네만, 아까 그 여자를 어떻게 한번 엮어볼 욕심에 오늘 밤 객점을 찾아올 생각일랑 꿈에도 말게. 눈치챘는지 모르지만 그 여잔 내 마누 랄세."

떡 줄 사람은 생각지도 않는데 조청부터 고고 있다. 사내는 피식 웃고는 노지량을 따라나섰다. 그때 방 씨가 후다닥 달려 나와서는 노지량의 손목을 잡아끌고 부엌으로 갔다. 그러곤 모기만 한 소리로 속삭였다.

"어쩌려고요?"

"임자는 짐이나 싸고 있어. 간만에 호구가 나타났는데 마지막으로 단물 한번 쫙 빨아보고 가야지."

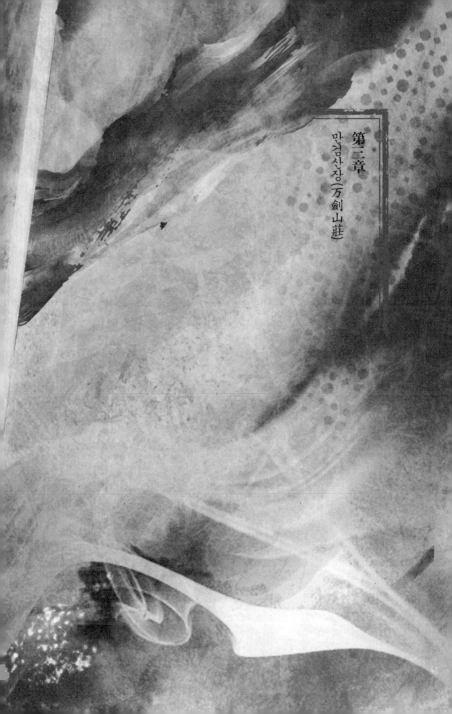

第二章

만검산장(万劍山莊)

검각에서 면양으로, 혹은 면양에서 검각으로 들어가려면 반드시 거쳐야 하는 벼랑길이 있었다.

협곡 위로 난 길의 폭은 일 장여. 말과 사람이 지나기에는 넉넉하고 마차가 다니기에는 조금 모자란 이 길을 촉도를 오가는 상인들은 마상수사도(馬上睡死道)라고 불렀다.

말을 타고 가다가 깜빡 졸기라도 하는 날엔 천 길 낭떠러지 아래로 떨어져 죽기 십상이라는 뜻이다.

한 여자가 호위무사 일곱 명과 함께 마상수사도 위를 말을 탄 채 가고 있었다. 스무 살가량이나 되었을까? 백의궁장에 머리에는 옥잠을 꽂고, 허리에는 삼 척의 장검을 야무지게 매달았는데 그 모습이 그녀의 위로 쏟아져 내리는 달빛과 어울리어 사뭇 그윽한 분위기를 자아냈다.

여자의 이름은 백미랑, 만검장주 백인명의 무남독녀 외동딸이자 장차 만검장의 대를 이끌 용혈이었다.

든든한 배경에 숱한 젊은 고수들의 흠모를 한몸에 받는 빼어난 미모, 거기에 뛰어난 무재까지. 어느 하나 부족한 것 없는 백미랑이었지만 지난 며칠만큼 자신이 무능력하게 느껴지기는 처음이었다.

사건의 발단은 보름 전으로 거슬러 올라간다.

여느 때처럼 평화롭기만 하던 그날, 온몸을 보옥으로 요란하게 치장한 정체불명의 미공자가 호위무사 둘을 대동하고 삼강촌에 묵었다.

삼강촌에 묵는 여행객들이 으레 그렇듯 그들 역시 밤늦도록 술을 마셨고, 노름을 했으며, 여자들과 함께 뒹굴었다. 그러다 미공자가 시중들던 기녀를 베어 버리는 사달이 벌어졌다. 자신의 잘 생긴 얼굴에 손톱자국을 냈다는 것이 이유였다.

객점에 고용된 호위무사들이 이를 따지자 이번엔 미공자의 호위무사들이 객점의 호위무사 셋을 그 자리에서 베어 버렸다.

화가 머리끝까지 난 객점의 주인은 평소 유대가 깊던 인근 객점의 호위무사 십여 명을 데려와서는 미공자와 그의 호위 무사들을 그 자리에서 죽여 버렸다.

그리고 닷새 후, 정체를 알 수 없는 무리가 말을 타고 검각을 지나왔다. 숫자는 쉰, 하나같이 흉악한 용모에 살벌한 기도를 풍기는 자들이었다.

그들은 서너 달 전부터 진령 일대에서 위맹을 떨치고 있는 폭룡채(暴龍寨)의 녹림군자들이라고 자신들을 소개한 후 삼강촌에서 죽은 미공자가 채주의 의제이며, 그를 죽인 자들의 목을 가지러 왔다고 했다.

험난한 환경에서 밥벌이하는 만큼 삼강촌의 여곽들은 결속력이 강했다. 삼강촌에 산개해 있던 쉰 개 여곽에서 백여 명에 달하는 무사들이 사달이 벌어진 용호객점으로 모여들었고, 한바탕 전투가 벌어졌다.

일백 대 쉰 명의 대결.

삼강촌에서 칼밥을 먹는 호위무사들 중에는 강호에서 나름 이름을 날린 고수들이 적지 않았지만 녹림도들을 당할 수는 없었다. 일백의 여곽 호위무사들은 반 시진도 지나지 않아 오십으로 줄었다. 반면 녹림도들의 사상자는 단 일곱에 불과했다.

때마침 외출에서 돌아온 만검산장의 장주 백인명이 급보

를 전해 듣고는 휘하의 고수 오십을 데리고 용호객점으로 달려갔다.

백인명은 촉도를 통틀어 적수를 찾기 어려운 일류고수, 사람들은 항상 그래 왔던 것처럼 백인명이 저 잔악무도한 무리를 처단해 줄 것을 믿어 의심치 않았다.

한데 상황은 전혀 그렇게 전개되질 않았다.

그들 쉰 명의 녹림도 중에 엄청난 고수가 숨어 있었던 것이다. 수하들이 여곽의 호위무사들과 전투를 벌이는 와중에도 나서지 않았던 그를 상대로 백인명은 삼백여 초식을 겨루었다. 결과는 백인명의 완벽한 패배, 백인명은 오른쪽 가슴에 강력한 일 장을 맞고는 피를 토하며 쓰러졌다.

놀랍게도 상대는 장막에 가려져 있던 폭룡채의 채주였다.

이후 녹림도는 백미랑과 삼강촌의 여곽주들에게 채주의 의제를 죽인 대가로 은 십만 냥을 내놓을 것을 요구한 후 검각 너머로 사라졌다. 열흘 후 다시 오겠다는 말과 함께.

그날 밤, 백인명은 냉탕과 열탕을 오가다 샛별이 돋을 무렵 조용히 숨을 거두었다. 백미랑은 아비의 죽음을 슬퍼할 겨를도 없이 촉도 상에 있는 여러 방파들을 찾아다니며 폭룡채와의 결전에 힘을 보태달라고 요청했다.

평소 인심을 잃지 않았던 백인명이었기에 백미랑은 당연히 너도나도 나서서 도와줄 줄 알았다.

하지만 세상은 그렇게 호락호락하지 않았다.

정승집 개가 죽으면 문상객이 문전성시를 이루어도 정작 정승이 죽으면 얼씬도 하지 않는다더니 세상인심이 딱 그랬다.

백인명이 죽었다는 말에 폭룡채가 촉도로 세력 확장을 목적으로 처음부터 만검산장을 노렸다는 소문이 돌면서 인근의 무림방파들은 너도나도 몸을 사렸다.

백미랑에게 마음을 고백했던 젊은 고수들도 그랬고, 만검산장과 사돈을 맺고 싶다며 한 달이 멀다 하고 매파를 보내오던 방파의 방주들도 그랬다. 그들은 갖은 핑계를 대며 먼 길을 찾아간 백미랑을 만나주지도 않았다. 폭룡채의 위세에 겁을 집어먹은 것이다.

그리고 지금 백미랑은 쓸쓸히 만검산장으로 돌아가는 길이었다. 내일이면 꼭 열흘 된다. 아버지를 쓰러뜨린 후 자신을 노려보며 열흘의 말미를 주겠다고 경고하던 그자의 섬뜩한 눈빛을 아직도 잊을 수가 없었다.

"잠시 쉬었다 갈까?"

백미랑이 말을 멈추고는 안장에서 내려 벼랑 쪽으로 다가갔다. 밤인데다 안개까지 자욱해 협곡 아래는 잘 보이지 않았다.

이대로 몸을 던지면 바닥에 닿을 때까지 얼마나 시간이 걸

릴까? 아무리 길어도 긴 인생에 비하면 찰나에 불과하리라. 열아홉 해를 살았지만 죽는 건 이처럼 한순간이다.

그때였다.

협곡 아래에서 한 자락 돌풍이 솟구치더니 백미랑의 전신을 휘감았다. 백미랑이 한순간 중심을 잃고 휘청거렸다. 호위무사 하나가 득달같이 달려들어 백미랑의 허리를 잡아챘다. 호위무사의 품에 맥없이 쓰러지는 백미랑의 뺨 위로 고운 머리카락이 어지럽게 출렁였다.

"정신 차리십시오!"

호위무사가 버럭 화를 냈다.

그는 만검산장의 총관 두추옥이었다. 나이는 마흔, 십여 년 전 백인명의 초빙으로 만검산장에서 일 년을 머물다가 아예 눌러앉은 사람이었다. 백미랑에과는 나이를 초월한 우정을 나눌 만큼 막역한 사이였다.

"나 지금 우스워 보이지 않아요?"

"……?"

"도움을 구걸하러 가면서 이렇게 차려입고 갔잖아요. 예를 갖추는 거라고 합리화했지만 사실은 아니었어요. 난 무림방파의 후기지수들에게 잘 보이고 싶었던 거예요. 그들의 마음을 사로잡아서라도 도움을 받으려고."

"……."

"중양문(重陽門)을 찾아갔을 때 서쪽 누각 창문 너머로 문주와 그의 아들이 나를 지켜보는 걸 봤어요. 얼마나 우스웠을까? 그렇게 매파를 보내도 꿈쩍을 않던 내가 꽃단장을 하고 제 발로 찾아온 걸 보고는."

"후회되십니까?"

"아니, 만검산장을 구할 수만 있다면 난 더한 일도 했을 거예요. 지금도 내가 할 수 있는 일이 없다는 게 안타까울 뿐, 방법이 있다면 무엇이든 할 거예요."

"하면 무엇이 문제입니까?"

"만검산장의 권위에 먹칠을 했잖아요."

"오늘의 수모를 잊지 마십시오. 그리고 언젠가는 반드시 도의를 무시하고 소장주께 수모를 준 저들을 철저히 짓밟아 버리십시오. 그러면 만검산장의 권위를 다시 세울 수 있습니다."

"그럴 기회가 올까요?"

"오도록 만들어야죠. 그게 만검산장의 소장주가 지금부터 하실 일입니다. 만에 하나… 만검산장을 지켜내지 못하더라도 끝까지 장렬하게 싸우십시오. 이건 백인명의 딸로서 하실 일입니다."

"……!"

"촉도검왕은 일생을 통틀어 흑도의 무리 따위에게 머리를 조아려 본 적이 없는 강골의 무인, 하지만 촉도검왕의 권위는 무공이 아니라 그 꼿꼿한 기개로부터 나온 것입니다. 소장주께서 수모를 당하신 것은 장주께서 서거하신 탓도, 그들이 폭룡채를 두려워한 탓도 아닙니다. 소장주께서 그들에게 신뢰를 주지 못했기 때문이죠. 만검산장의 새로운 장주가 아닌 여자로서 그들을 찾아간 순간, 이미 굴욕을 자처하신 겁니다."

백미랑은 망치로 뒤통수를 맞은 것 같았다.

두추옥을 바라보던 그녀의 눈동자에 비로소 생기가 돌았다. 자신이 무엇을 잘못했는지, 이제부터 무엇을 해야 할지 명확히 깨달았기 때문이다.

"사람들을 끌어모아야겠어. 도와줄 거죠?"

"명령이십니까?"

"그래요. 명령이에요."

"목숨으로 받들겠습니다."

말과 함께 두추옥이 한쪽 무릎을 털썩 꿇었다. 그의 뒤편에 서 있던 여섯 명의 호위무사들도 일제히 무릎을 꿇으며 복창했다.

"목숨으로 받들겠습니다."

*　　　*　　　*

세상엔 결심만으로 되지 않는 일이 있고, 용기만으로는 할 수 없는 일이 있다. 누군가에게 목숨을 빌리는 일이 그랬다. 삼강촌에 도착했을 때는 깜깜한 밤이었다.

그곳에서 백미랑은 믿을 수 없는 광경을 보았다.

횃불을 대낮처럼 밝힌 가운데 삼강촌의 입구에서부터 수십 대의 마차가 늘어서 있었던 것이다. 그 마차로 여곽의 주인들과 일꾼들이 짐을 부리나케 옮겨 싣는 중이었다.

"이게 다 무슨 일이죠?"

백미랑이 물었다.

"얘기 들었습니다. 가는 곳마다 문전박대를 당하셨다지요?"

삼강촌의 여곽들 중 가장 큰 규모를 자랑하는 용호객점의 주인 여동갑이 말했다. 백미랑은 한순간 아무런 대답도 할 수 없었다. 말보다 빠른 것이 소문이라더니, 어떻게 이토록 빨리 전해질 수가 있나. 정작 소문의 당사자는 이제야 돌아왔건만.

"지난 열흘 동안 호위무사들이 모두 떠나 버렸습니다. 일부는 부상을 치료한다는 명목으로 떠났고, 일부는 그야말로 야반도주를 해버렸지요."

어느 정도는 예상했던 일이다.

돈을 받고 무예를 파는 자들이 한낱 고용주를 위해 목숨을 걸어줄 리 없다. 그들을 탓할 일도, 애석해할 일도 아니었다.

"그래서 지금 야반도주라도 하시겠다는 말씀인가요?"

"우리도 살 궁리를 해야지 않겠습니까?"

"선대의 어른들께서 삼강촌에 들어왔을 때는 장족 몇 가구가 살던 작은 화전민 촌에 불과했다고 들었어요. 이후 대를 거치며 많은 분의 땀과 노력으로 지금의 삼강촌이 만들어졌죠. 고목은 뿌리를 옮기면 죽는 법이라고 들었어요. 정녕 터전을 버리고 떠나실 건가요?"

"타인의 손에 의해 뽑힐 뿌리라면 차라리 제 손으로 뽑아 버리겠습니다."

"아저씨!"

"섬서에서 온 상인들 말을 들으니 수십 년 넘게 진령을 떨어 울리던 녹림채 다섯 곳이 불과 한 달 만에 쑥대밭이 되었다더군요. 모두 폭룡채 놈들의 짓이랍니다. 그들은 녹림의 도의도 없고, 무림의 도의도 없는 악귀들입니다. 그들에게 짓밟힌 다섯 산채의 채주들은 사지가 찢긴 채 들개밥으로 뿌려졌다더군요. 그들과 맞서는 건 자살행위입니다. 돈이 아무리 좋기로 목숨과 맞바꿀 수는 없지요."

여동갑이 뒤를 돌아보며 일꾼들을 재촉했다.

"뭣들 하는 거야. 다들 서두르라고."

자신들을 지켜줄 호위무사들이 떠나버리자 여곽의 주인들도 살아날 궁리를 했다. 그들이 한 궁리란 돈이 될 만한 것들을 챙겨 삼강촌을 떠나는 것이었다.

상강촌에 늘어져 있던 수십 대의 표국 마차들은 바로 여곽의 짐을 싣고 가려고 온 마차들이었다.

"성도의 남쪽에 벽강촌(碧江村)이라는 곳이 있습니다. 대도하(大渡河)의 물길이 산굽이를 만나 도는 곳인데 앞을 흐르는 강을 제외하고는 삼방이 온통 깎아지른 절벽으로 둘러싸여 있어 예전부터 사람이 들어와 살지 않는 곳입니다. 그곳에 포구를 만들고 여곽을 지을 겁니다. 대도하를 지나는 모든 배가 벽강촌에 정박을 할 수 있도록 말입니다. 작게나마 산장을 세울 만한 터도 하나 만들어 둘 터이니 혹여 구사일생으로 목숨을 부지하시거든 소장주께서도 찾아오십시오. 그럼."

여동갑은 공손한 태도로 포권지례를 한 후 물러났다. 협곡 사이에 새둥지처럼 자리한 만검산장을 요새로 삼고, 삼강촌에 남아 있던 사람들을 끌어모아 결사 항전을 생각했던 백미랑은 온몸에서 기운이 빠져나가는 것 같았다.

지난 열흘 동안의 외출은 공염불이 되어 버렸고, 최후의 보루였던 삼강촌의 사람들은 오늘 밤을 기해 모두 떠나가겠단다.

만약 아버님이 무사하셨어도 저들이 저랬을까? 두추옥의 위로로 용기를 얻은 것도 잠시, 모든 게 자신의 무능력함으로 말미암아 벌어진 것 같아 쓸쓸하기 짝이 없었다.

*   *   *

까마득히 솟은 벼랑을 좌우에 두고 고즈넉하게 들어앉은 만검산장은 여느 때와 다름없이 평온했다.

호박돌을 삼 장 높이로 쌓아 만든 담벼락은 협곡으로 들어가는 관문이자 언제 나타날지 모르는 도적떼로부터 만검산장을 지키기 위한 일종의 성벽이었다.

검각은 섬서와 사천을 잇는 교통로이자 군사적 요충지였던 탓에 예로부터 도적떼의 출몰이 잦았다. 지난 백여 년 동안 만검산장은 십여 차례나 이런저런 도적떼의 공격을 받았고, 그때마다 놈들을 물리쳤다. 담벼락 곳곳에는 아직도 격전의 흔적이 고스란히 남아 있었다.

구원병을 구하러 갔던 백미랑 일행이 정문을 통과하자 횃불을 든 호원무사들이 우르르 모여들었다. 지원병을 구하러 갔던 일이 어떻게 되었나 궁금해서 견딜 수가 없었던 탓이다.

백미랑은 자신을 응시하는 사람들을 하나하나 눈에 담았다. 만검산장에서 밥을 먹는 무인들의 숫자는 본시 백여 명, 장주 백인명이 작지만 가족 같은 문파를 지향했기 때문에 가장 성세를 누렸을 때도 채 백오십을 넘기지 않았다.

비록 작은 숫자일망정 결속력만큼은 대단했다. 여곽의 무사들이 죄다 달아나 버리는 와중에도 만검산장에선 단 한 명의 이탈자가 없다는 것이 이를 증명해 준다.

하지만 보름 전에 있었던 일로 무려 절반이 죽고 지금은 겨우 오십여 명 정도만 남아 있었다. 그나마 내일이면 저들의 목숨도 보장할 수가 없게 된다.

백미랑은 미안해서 어쩔 줄을 몰랐다.

백미랑의 곤란함을 눈치챈 두추옥이 호원당주 이원익에게 물었다.

"별일 없었나?"

"염려 마십시오. 모두 동요없이 맡은 일들을 잘 해내고 있습니다."

"고생했네. 내일이라고는 했지만 밤중에라도 놈들이 들이닥칠지 모르네. 한 점의 경계심도 늦추지 않도록 각별히 신경 써주게."

"물론이지요. 한데 가신 일은……?"

이원익이 조심스럽게 물었다.

두추옥은 말없이 고개를 가로저었다.

"여곽주들이 하는 말이 사실이었군요."

"그리되었네."

곳곳에서 나직한 한숨이 흘러나왔다.

다들 낙담한 기색이 역력한 가운데 조장들의 독려로 무사들이 각자의 위치로 돌아갔다. 연무장에 두추옥과 백미랑만 남았을 때 이원익이 이상한 말을 했다.

"노지량이 아까부터 총관님을 기다리고 계십니다."

"노지량이라면 천금객점의 그 약삭빠른 늙은이?"

"그렇습니다."

"그자가 왜?"

"그가 무사를 하나 데리고 왔는데, 혹시 만검산장에서 쓸 일이 없겠느냐고 합니다."

"여곽의 무사 중에 떠나지 않은 자가 있었던가?"

"여곽 무사가 아닙니다. 오늘 낮에 검각을 지나 천금객점에서 묵으려 했던 떠돌이 무사라는군요."

"자네가 잘못 들은 게 아닌가?"

"저도 처음엔 누굴 놀리나 했는데, 그런 것 같지는 않습니다. 오척장검을 등에 가로질러 멨는데 체구가 장대하고 눈빛이 제법 매섭습니다. 한번 만나 보시겠습니까?"

두추옥과 백미랑은 약속이나 한 듯 서로 바라보며 의아한 표정을 지었다. 수십 년을 알고 지낸 사람들도 죄다 내빼는 와중에 떠돌이 무사가 만검산장에서 일을 해보겠다니……

*　　*　　*

만검산장은 본시 신입무사들을 받는 경우가 드물었다. 대신 백인명이 강호 이곳저곳을 여행하다 쓸 만한 재목이 보면 산장으로 데려와 무예를 가르치고 가족처럼 보살펴 주었다.

덕분에 누군가 새로 만검산장의 식구가 된다면 열 살 전후의 어린 사내아이들이 많았다. 그가 자라서 만검산장을 수호하는 호위무사가 되는 것이다.

열 살가량의 사내아이가 자라 한 명의 당당한 무인이 되기까지 만검산장에서 흘린 땀이 얼마나 많겠는가. 호위무사들이 만검산장을 사문처럼 아끼고 사랑하는 이유가 여기에 있었다.

그러나 아주 가끔, 외부의 무인들을 초빙하는 경우가 있었다. 산장의 무사들에게 바깥세상의 무공을 견식하게 해주려는 장주 백인명의 배려 때문이다.

그렇게 초빙된 사람들 중 일부가 만검산장의 가족 같은 분위기에 취해 눌러앉는 경우가 더러 있었다. 두추옥이 바로 그런 경우였다.

그러나 떠돌이 낭인무사를, 그것도 오늘 처음 삼강촌에 나타난 자를 받아들인 경우는 한 번도 없었다.

백미랑과 두추옥이 접견실을 찾았을 때는 노지량이 사내 하나를 대동한 채 기다리고 있었다. 이원익의 말대로 사내의 첫인상은 강렬했다. 떡 벌어진 어깨에 피풍의를 걸치고, 머리카락은 대충 틀어 묶었으며, 등에는 오척장검을 가로질러 멨는데 한눈에 보아도 힘깨나 쓸 장사였다.

그리고 기도가 있었다.

분명히 살기는 아닌데 살짝만 건드려도 포효를 내지를 것 같은 맹수의 기도가 그에게는 있었다.

백미랑은 그것이 오랜 세월 강호를 떠돌며 거친 삶을 살아온 낭인들 특유의 기세라고 생각했다. 삼강촌에는 저런 떠돌이 낭인들이 수도 없이 나타났다가 하룻밤을 묵곤 사라졌다.

"만검산장에서 일을 하고 싶다고요?"

백미랑이 물었다.

노지량이 얼른 대답을 가로챘다.

"그렇습니다. 무사를 필요로 하는 곳을 찾아 성도로 가는 길이라기에, 일거리를 찾는 거라면 삼강촌에서 훌륭한 곳이 있는데 뭐하러 거기까지 가느냐며 데리고 왔습죠. 보시다시피 체격도 훌륭하고 눈도 제법 부리부리한 것이 듬직하지 않습니까?"

백미랑은 저 사내가 노지량에게 사기를 당했음을 간파했다. 저 날랜 혓바닥에 속아 아무것도 모르고 왔을 터, 이대로 받아들이는 건 도리가 아니었다.

그렇다고 알지도 못하는 사람에게 만검산장이 처한 상황을 일일이 설명해 줄 이유도, 시간도 없었다. 백미랑은 점잖

게 거절했다.

"알다시피 만검산장은 외부인을 받아들인 전례가 드뭅니다. 하물며 오늘 처음 만난 사람인 바에야 더 할 말이 없겠지요."

"폭풍이 불라치면 길가에 굴러다니는 부지깽이 토막도 주워다가 울타리에 박아 넣는 법입니다. 멀리서 데려와도 부족한 시기에 제 발로 걸어 들어온 사람을 어찌……."

노지량이 말꼬리를 흘리며 답답하다는 표정을 지었다. 그가 말한 폭풍은 당연히 폭룡채를 말하는 것이었다. 지금 만검산장이 처한 상황을 폭풍 전야에 비유함으로써 사내에게는 최대한 사실을 숨기려 했다.

하지만 백미랑은 내 형편 돌보자고 아무 관련 없는 사람을 나락으로 끌어들일 만큼 뻔뻔하지 못했다. 아무래도 안 되겠다 싶은 백미랑은 사내를 향해 직접 말했다.

"폭룡채라고 들어보신 적 있나요?"

노지량은 깜짝 놀랐다.

저 답답한 계집 좀 보소.

지금 이 순간 폭룡채 얘길 꺼내면 어쩌자는 건가.

사내가 말했다.

"한중이 떠들썩하더군요. 진령에서 신흥 녹림세력이 부상하고 있는데 제법 사람을 잘 죽인다고요."

"얼마 전 그들이 나타나 삼강촌을 쑥대밭으로 만들고 돌아 갔죠. 그리고 이르길 열흘 후 다시 올 때까지 은 십만 냥을 내 놓으라고 하더군요. 저는 그들과 맞서기 위해 산자락 아래에 있는 거산(鋸山), 면양(綿陽), 덕양(德陽)에 이르기까지 무려 스무 곳의 무림방파와 표국들을 찾아가 무사들을 보내줄 것 을 간청했지만 모두 거절당했어요. 심지어 삼강촌의 무사들 과 여곽주들도 죄다 빠져나가고 있고요. 내일은 그들이 말한 열흘째가 되는 날이죠. 그래도 만검산장에서 일을 하고 싶은 가요?"

노지량은 안절부절못했다.

모처럼 호구 하나를 엮어 노잣돈이라도 좀 마련해 보려고 했더니만 저 답답한 계집애가 이렇게 초를 칠 줄이야. 성정이 올곧은 줄은 알았지만 지금은 양심을 운운하고 있을 때가 아 니질 않은가.

게다가 낭인들은 어차피 칼끝에 인생을 거는 자들인데, 그 런 자들 목숨 하나 거둔다고 뭐 어떻단 말인가. 내 손으로 직 접 거두는 것도 아닌 것을.

'그렇게 당하고도 아직 세상 물정을 모르다니……'

슬그머니 곁눈질을 해보니 사내는 무슨 생각을 하는 건지 입을 꾹 다물고 있다. 속으로 놀라 나자빠질 지경이지만, 꼴 에 사내랍시고 애써 침착한 척을 하고 있는 게 분명했다.

'산장을 나가면 나를 찢어 죽이려 들 텐데, 이를 어쩐다. 중간에 기회를 엿보아 빠져나가야겠다. 여곽주들 틈에 섞여 있으면 제 놈도 검을 뽑지는 못할 테지.'

잠시 시간이 흐른 후 사내가 입을 열었다.

"검채(劍柴)는 얼마나 주시는 겁니까?"

검채란 떠돌이 낭인들이 한시적으로 일을 해주고 받는 돈, 다시 말해 칼값을 말한다. 낭인들답게 한 곳에 오래 머무르는 일이 드물기에 대개는 보름씩 혹은 한 달씩 셈을 해서 받는 것이 관례였다.

백미랑도, 노지량도, 두추옥도 놀란 표정을 감추지 못했다. 살 맞은 멧돼지처럼 발딱 일어나 줄행랑을 칠 줄 알았더니 검채가 얼마냐고? 이건 만검산장이 폭룡채의 위협을 받아 풍전등화의 위기에 놓인 것을 알면서도 일을 하겠다는 뜻이 아닌가.

백미랑은 호기심이 일었다.

"얼마를 원하시죠?"

"먼저 선금으로 은 열 냥을 주십시오. 삼강촌으로 들어오자마자 부부강도단을 만나 은 열 냥을 빼앗겨 버렸거든요."

노지량은 움찔 놀라며 사내와 백미랑의 눈치를 살폈다. 백미랑이 다시 물었다.

"그리고요?"

"날마다 은 백 냥씩을 주십시오."

"······!"

은 백 냥이면 사 인 가족이 반년은 풍족하게 먹을 수 있는 큰돈이었다. 그걸 날마다 계산해 달라니, 세상에 이렇게 비싼 낭인은 없다. 노지량은 사내의 배포에 눈이 휘둥그레졌고, 백미랑은 표정을 착 가라앉혔다.

그때였다.

차앙!

두추옥의 검집으로부터 번개처럼 뽑혀 나온 검이 사내의 턱밑에 붙었다. 느닷없는 전개에 노지량은 놀라 나자빠지고, 이원익과 백미랑은 표정을 굳혔다. 오직 한 사람, 거구의 사내만 돌부처처럼 미동도 않은 채 앉아 있었다.

"누가 보냈느냐?"

두추옥이 물었다.

"난 어디에도 얽매이지 않은 자유인이오."

"지금과 같은 상황에서 만검산장으로 들어오겠다는 자가 있다면 둘 중 하나밖에 없지. 만검산장의 경계태세를 정탐하기 위해 폭룡채에서 보낸 끄나풀이거나 아니면 미친놈이거나. 설마 우리가 후자라고 믿어주리라 생각하는 건 아니겠지?"

좌중의 공기가 차갑게 식었다.

모두 간과하고 있었는데 과연 그렇지 않은가.

노지량은 온몸에 소름이 돋았다.

그러고 보니 수상한 게 한두 가지가 아니다.

하고많은 객점 중에 하필 자신이 있는 천금객점으로 들어온 것도 이상하고, 일자리를 구할라 치면 섬서에도 얼마든지 있는 것을 굳이 먼 사천땅까지 와서 성도로 들어간다고 한 것도 이상하다. 낯모르는 사람의 한마디에 갑자기 방향을 꺾은 게 무엇보다 이상했다.

확실했다.

놈은 처음부터 만검산장을 노리고 자신에게 접근했다. 자신이 호구를 엮은 줄 알았더니 오히려 놈의 기만술에 당해 폭룡채의 끄나풀을 만검산장으로 이끌었던 것이다.

백미랑은 백미랑대로 가슴을 쓸어내렸다.

두추옥의 노련한 눈썰미가 아니었다면 큰일을 치를 뻔했다.

그때 사내의 입에서 묵직한 음성이 흘러나왔다.

"폭룡채가 끄나풀을 보내 정탐을 해야 할 만큼 만검산장이 대단한 방파라고 생각하는 거요? 내 보기엔 아닌 것 같은데."

"……!"

사람들의 얼굴이 하얗게 변했다.

듣고 보니 이 또한 맞는 말이지 않은가.

"하면 왜 이 살벌한 시국에 만검산장에서 일을 하겠다는 거죠?"

백미랑이 물었다.

"은 백 냥은 작은 돈이 아니지요."

"액수가 아무리 커도 목숨보다 중요하진 않죠."

"오히려 그 반대입니다. 저희 세계에서는 '큰돈을 만지려면 목숨을 걸어라' 라는 말이 있죠. 그런가 하면 '그런 기회도 매양 오는 게 아니다' 라는 말고 있고요."

"이번 싸움은 어느 한쪽이 몰살을 당하지 않는 한 끝나지 않을 거예요. 살아남을 자신 있나요?"

"소장주님께선 폭룡채 놈들을 잡으십시오. 저는 한몫을 잡겠습니다."

전혀 겁을 먹지 않는 사내의 배짱 때문일까? 이원익은 심각한 상황이라는 것도 잊은 채 '풉' 하고 웃음을 터뜨렸다. 두추옥이 사납게 노려보자 그제야 움찔하며 표정을 가다듬었다.

백미랑과 사내 사이에 한동안 눈싸움이 이어졌다. 한참을 노려보던 백미랑이 먼저 침묵을 깼다.

"이름이 뭐죠?"

"장개산입니다."

"말로는 누구라도 호랑이와 싸울 수 있죠. 내일 이 시간에도 만검산장이 무사하고 당신이 살아 있다면 은 백 냥을 드리죠. 두 총관, 장 무사님께 선금으로 은 열 냥을 드리세요. 노 노사께도 닷 냥을 드리고요."

"소장주!"

"제 말대로 하세요."

말을 끝낸 백미랑은 홀연히 일어나 방을 나갔다.

두추옥과 이원익은 당혹스러움을 감추지 못했다. 노지량은 원했던 구전(口錢)을 닷 냥이나 받을 수 있게 된 것 때문에 속으로 쾌재를 불렀지만 한편으로는 뭔가 싸늘한 느낌을 떨쳐 버릴 수가 없었다.

아무리 생각해도 저 덩치는 처음부터 만검산장을 노리고 온 것이 틀림없다. 반백 년 가까이 거친 강호에서 살아남은 자신의 직감이 그렇게 말하고 있었다.

그렇다고 폭룡채의 끄나풀 같지는 않다.

도대체 놈은 누굴까?

무슨 목적으로 만검산장으로 들어온 걸까?

'내가 알게 뭐야.'

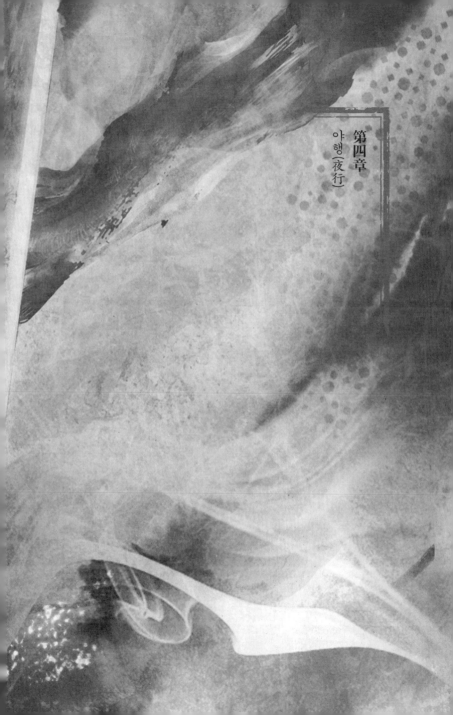

第四章
야행(夜行)

접견실을 나온 장개산은 두추옥을 따라 어딘가로 향했다.
횃불을 밝힌 채 곳곳에서 번을 서고 있던 호원무사들이 장개
산을 곁눈질했다. 잠시 후 어디선가 이원익이 나타나더니 두
추옥에게 물었다.

"어떻게 되었습니까?"

"당분간 우리와 함께 지내기로 했네."

"진담이십니까?"

"그리되었네."

이원익은 장개산을 보며 한참이나 고개를 갸웃거렸다. 그

로서는 오늘 처음 보는 외부인을 받아들인 백미랑도, 내일이면 사지로 변할 만검산장에 제 발로 들어온 장개산도 모두 이해할 수 없었다. 이원익이 다시 두추옥에게로 고개를 돌리며 말했다.

"일단 사람들에게 인사나 시키겠습니다."

"먼 길을 온 듯하니 인사는 내일 아침에 시키고, 오늘은 쉴 곳을 안내해 주게. 마침 호연각(浩然閣)이 비어 있는 것 같더군."

"알겠습니다."

두추옥에게 포권을 한 이원익은 장개산을 향해 따라오라는 한마디를 툭 던지고 앞장섰다. 장개산은 두추옥에게 가볍게 고개를 끄덕여 주고는 이원익을 따라나섰다. 두추옥이 호연각이라는 한마디를 할 때 이원익의 눈매가 살짝 빛나는 걸 그는 놓치지 않았다.

협곡의 한가운데 들어앉은 탓에 만검산장의 좌우에는 높다랗게 솟은 벼랑이 버티고 있었다. 덕분에 장원은 협곡을 따라 길쭉하게 이어졌고, 전각도 열을 지어 세워졌다.

이원익은 협곡의 안쪽 깊숙한 곳에 있는 작은 별각으로 안내했다. 적의 침입이 예상되는 출입구에서 먼 곳이라 그런지 번을 서는 호위무사들도 보이지 않고, 덕분에 사위도 캄캄했다.

장개산에게 배정된 곳은 침상 십여 개와 남북으로 뻗은 커다란 탁자가 놓여 있는 방이었다. 외부에서 손님들이 왔을 때 한꺼번에 묵을 수 있도록 마련한 일종의 객청인 것 같았다.

　고산지대에 장원을 세운 탓인지 방 한가운데는 난방을 위한 커다란 청동화로가 놓여 있었다. 왠지 모르게 쾽한 느낌에 고개를 꺾어 위를 올려다보니 어둡고 컴컴한 천장 아래로 굵고 가는 목재들이 어지럽게 지나다니고 있었다.

　장개산은 몰랐지만 이런 구조의 집은 연기를 수월하게 뽑아내기 위해서라도 천장을 높이 매달 수밖에 없고, 천장이 높으면 그것을 지탱하기 위한 목재 또한 많이 들어간다.

　"오늘은 실컷 눈이나 붙이시오. 어쩌면 이승에서의 마지막 밤이 될지도 모르니."

　"고맙습니다."

　이원익은 무언가 더 할 말이 있는 듯 잠시 머뭇거리는가 싶더니 이내 조용히 돌아섰다. 이원익이 나가자 장개산은 의자를 끌어다 청동화로 곁에 놓고는 부젓가락으로 재를 한참이나 뒤적인 끝에 겨우 불씨를 찾아냈다.

　마른풀로 불씨를 살리고 간솔과 숯을 듬뿍 넣자 뭉실뭉실 피어오르는 연기와 함께 청동화로가 노란 불덩이를 품었다. 순간, 그의 소맷자락으로부터 정체를 알 수 없는 가루가 흘러나와 화로 속으로 던져졌지만 그걸 본 사람은 없었다.

"이제야 좀 따뜻해졌군."

장개산은 양손을 뻗어 잠깐 불을 쬐다가 화로에서 가장 가까운 침상으로 갔다. 이어 장검과 피풍의를 벗어 옆에 놓아두고는 이불 속을 파고들었다.

밤이 늦은데다 험준한 검각을 지나온 탓인지 등을 붙이자마자 코를 드렁드렁 골아대기 시작했다. 그러다 한참이 흐른 후 코 고는 소리가 뚝 그치더니 슬그머니 몸을 일으키는 게 아닌가.

장개산은 침상에서 내려오자마자 피풍의를 걸치고는 허공으로 솟구쳤다. 이어 굵직한 대들보에 안착한 후 좌우를 둘러보니 저만치 컴컴한 공간에 웅크리고 있는 시커먼 그림자가 보였다.

그림자는 미동도 하지 않았다.

연야몽초(煙惹太草)의 연기를 일 다경이나 직방으로 쐬었으니 한동안은 세상모르고 곯아떨어지리라.

두추옥이 이원익에게 특별히 호연각을 지목해 준 것은 이곳이 외부인을 감시하기 좋은 탓이다. 이원익은 즉각 알아들었고, 그가 시간을 끌면서 장개산을 호연각으로 이끄는 사이 두추옥은 은신술에 능한 수하 하나를 호연각 대들보에 숨겨 둔 것이다.

　　　　　*　　　　　*　　　　　*

　천장의 통풍구를 통해 바깥으로 나온 장개산은 어둠을 틈타 장원의 뒤쪽을 향해 곧장 신형을 날렸다.

　잠시 후, 협곡 깊숙한 곳에 이르자 좌방의 벼랑 아래로 커다란 석굴이 나타났다. 잠시 주변을 둘러보고 아무도 없음을 확인한 장개산은 천천히 석굴 속으로 들어갔다.

　밤중인데다 동굴 안인 탓에 사위는 칠흑처럼 검었다. 빛이 단 한 점도 들어오지 않는 공간에서는 제아무리 대단한 내공의 소유자라도 한 치 앞을 볼 수 없다.

　장개산은 품속에서 고양이 눈알만 한 야광주를 꺼내 들었다. 빛이 부드럽게 퍼지면서 석굴의 형태가 한눈에 들어왔다.

　석굴은 넓고 좁았다.

　자연 상태의 동혈에 인공을 가미한 듯한 석굴의 안쪽에는 작은 제단이 만들어져 있고 그 아래로 석관 대여섯 개가 가지런히 놓여 있었다. 석굴에 들어서는 순간 그윽한 향이 남아 있더라니 제단 위의 향로에 누군가 향을 피우고 갔나 보다.

　만검산장의 백씨 혈족은 본래 서장에서 건너온 장족(藏族)이었다. 장족은 사람이 죽으면 매장을 하지 않는 대신 바람이 잘 통하고 건조한 동굴 속에 눕혀 말린다.

　땅이 적고 바위가 많은 고산지대에서 살다 보니 저절로 생겨난 풍습인데, 그렇다 보니 서장을 지나는 여행객들이 추위를 피해 들어간 동굴에서 종종 목내이가 된 시체를 발견하고 기겁하는 경우가 있었다.

장개산이 찾은 석굴은 백씨 혈족의 주검을 모신 일종의 묘실이었다. 삼강촌에 뿌리를 내린 지 백 년이 지난 탓에 한족 말을 하고 한족 풍습을 따르지만 장례만큼은 여전히 장족의 그것을 따랐던 것이다.

당연한 일이다.

모든 풍습 중 가장 늦게 변하는 것이 바로 장례풍습이었으니까.

장개산은 최근에 만든 듯한 석관의 뚜껑을 열었다. 그러자 두 손을 가슴에 모은 채 편안하게 잠들어 있는 노인이 모습을 드러냈다.

칠순이나 되었을까?

핏기가 죄다 빠져나간 채 바싹 말라가는 노인의 주검은 앙상하기 그지없었다. 하지만 고집스러워 보이는 턱과 관자놀이를 향해 사납게 뻗친 검미가 생전에 그의 성미가 어떠했는지를 말해주었다.

노인은 열흘 전에 죽은 촉도검왕 백인명이었다. 장개산은 백인명의 주검을 뒤집은 다음 옷을 벗기고 등을 살폈다.

누가 손바닥으로 때린 것처럼 커다란 장흔(掌痕)이 선명하게 남아 있었다. 처음엔 피처럼 붉었을 것이나 열흘이 지나면서 불에 탄 것처럼 새까맣게 변한 그것은 틀림없는 백골소혼장의 혈수인이었다.

무려 일 년 만에 야신의 흔적을 다시 찾았다.

'늙은이… 드디어 만났구나!'

백미랑은 온몸의 털이 솟구쳤다.

그녀가 묘실을 찾은 것은 일 다경 전이었다. 접견실에서 장개산을 만나고 난 후 아버지와 할아버지에게 어쩌면 마지막이 될지도 모르는 인사를 건네기 위해서였다.

향을 사른 후에도 그녀는 묘실을 떠나지 못하고 석굴 입구의 바위 턱에 앉아 달빛이 내려앉은 만검산장을 바라보았다.

아버지를 잃은 슬픔이 채 가시기도 전에 이제는 만검산장의 운명을 걸고 폭룡채의 녹림도들과 일전을 겨루어야 한다는 중압감이 그녀를 괴롭혔다.

솔직히 말하면 무서웠다.

나 하나 죽는 것은 무섭지 않았다.

백씨 가문의 대가 끊기는 것이 두렵고, 백여 년에 걸쳐 지켜온 만검산장의 무맥이 자신의 대에 이르러 멸문지화를 당하는 것이 두려웠으며, 쉰 명의 목숨을 지켜주지 못하게 된 것이 두려웠다.

이제라도 무사들에게 살길을 열어 주는 게 인간으로서의 도리가 아닐까, 그도 아니면 십만 냥을 주고 쉰 명의 목숨을 보장받아야 하는 게 아닐까.

백미랑은 갈피를 잡지 못했다.

그런데 그때, 산장 쪽으로부터 날아오는 그림자가 있었다. 흡사 한 마리 야조처럼 어둠을 가르며 달려오는 그림자를 보는 순간 모골이 송연해졌다.

재빨리 묘실 속으로 몸을 숨겼음은 물론이다.

한데 그림자는 놀랍게도 석굴 앞에서 잠시 서성거리더니 묘실로 들어올 기미를 보이는 게 아닌가. 백미랑은 한발 앞서 제단 아래 작은 공간 속으로 몸을 구겨 넣었다.

그러곤 곧장 만검산장의 비전 귀식법인 폐공둔허(閉孔遁虛)를 시전했다. 칠공(七孔)은 물론이거니와 모든 땀구멍을 막아 일말의 기척도 흘리지 않는 이 공부는 조부가 설산을 여행하던 중 어느 석굴에서 우연히 발견한 밀교의 무경에 기초해 만든 것으로 세상에 알려지지 않은 비기 중의 비기였다.

상대의 내공이 높고 낮음에 관계없이 자신을 그 공간 안에서 완벽히 없애 버리는 탓에 일단 시전을 하면 귀신도 속일 수가 있었다.

백미랑은 폐공둔허를 펼친 채 작은 틈 사이로 묘실을 살폈다. 과연 잠시 후, 그림자가 들어오는가 싶더니 야광주를 꺼내 사위를 밝혔다.

그 순간 백미랑은 머릿속이 하얘지는 것 같았다.

그림자는 일 다경 전에 만나고 헤어졌던 장개산이었다. 백미랑은 쿵쾅대는 심장을 진정시키며 그가 하는 짓을 가만히 지켜보았다. 그리고 지금 저 광경이 펼쳐지고 있었다.

어느 조상을 모신 묘실은 그 가문의 성소나 마찬가지다. 외인이 함부로 들어가는 것은 남 조상의 무덤을 파헤치는 것과도 같다.

그야말로 가문을 통째로 모욕하는 일, 사지를 찢어 죽여도 할 말이 없다. 한데 묘실에 들어온 것으로도 모자라 석관을 열고 망자의 주검을 훼손하다니.

두추옥의 말처럼 폭룡채에서 보낸 첩자가 아닐지는 몰라도 최소한 만검산장에 위해를 가하려고 찾아온 인물임은 틀림없었다.

백미랑은 온몸의 피가 끓어오르는 것을 느끼며 허리춤에 매단 검파로 손을 가져갔다. 조금 전에 보았던 신법으로 미루어 평범한 놈은 아닐 터, 기습으로 단숨에 숨통을 끊어버릴 참이었다.

'일개 낭인 주제에 네놈이 감히 만검산장을 욕보이다니!'

그때, 그가 망자를 다시 반듯하게 눕힌 다음 석관의 뚜껑을 닫았다. 이어 품속에서 준비해온 향을 꺼내 사르더니 공손한 태도로 두 번 절을 한 후 혼잣말을 중얼거렸다.

"후배는 제종산문 십칠대 제자 장개산이라고 합니다. 외인의 몸으로 감히 백씨 가문의 성소에 침입한 것을 용서하십시오. 이는 놈들의 정체를 간파하기 위한 일로 고인을 욕보이려는 생각은 추호도 없었습니다. 하지만 결례를 범한 것은 분명한 바, 사악한 무리로부터 만검산장과 백씨 가문의 혈족을 지켜 드리는 것으로 사과를 대신하겠습니다."

장개산은 마지막으로 가볍게 묵례를 한 후 홀연히 묘실을 나갔다. 홀로 남은 백미랑은 망치로 뒤통수를 맞은 것 같았다.

남의 묘실에 함부로 들어와 망자의 주검을 훼손할 때는 언제고 향을 사르고 절까지 하는 건 무슨 뜻인가?

그보다 사악한 무리는 무엇이며, 놈들의 정체를 간파하기 위해서라는 건 또 무슨 말일까?

가장 이상한 건 만검산장과 자신을 지켜주는 것으로 망자를 욕보인 것에 대한 값을 치르겠다는 말이다. 대체 그가 누구이기에 혼자서 그 무섭다는 폭룡채의 녹림도들을 상대한다는 걸까?

혹시 돌아가신 아버지와 인연이 있는 사람일까?

그래서 아버지가 돌아가셨다는 소문을 듣고 찾아와 복수를 해주려는 걸까? 아무리 생각해도 알 수가 없지만 한 가지는 분명했다.

'평범한 낭인이 아니야.'

*　　　*　　　*

다음 날 아침, 두추옥은 눈을 뜨자마자 간밤에 장개산을 감시하라고 시켰던 수하로부터 보고를 받았다.

그는 호연각에 들어오자마자 화로에 불을 지피더니 금방 곯아떨어졌단다. 그가 침대로 들어가는 걸 보고 난 후 수하는 지난 며칠 간 밤잠을 설친데다 밑에서 스멀스멀 올라오는 온기로 말미암아 깜빡 졸았다고 했다. 그 시간은 채 일각이 되지 않을 정도로 짧았고, 얼른 정신을 차리고 보니 그는 침상에서 그 자세 그대로 자고 있더라는 말도 덧붙였다.

결론은 밤새 호연각을 떠나지 않았고, 별다른 수상한 점도 찾을 수 없다는 것이다.

하지만 두추옥은 수하가 놓친 일각의 시간을 가볍게 흘려버릴 수가 없었다. 아무리 피곤하기로서니 고도의 훈련을 받은 수하가 자신이 직접 내린 명령을 잊고 졸았다는 건 뭔가 이상하지 않은가.

찜찜했지만 일각이라는 시간 동안 할 수 있는 일이 딱히 없다는 게 그의 고민을 더욱 깊게 만들었다. 게다가 밤사이 만검산장에는 아무런 일도 일어나지 않았다.

장주 백미랑은 그녀의 거처에서 아무 일 없이 잠을 잤고, 협곡 입구의 방벽도 튼튼했으며, 무사들 역시 무탈했다. 혹여 우물에 독을 탔을까 해서 확인도 해보았지만 그 역시 망상에 불과했다.

'내가 너무 예민한 걸까?'

하지만 아무리 생각해도 이건 자신의 문제가 아니었다. 생면부지의 낭인이 느닷없이 나타나 죽을 줄 뻔히 알면서도 만검산장을 돕겠다고 나선 것부터가 자신의 상식으로는 이해가 되질 않았다.

신분을 숨긴 채 위기에 처한 문파들을 남몰래 돕고 다니는 협객이라면 또 모를까? 하지만 그런 은둔고수가 하필 이 순간 만검산장에 나타날 확률이 얼마나 될까? 무엇보다 폭룡채를 상대하기엔 그 낭인의 나이가 지나치게 젊었다.

'두고 보면 알겠지.'

그때 장원의 안쪽으로부터 백미랑이 걸어 나왔다. 거추장스런 궁장은 온데간데없고 활동하기 좋은 청의무복에 장검을 허리에 찬 상태였다.

"척후로부터는 소식이 없었나요?"

백미랑이 물었다.

사흘 전부터 만검산장은 검각이 시작되는 북쪽 입구에 발

빠른 무사 셋을 보내놓고 척후를 살피게 했다. 폭룡채의 무인들이 나타나면 곧장 소식이 전해지도록 하기 위해서다.

"반 시진 전에 보고가 들어왔는데 아직은 모습을 드러내지 않았다고 합니다."

"열흘을 말했으니 분명 오늘을 넘기지 않을 거예요."

"너무 염려 마십시오. 만검산장이 이곳에 뿌리를 내린 이후 저 벽을 넘은 무리는 아직 없습니다. 어떤 놈이든 협곡으로 발을 들여 놓는 순간 벌집으로 만들어 줄 것입니다."

백미랑과 두추옥은 협곡의 중간을 막고 있는 석벽을 바라보았다. 좁은 협곡 안에 자리한 탓에 만검산장은 초입의 천여 평 공간을 마당 겸 연무장으로 썼다.

바로 그 연무장 전방에 위치한 삼 장 높이의 담장 위엔 강궁과 검으로 무장한 호원무사 쉰여 명이 삼엄한 경계를 펼치는 중이었다.

두추옥의 말처럼 누군가 협곡으로 발을 들여 놓으면 저들이 화살을 소나기처럼 퍼부을 터였다.

이른바 수성전(守成戰)이다.

병력의 숫자나 품은 고수의 면면으로 보나 만검산장은 폭룡채의 적수가 될 수 없다. 해서 지형지물을 이용해 최대한 시간을 끄는 한편 적들의 머릿수부터 줄이고 보자는 게 백미랑과 두추옥의 생각이었다. 한데 그런 결정에 반기를 들고 나선 사람이 있었다.

"소용없는 짓입니다."

갑작스러운 목소리에 고개를 돌려보니 장개산이 걸어 나오고 있었다. 막 잠에서 깨어난 듯 부스스한 머리에 등에는 장검을 가로질러 멨는데 어제와 달리 피풍의를 벗어 던졌다.

그러자 다리에서부터 커다란 구렁이가 똬리를 뚫고 올라간 듯한 근육이 모습을 드러냈다. 그 압도적인 풍채에 백미랑과 두추옥은 크게 당황했다.

"무슨 뜻이죠?"

백미랑이 물었다.

"수성전을 치러본 경험이 있으십니까?"

"오 년 전, 광풍사(狂風死)가 대륙을 휩쓸었을 때 바로 이곳 검각을 거쳐 갔어요. 놈들은 말과 사람이 먹을 식량과 함께 재물을 요구하며 만검산장을 상대로 사흘 밤을 공격했죠. 하지만 끝내 저 벽을 넘지 못하고 돌아갔어요. 이만하면 충분한 대답이 되었나요?"

광풍사는 사막의 미친바람이라는 이름처럼 대막(大漠)에서 일어난 마적단(馬賊團)이었다. 숫자는 겨우 일백에 불과하지만 두령을 필두로 하나하나가 뛰어난 고수들인데다 어찌나 잔악무도한지 대막 일대에서는 적수를 찾을 수가 없었다.

그런 그들이 이십여 년 전부터 몇 년에 한 번씩 장성(長成)을 넘어와 섬서성 일대를 돌며 약탈을 일삼고 돌아가곤 했다.

섬서는 고래로 화산, 종남, 공동을 비롯해 수많은 속가문파들이 산재했다. 광풍사의 악행을 전해 들은 무림방파들이 고수들을 보내 추격했지만 놈들의 귀신같은 기마전술과 순식간에 치고 빠져 버리는 기동력 앞에서는 그야말로 속수무책이었다.

점점 간이 커진 광풍사는 오 년 전, 급기야 진령(秦嶺)을 넘어 한중에까지 들어왔다. 그들은 한중에서 엄청난 양의 재물을 약탈한 후 내친김에 검각을 넘어 사천으로까지 진격하려다 이곳 삼강촌에서 만검산장과 격돌했다.

만검산장의 장주 백인명은 삼강촌이 뚫리면 촉도 상에 있는 모든 무림방파들이 광풍사의 말발굽에 짓밟힐 것이라며 사람들을 설득, 무려 일곱 개 방파에서 보내온 사백여 명의 무인들과 함께 이곳 만검산장에서 전선을 형성한 채 광풍사를 상대로 사흘 동안 격전을 치렀다.

단 백 명의 마적을 상대로 한 사백 무림인들의 싸움, 게다가 수성전이었음에도 불구하고 촉도상의 연합문파들은 백여 명의 사상자를 냈다. 반면 광풍사의 마적들은 단 십여 명만이 죽었을 뿐이다.

그나마도 성도에서 관군 일천 명이 출동해 검각으로 향하고 있다는 소식이 들려오지 않았다면, 그래서 광풍사가 서둘러 검각을 통해 돌아가지 않았다면 승부는 어떻게 되었을지 장담할 수가 없다.

하지만 장개산은 생각이 달랐다.

"그때와 지금은 조건이 단 하나도 같지 않습니다. 무사들에게 신앙과도 같은 촉도검왕이 없거니와 인근문파의 지원도 없습니다. 승산이 없는 수성전은 아까운 목숨만 잃을 뿐입니다. 호원무사들이 모두 죽고 나면 비로소 나서려는 생각은 아니겠지요? 설혹 그렇게 한들 승부를 뒤집을 수는 없습니다."

"말이 지나치군!"

두추옥이 발끈하고 나섰다.

만검산장의 연무장은 좁았다.

장개산이 등장해 '소용없는 짓'이라고 했을 때부터 담장 위에 있던 호원무사들은 세 사람의 대화에 귀를 기울였다. 그러다 두추옥이 발끈하고 나서자 이제는 대놓고 세 사람을 바라보았다.

백미랑은 한 손을 들어 두추옥을 제지한 다음 다시 장개산을 향해 물었다.

"무사님의 말씀대로 그때와 지금은 많은 면에서 달라요. 적 병력은 우리보다 몇 배나 많을지 모르고, 이길 확률보다는 질 확률이 높죠. 하지만 이런 상황에서야말로 수성전으로 유도하는 것이 병술의 기본이에요."

"한 가지가 빠졌습니다. 광풍사는 마적이고, 폭룡채는 산적이죠. 마적과 산적은 전쟁하는 방식이 다릅니다. 우리가 상대야 할 적들은 벼랑을 문지방처럼 타고 넘는 산인(山人)들, 그들에게 삼 장 높이의 절벽은 장애가 아니라 오히려 이용해야 할 지형지물입니다."

"그게… 무슨 뜻이죠?"

백미랑이 눈동자를 반짝이며 물었다.

"처음엔 저 담장을 방패 삼아 적들에게 타격을 입힐 수 있겠죠. 하지만 결국은 뚫리고 말 것입니다. 다들 애써 언급을 피하고 있지만 속으로는 분명 그렇게 생각하고 있을 겁니다. 놈들과의 싸움에서 질 거라 생각하는 것도 그 때문이고요. 안 그렇습니까?"

백미랑과 두옥은 할 말을 잃었다.

장개산의 말이 이어졌다.

"만에 하나 놈들이 저지선을 뚫는 것에서 그치지 않고 담장을 장악한 채 일제히 불화살을 쏘아댄다면 만검산장은 순식간에 불바다가 될 것입니다. 호원무사들은 그 불바다에 갇힌 양 떼가 되고요."

좌중의 공기가 크게 술렁였다.

담장 위의 호원무사들은 얼굴이 노랗게 변했고, 두추옥과 백미랑은 당혹스런 기색을 감추지 못했다.

사람들은 담장의 높은 지형을 이용해 적들을 공격할 생각만 했지, 그 반대의 경우를 생각해 본 적 없었다. 만약 그렇게 된다면 상상도 할 수 없을 만큼 끔찍한 재앙이 벌어지리라.

그렇게 될 확률은 매우 높았다.

장개산의 말처럼 적들은 깎아지른 절벽과 깊은 협곡을 벗하며 살아온 산인들이다. 압도적인 숫자를 앞세워 작심하고 달려든다면 삼 장 높이의 담장쯤은 우스울 것이다.

백미랑은 큰 충격을 받았다.

어떤 문파의 지원도 받지 못한 상황에서 그나마 믿을 것이라곤 저 담장을 이용한 수성전이었는데, 그마저도 소용없게 되어버렸다니. 하지만 자신만 바라보는 호원무사들 앞에서 나약한 모습을 보일 수가 없었다.

"무사님의 말씀은 잘 알겠어요. 두 총관과 다시 한 번 작전을 상의해 보죠. 새로운 작전이 만들어질 때까지 주변을 점검해 주시겠어요?"

"방법은 하나밖에 없습니다."

"……?"

"문을 열고 놈들을 맞으십시오."

"그게 무슨 말도 안 되는!"

두추옥이 발끈하고 나섰다.

그는 장개산이 만검산장의 패착을 유도하러 온 간자라도

되는 것처럼 의심스러운 눈빛을 쏘아댔다. 하지만 장개산은 눈 하나 깜짝하지 않은 채 말을 이어갔다.

"놈들을 연무장으로 끌어들여 주장전(主將戰)을 펼치십시오. 흑도들은 본시 두령의 권위가 절대적입니다. 두령이 죽으면 나머지는 자연스럽게 무너지게 되어 있지요. 안타까운 목숨들이 죽어나가는 걸 보고 있을 게 아니라 놈들을 맞아들여 주장들끼리 승부를 볼 수 있도록 유도해야 합니다."

백미랑은 아무런 대답도 하지 못했다.

열흘 전 삼강촌을 찾아왔던 녹림도의 숫자는 겨우 스물, 적장은 촉도검왕이라 불리는 자신의 아비를 삼백여 초 만에 쓰러뜨릴 정도로 엄청난 고수였다.

하물며 아버지로부터 전수받은 무학을 채 육성도 익히지 못한 자신이 어떻게 그를 상대할 것인가. 이는 자신에게 죽으라는 말이나 다름없다.

백미랑의 사정을 너무나 잘 아는 두추옥은 두 눈을 희번덕거렸다. 백미랑이 적장의 상대가 안 된다는 것은 누구나 다 아는 일, 이는 사람들이 보는 앞에서 백미랑을 욕보이는 것이나 마찬가지였다.

그때 백미랑의 귓속으로 장개산의 전음이 나직하게 파고들었다.

[어차피 질 싸움이 아니었습니까?]

순간, 백미랑은 정신이 번쩍 들었다.

장개산의 말이 맞다.

이건 처음부터 이길 수가 없는 싸움이었다. 단지 그것을 받아들일 수가 없어 발악했을 뿐. 하지만 그걸 받아들이고 보니 상황이 다르게 보인다.

주장전을 이끄는 것만이 그나마 유일한 기회다. 아버지의 원수를 갚을 기회, 호원무사들의 목숨을 살릴 기회.

하늘이 도와 적장의 목숨을 취할 수만 있다면 설혹 싸움에서 지더라도 만검산장의 기개만큼은 사람들의 기억 속에 선명하게 남으리라.

그때였다.

갑작스러운 말발굽 소리가 지축을 울렸다.

"척후병입니다."

누군가 외치는 소리와 함께 정문이 활짝 열렸다. 잠시 후, 검각을 살피러 갔던 척후병 하나가 말을 탄 채 달려왔다. 그는 연무장으로 들어서자마자 말에서 훌쩍 뛰어내리더니 백미랑에게 예를 취한 후 다급하게 말했다.

"놈들이 검각으로 들어섰습니다. 숫자는 일백, 하나같이 거칠고 흉악한 기세에 중병기로 무장을 했습니다. 한나절이면 삼강촌에 도착할 것입니다."

사람들의 시선이 모두 백미랑에게로 쏠렸다.

백미랑은 천천히 고개를 돌려 담장 위에 있는 호원무사들 하나하나를 살폈다. 아까는 몰랐는데, 지금 보니 모두 겁에 질려 있었다. 만검산장과 운명을 함께하겠다는 각오와 달리 본능적인 두려움은 어쩔 수 없는 것이다.

저들에게 장주로서의 위엄을 보여 주어야 한다. 그리하여 만검산장의 호원무사로 죽는 것이 헛되지 않은 일임을 깨닫게 해야 한다.

"두 총관, 정문을 활짝 열고 놈들을 맞이할 준비를 하세요."

두추옥은 한동안 대답하지 않은 채 백미랑을 응시했다. 그는 백미랑의 굳은 결심을 읽고는 조용히 고개를 끄덕였다. 그리고 호원무사들을 향해 절도있게 돌아서며 외쳤다.

"장주님의 명을 받들라!"

갑작스러운 명령에 호원무사들이 바삐 움직이기 시작했다. 백미랑은 장개산을 돌아보며 가볍게 고개를 끄덕였다.

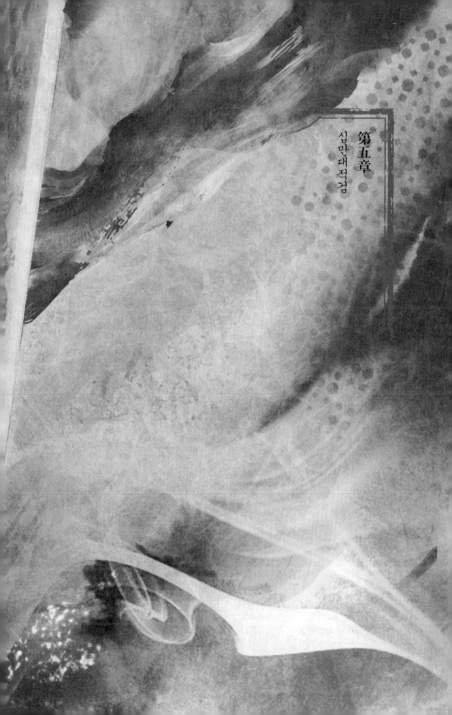

第五章

십만대적검

그들이 나타난 건 해가 중천에 떠오를 무렵이었다. 한낮의 뜨거운 태양을 머리 위에 지고 등장한 적들의 숫자는 척후병이 보고한 대로 일백여 명, 거칠게 살아온 녹림도들답게 온갖 기형이병(奇形異兵)을 들었다.

그들은 말을 탄 채 활짝 열린 정문을 스스럼없이 통과하더니 수뇌부를 중심으로 부챗살처럼 넓게 퍼지며 포진했다. 천여 평에 이르는 만검산장의 연무장이 순식간에 녹림도들로 가득 차 버렸다.

백미랑은 쉰여 명의 호원무사들과 함께 일렬종대의 일자

진(一字陣)을 유지한 채 적들과 대치했다. 전면전이 벌어질 경우 좌우의 무사들이 달려나가면서 학익진(鶴翼陣)을 만든 다음 적들을 공격하기로 되어 있었다.

적들이 최대한 흩어지지 않도록 한 상태에서 공격력을 집중시키기 위함이었다. 하지만 적들의 숫자가 압도적인데다 눈치를 챘는지 이미 부챗살 모양으로 넓게 포진해 버려서 효과를 거둘 수 있을지는 미지수였다.

어떻게든 희생을 줄이고 적들로부터 만검산장을 지키려 묘안을 짰지만, 어쩌면 이런 일들이 모두 부질없는 짓인지도 몰랐다.

고만고만한 무력수준을 지닌 병력이 대규모로 충돌하는 군문의 전투와 달리 소집단을 이룬 무림인들 간의 전투는 고수의 행보가 승부를 결정짓는 경우가 압도적으로 많았기 때문이다.

무림의 고수들은 일단 전투가 벌어지면 전장을 종횡으로 누비며 진법을 찢고 파괴시켜 버린다. 그들은 공격의 흐름을 주도하고, 순식간에 적진에 침투해 적장의 목을 베어 버린다. 무림 고수가 무서운 이유가 바로 여기에 있다.

녹림도 중에는 범상치 않은 기도를 풍기는 고수가 여럿 보였다. 대쪽같이 마른 체구에 양팔이 비정상적으로 긴 장년인은 허리춤에 두 자루 겸(鎌)을 꽂아 넣었는데 어딘지 모르게 음침하고 섬뜩한 느낌이 들었다.

그런가 하면 어지간히 큰 사람보다도 가슴 하나가 더 큰 칠척의 거구도 있었다. 부리부리한 호목에 사지가 기둥뿌리처럼 굵고 튼튼했는데, 크다 크다 해도 이렇게까지 커다란 사람을 본 적이 없었기에 만검산장의 호원무사들은 그만 입이 떡 벌어졌다.

하지만 그를 더욱 위협적으로 보이게 하는 것은 팔십 근은 족히 나갈 법한 쇠도리깨였다. 오 척의 강철봉에 일 척의 단봉을 쇠사슬로 연결한 저 물건을 강호인들은 장초자곤(長梢子棍) 혹은 대초자곤(大梢子棍)이라 부른다.

위협적인 모습에서도 알 수 있듯이 대초자곤은 상대의 몸을 부수어 죽이는 타격병기다. 가히 녹림도다운 병기라 할 수 있는데, 저만한 체격의 신장(神將)이 팔십 근에 육박하는 대초자곤을 팔방풍우로 휘두르며 돌진하면 전장이 쑥대밭으로 변하리라.

사실 워낙 눈에 띄는 용모 탓에 그의 무명은 이미 진령을 중심으로 한 섬서 일대를 진동시키고 있었다. 쇠도리깨가 작렬하면 그게 무엇이든 흡사 화포에 맞은 것처럼 터져 나간다고 해서 철포(鐵砲)라고 불렸다.

생긴 것만큼이나 성정 또한 포악해서 수틀리면 일단 대초자곤부터 휘두르고 보는데, 그의 대초자곤에 머리통이 깨져 죽은 사람들의 수가 이미 일백을 넘었다는 소문이 있었다. 그 중에는 무림과는 무관한 양민도 적지 않았다.

그리고 또 한 명의 범상치 않은 고수가 있었다.

먹처럼 검은 장삼에 흑건을 쓴 채 역시나 검은 철선을 할랑할랑 부치고 있는 서른 줄의 중년인, 길쭉한 얼굴에 관자놀이는 움푹 들어가고 턱은 쓸데없이 뾰족하여 흡사 호리병을 거꾸로 세워 둔 듯했다.

기괴한 생김새만큼이나 사이한 기운이 전신으로부터 뻗쳐 나왔는데, 그 기운이 어찌나 강렬한지 연무장 전체가 찐득찐득한 살기로 가득 찬 것 같았다.

그가 바로 장막에 가려진 폭룡채의 채주 흑선룡(黑扇龍) 매소랑이었다. 더불어 열흘 전 삼강촌을 방문, 촉도검왕 백인명을 삼백여 초의 공방 끝에 죽인 장본인이었다.

만검산장의 무인들에게는 불구대천의 원수, 매소랑을 바라보는 백미랑의 눈동자에 불길이 담겼다.

매소랑이 말했다.

"열흘 사이에 훨씬 수척해진 것 같소이다. 백 소저, 아니, 이제 장주라고 불러 드려야 하나?"

"선친(先親)을 여의고 혈색이 좋다면 도리가 아니겠지요. 만검산장은 무뢰배들이 사는 곳이 아닙니다."

"백 대인께선 진정 영웅이셨지요. 내 의제가 백 대인의 손에 죽지만 않았어도 좋은 벗이 될 수도 있었을 것을, 다시 한 번 안타깝게 생각합니다."

의제가 죽은 것은 놈이 먼저 살인을 자행했기 때문이다. 그마저도 의제라고 하기에 그런가 보다 할 뿐, 실제로도 그런지는 알 수 없다.

사정이야 어떻든 처음부터 삼강촌과 만검산장을 노리고 도발해 온 것이 분명한데 오히려 그 책임을 백인명에게로 돌리자 만검산장의 호원무사들은 모욕감에 입술을 잘근 깨물었다.

호원무사들이 분개한들 아비를 잃은 백미랑만 할 것인가. 피가 끓어오르는 분노에도 백미랑은 한 치의 동요도 없이 차분하게 응대했다.

"피차 조의(弔意)를 전할 처지는 아닌 것 같군요."

"아직도 제게 화가 많이 나셨나 보군요. 하긴 일점혈육을 잃은 슬픔을 어찌 의제를 잃은 제 슬픔에 비할 바는 아니겠지요. 하지만 어쩌겠습니까? 강호란 본디 칼과 검이 격돌하는 곳이거늘. 그저 혈채(血債)가 생기지 않도록 앞으로는 서로 조심할 밖에요."

매소랑의 한마디에는 이제라도 조용히 굴복하여 더는 은원을 만들지 말라는 경고가 담겨 있었다. 그는 좌우를 한 번 쓰윽 둘러보더니 다시 말을 이었다.

"사실 이 몸은 소장주께서 수성전을 펼치며 결사항전 할 줄 알았습니다. 한데 뜻밖에도 문을 활짝 열고 우리를 맞아주셔서 조금 놀랍군요."

"피차 불필요한 희생을 할 필요는 없겠지요."

"그 말씀은……?"

백미랑은 대답 대신 두추옥을 향해 고개를 끄덕여 보였다. 두추옥은 매소랑을 한 차례 사납게 쏘아 보고는 이원익을 향해 또다시 고개를 끄덕였다.

이원익은 굳은 표정으로 사라지더니 잠시 후 수하 십여 명과 함께 큼지막한 궤짝 다섯 개를 들고 다시 나타났다. 이어 백미랑과 두추옥의 앞에 궤짝을 내려놓고 물러났다.

두추옥이 칼로 뚜껑을 하나씩 열자 번쩍번쩍 빛나는 은원보(銀元寶)가 모습을 드러냈다. 매소랑을 필두로 녹림도들의 눈이 휘영청 밝아졌다.

"스무 냥짜리 은원보가 각 오백 개씩, 도합 오만 냥입니다. 폭룡채에서 요구한 대로 이걸 드리지요."

은 한 냥이 철전 백냥과 맞먹는 시절이니 은 오만 냥이면 철전 오백만 냥이다. 그야말로 어지간한 방파 하나쯤은 새로 세울 수도 있는 엄청난 거액. 만검산장의 재산을 통째로 내놓은 것이나 다름없었다.

그런데도 매소랑은 눈 하나 깜짝 않고 말했다.

"좀 모자라는군요."

애초 매소랑이 요구한 것은 은 십만 냥이었다.

오만 냥만 해도 천문학적인 액수이거늘, 산골의 작은 방파에 불과한 만검산장에서 십만 냥을 동원할 수 있을 리 없다.

매소랑은 처음부터 불가능한 요구조건을 말해 놓고 생트집을 잡았다. 다시 말해 그는 만검산장을 통째로 차지할 속셈이었다.

"만검산장을 드리겠어요."

백미랑이 말했다.

그녀의 한마디에 매소랑의 표정이 한순간 굳어졌다. 그러나 입가를 따라 미소가 점점 커지는가 싶더니 이윽고 앙천광소를 터뜨렸다.

"하하하!"

매소랑의 웃음에 대기가 떵떵 울렸다.

만검산장의 호원무사들은 고막이 찢어지는 고통을 느꼈다. 예사롭지 않은 인물인 줄은 알았지만 중년의 나이에 저토록 심후한 내공을 지녔을 줄이야.

잠시 후, 매소랑이 광소를 멈추고 말했다.

"소장주의 그릇이 이처럼 크실 줄이야. 이 매 모는 오늘 소장주의 결단에 크게 감복했소이다. 내 결단을 화해의 의지로 받아들여 향후 만검산장이 새로운 곳에 뿌리를 내릴 수 있도록 최대한 도울 것이외다."

매소랑은 매우 흡족한 표정을 짓고는 뒤를 돌아보며 수하들에게 명했다.

"뭣들 하느냐. 장주의 성의를 받도록 해라. 아, 궤짝 하나는 놓아두거라. 장주께서 새로운 곳에 정착하시려면 당분간 돈 쓸 일이 많으실 게다."

매소랑의 명령이 떨어지기 무섭게 건장한 체구의 녹림도 십여 명이 다가와 궤짝을 가져가려 했다. 그때 두추옥을 비롯한 십여 명의 호원무사들이 도검을 뽑아 들고는 앞을 막아섰다.

갑작스런 상황에 녹림도들도 걸음을 멈추고 병장기들을 뽑아 들면서 한순간 살벌한 대치가 만들어졌다.

매소랑이 차갑게 식은 얼굴로 물었다.

"내가 잘 못 알아들은 것이오?"

"만검산장은 백 년 조부께서 이곳 삼강촌에 뿌리를 내린 후 삼 대를 거쳐 왔어요. 그런 터전을 이토록 쉽게 버리면 무슨 낯으로 조부님과 아버님을 뵐 수 있겠어요?"

"본론만."

"제 조건은 이거예요. 주장들끼리 생사담판을 짓되 귀하가 이기면 은 오만 냥과 만검산장을 통째로 내어 드리죠. 하지만 제가 이기면 수하들을 이끌고 이대로 돌아가서 다시는 삼강촌에 나타나지 마세요. 어떤가요?"

"문을 열고 맞이한 이유가 이거였군."

"두려운가요?"

순간 매소랑의 표정이 돌변했다.

능글거리는 얼굴은 온데간데없고 악귀와도 같은 모습이 그 자리를 차지했다. 그가 서늘한 음성으로 입을 열었다.

"천방지축 애송이 계집년 같으니라고! 네년의 아비도 내 일장에 무릎을 꿇었거늘, 네년이 감히 나와 견줄 만한 실력이 된다고 생각하느냐?"

"승낙으로 받아들여도 될까요?"

"쯧쯧쯧. 전면전으로는 몰살을 면치 못할 것 같자 주장전 으로 유도해 아비의 복수를 할 기회라도 잡아보려 한 것 같다 만 상대를 잘못 골랐다. 내 어찌 하룻강아지 같은 네년과 직 접 손속을 섞을 것인가!"

매소랑은 곁을 돌아보며 말을 이었다.

"철포, 오늘 이후로 만검산장은 없다. 한 놈도 남기지 말고 죽여 버리되 저 계집년만큼은 산 채로 잡아라. 오늘 가장 용 맹하게 싸운 열 명을 골라 저년 가랑이 맛을 실컷 보게 해주 겠다."

"복명!"

매소랑의 한마디에 칠적장신의 신장 철포를 필두로 일백

의 녹림도들이 일제히 함성을 지르며 병장기를 뽑아댔다.

그에 반응하기라도 하듯 두추옥과 쉰여 명의 호원무사들도 검을 뽑아 들었다. 금방이라도 전면전으로 치달을 것 같은 일촉즉발의 상황, 묵직한 음성이 허공을 갈랐다.

"웃기고 자빠졌군!"

아침 안개처럼 낮게 깔리고 얼음장 밑을 흐르는 물처럼 서늘한 음성. 장내에 모인 모든 사람은 적아를 막론하고 한순간 모골이 송연해지는 충격을 받았다.

모두가 음성의 주인을 찾아 사방을 두리번거렸다. 그때 육척장신에 장검을 가로질러 맨 사내가 만검산장 쪽 진영에서 천천히 걸어 나왔다. 우람한 근육질에 거친 기도를 폴폴 풍기는 그는 장개산이었다.

외형으로 보자면 오늘 이 자리에 모인 누구보다 산적같이 생긴 그가 뜻밖에도 만검산장의 진영에서 걸어 나오자 녹림도들은 어안이 벙벙했다.

"방금 네놈이 한 말이냐?"

철포가 퉁방울 눈을 굴리며 물었다.

덩치가 예사롭지 않더라니 목구멍을 타고 흘러나오는 음성도 동굴 속에서 울려 나오는 것처럼 우렁우렁했다.

"넌 닥치고 있어."

"……!"

철포의 두 눈이 튀어나올 듯 커졌다.

그의 면전에 대고 이렇게 말을 한 사람은 아직 한 명도 없었다. 무공의 고하를 떠나 압도적인 그의 덩치를 대하면 누구나 일단은 움츠러들었다.

한데 이건 숫제 자신을 파락호 취급하지 않는가. 철포는 한순간 머릿속이 하얘지며 뭐라고 응수를 해야 할지 몰랐다.

백미랑과 두추옥, 그리고 만검산장의 호원무사들은 머릿속이 노래졌다. 장개산이 저렇게 과감하게 나올 줄은 꿈에도 몰랐던 탓이다.

그러거나 말거나 장개산은 만검산장의 무인들과 폭룡채의 녹림들이 대치한 가운데로 나아가 양 진영을 막은 다음 매소랑을 노려보며 말했다.

"이름이 뭐지?"

"매소랑. 너는?"

"네가 촉도검왕을 죽였나?"

"그렇다면?"

"제법이군."

"너는 누구냐?"

매소랑의 목소리가 착 가라앉았다.

그는 본능적으로 만만치 않은 상대를 만났음을 직감했다. 놈의 거친 기도와 낯선 얼굴로 미루어 만검산장의 인물은 아닐 터, 도대체 누구일까?

"감당할 수 있겠어?"

"신분을 밝히지 않으면 나도 대접을 해줄 수만은 없지."

"대접? 미친놈."

매소랑의 눈썹이 역팔자로 휘었다.

"네놈이 간이 배 밖으로 나왔……."

"됐고. 나는 어때? 나도 너의 상대로 부족할 것 같나?"

"……!"

섣불리 판단할 일이 아니다.

자신의 무명을 밝혔음에도 저렇게까지 당당하게 나올 때는 뭔가 믿는 구석이 있을 터, 매소랑은 눈앞의 사내와 비슷한 용모를 지닌 강호인들에 대한 기억을 더듬었다.

육척장신에 터질 듯 부풀어 오른 근육, 거기에 등을 가로지른 오척장검, 산중에서 금방 튀어나온 야수처럼 사나운 기도까지. 철포에 비해 조금 작을 뿐, 저 정도면 상당히 눈에 띄는 용모라고 할 수 있었다.

하지만 아무리 생각해도 저런 사내에 대해 들어 본 기억이 없었다. 그렇다고 경시할 순 없다. 세상엔 모습을 드러내지 않은 은둔고수들이 얼마든지 있으니까.

만검산장이 멸문의 위기에 처한 걸 알고 백인명과 인연이 있는 어느 심산의 고수가 제자를 내려보냈을 가능성도 배제

할 수 없었다. 그러고 보니 백미랑 저 계집애가 당당하게 주장전을 펼치자고 한 것도 이상했다.

'한 수가 있는 놈이다.'

그렇다고 해도 자신을 상대할 수 있을 거란 생각은 들지 않았다. 실력의 삼 할을 숨기라는 강호의 격언도 있거니와 매소랑은 자신의 무예를 세상에 아직 드러내지 않았다.

장차 일천의 수하를 호령하게 될 몸으로 저런 족보도 없는 자들이 도전해 올 때마다 일일이 응수해 줄 수는 없지 않겠는가.

매소랑은 표정을 가다듬고 말했다.

"나와 손속을 나누려면 먼저 실력을 증명하라!"

말과 함께 매소랑이 아까부터 대초자곤을 뽑아 들고 콧김을 펑펑 뿜어내는 철포에게로 시선을 던졌다. 철포와 먼저 싸우게 해서 장개산의 무공을 살피려는 것이다.

빤히 보이는 속셈에 장개산은 조소를 흘려주고는 철포를 향해 돌아섰다. 거대한 체구의 철포가 기다렸다는 듯이 신형을 쏘아왔다.

그의 머리 위 한 자 높이에서 팡팡 돌아가는 대초자곤이 태산이라도 쪼갤 것처럼 위력적이었다. 흡사 거대한 괴수가 돌진하는 듯한 위압감.

하지만 장개산은 단 한 발자국도 움직이지 않은 채 그대로

서 있었다. 심지어 등에 가로질러 멘 장검도 뽑지 않았다.

"갈!"

철포의 입에서 대갈일성이 터져 나왔다.

거리가 순식간에 좁혀지고, 철포의 머리 위에서 맹렬하게 돌아가던 대초자곤이 대기를 가르며 뚝 떨어졌다. 그 아래 장개산의 정수리가 있었다.

그때까지도 장개산은 움직이지 않았다. 지켜보고 있던 사람들은 장개산의 머리가 수박처럼 터져 나가는 것을 상상했다.

하지만 모두의 예상을 깨고 장개산의 신형이 안개처럼 흩어져 버렸다. 철포의 대초자곤은 헛되이 허공을 가른 후 바닥을 때렸다.

쾅! 소리와 함께 두꺼운 청석판이 박살 나며 파편이 사방으로 솟구쳤다. 상상을 초월하는 대초자곤의 위력에 사람들은 경악했다. 만약 저 쇠몽둥이를 그대로 맞았다면 머리통이 흔적도 남지 않았으리라.

장개산은 멀리 가지도 않았다. 대초자곤이 바닥을 때린 지점으로부터 딱 한 걸음 옆으로 물러나 있었다. 여전히 검을 뽑지 않은 상태, 무슨 일이 있냐는 듯 뒷짐까지 지고 철포를 노려보는 그의 모습에선 어린아이의 재롱을 지켜보는 노강호의 여유마저 느껴졌다.

대초자곤의 위력도 위력이거니와 찰나의 순간 공간을 이동하는 그의 표표한 신법에 사람들은 놀라움을 금치 못했다.

그러나 그가 언제까지 대초자곤을 피하리란 보장이 없었다. 여러 번의 공방도 필요 없다. 단 한 방이면 모든 게 끝나는 것이다.

아니나 다를까, 철포는 거구의 몸집에 어울리지 않게 질풍처럼 한 발을 옮겨 딛더니 대초자곤을 왼쪽으로 꺾어 휘둘렀다. 쇠사슬에 매달린 강철봉이 이번엔 장개산의 측두부를 노리고 날아들었다. 엄청난 힘이 실린 탓에 그 속도는 가공하리만치 빨랐다.

앞서와 달리 지척에서 휘두른 일쑤였고, 그 속도 또한 무시무시했기에 사람들은 이번에야말로 장개산이 크게 곤란을 겪을 걸로 생각했다. 그건 머리로 분석하기 이전의 본능적인 직감 같은 것이었다.

그러나 사람들의 예측은 이번에도 빗나갔다.

장개산은 한발을 뒤로 빼서 대초자곤을 정면으로 바라보고 서는가 싶더니 철판교의 수법을 펼쳐 허리를 급박하게 뒤로 꺾었다. 묵직한 파공성과 함께 대초자곤이 미처 아래로 꺼지지 못한 장개산의 머리통을 때리고 지나갔다.

"악!"

뒤를 이어 벌어질 처참한 상황에 백미랑이 저도 모르게 눈을 질끈 감으며 비명을 내질렀다. 적지 않은 싸움과 끔찍한 죽음을 적지 않게 보아온 그녀였지만, 칠 척의 괴수가 쇠몽둥이로 사람의 머리통을 쳐 죽이는 광경은 처음 보는 탓이었다.

하물며 그 괴수의 쇠몽둥이에 맞아 죽는 사람이 자신을 도우려다 그리된 것이라면 더 말할 것도 없었다.

하지만 뒤를 이어야 할 타격음이 들리지 않았다. 백미랑이 눈을 떠보니 대초자곤은 이미 바깥으로 빠져나가 버렸고, 활처럼 휘어졌던 장개산은 어느새 탄력있게 솟구치는 중이었다.

사실 장개산이 철판교의 수법을 펼치는 순간 대초자곤은 가슴과 얼굴을 아슬아슬하게 핥고 지나갔다. 대초자곤이 쳤다고 생각한 장개산의 머리는 꺾어지는 머리의 속도를 이기지 못해 순간적으로 솟구친 머리카락이었다.

뒤늦게 상황을 알아차린 사람들의 입에서 나직한 감탄성이 흘러나왔다.

그러나 이어지는 철포의 공세도 만만치 않았다. 그는 바깥으로 흐르는 대초자곤에 더욱 힘을 실어 머리 위에서 한 바퀴를 빙글 돌리더니 오른쪽으로 물러나 있는 장개산을 다시 한 번 찍었다. 그 가공할 속도에 엄청난 파공성이 울렸다.

하지만 장개산은 또다시 사라졌으며 대초자곤은 여지없이 바닥을 찍었다. 박살 난 청석판이 굉음을 내며 튀어 올랐다.

화가 머리끝까지 난 철포는 장개산의 신형을 쫓아 닥치는 대로 대초자곤을 휘둘러댔다. 그때마다 장개산은 찰나의 간격을 두고 호롱불처럼 꺼졌다가 다시 나타나기를 반복했다. 그 모습이 흡사 성난 노파가 부지깽이를 들고 쥐를 쫓는 듯했다.

그러다 어느 순간, 철포의 대초자곤이 대각선으로 떨어졌다. 대초자곤을 오른쪽 어깨너머로 가볍게 흘려보낸 장개산이 느닷없이 살짝 구부러진 철포의 허벅지를 밟고 솟구쳤다.

이어 우수를 뻗어 철포의 덥수룩한 머리털을 덥석 움켜쥐는가 싶더니 놈의 어깨를 타고 넘으며 그대로 던져 버렸다.

순간, 거구의 철포가 장개산의 등을 타고 허공으로 반 장이나 솟구친 다음 공중에서 한 바퀴를 돌아 땅바닥에 패대기쳐졌다.

쿵!

등골이 짜르르 울리는 충격에 철포의 상체가 한순간 활처럼 휘었다. 제아무리 거구를 자랑하는 괴수라 할지라도 뼈와 살로 이루어진 이상 충격을 피할 순 없었다. 지금쯤 내장이 진탕당하는 고통을 느끼리라.

한데 그게 끝이 아니었다.

장개산은 그때까지 철포의 손에 잡혀 있던 대초자곤을 왼발로 뻥 차서 날려 버린 다음 쌍수를 뻗어 놈의 뒷덜미와 허리춤을 동시에 잡아 머리 위로 번쩍 들어 올렸다.

정신이 아득한 와중에도 철포는 절체절명의 위기를 느끼고 필사적으로 사지를 버둥거렸다. 하지만 장개산의 완력은 그로서는 상상도 할 수 없는 것이었다.

뒷덜미를 움켜잡은 놈의 왼손은 목뼈를 부러뜨릴 것 같고, 가죽요대를 틀어쥔 오른손은 허리를 통째로 끊어버릴 것처럼 위력적이었다.

중심을 무너뜨리려 이리저리 몸을 흔들어도 보았지만 두 발을 땅에 굳건히 딛고 선 놈은 절집의 당간지주라도 되는 듯 꿈쩍하지 않았다.

그러다 어느 순간, 장개산은 철포를 땅바닥으로 힘차게 끌어당기며 다시 한 번 패대기쳐 버렸다.

꾸웅!

흡사 집채만 한 바위가 떨어지는 듯한 충격, 그 힘이 얼마나 강맹했는지 지축이 흔들리고 바닥이 함몰되었으며 청석판이 사방 십여 장이나 쩌저적 쪼개져 나갔다. 앞서와 달리 놈을 패대기치는 순간 장개산이 묵직한 경력을 실었기 때문이다.

청석판에 반쯤 파묻힌 채 대(大) 자로 뻗은 철포는 사지를 바르르 떨며 경련을 일으켰다. 척추가 부러지고 내장이 진탕당했다. 그뿐만 아니라 청석판을 한 뼘이나 파고든 뒤통수 아래에서는 시뻘건 핏물이 흥건하게 번지고 있었다.

그것도 잠시, 철포는 두 눈을 부릅뜬 채 사지가 축 늘어져 버렸다. 타고난 힘과 잔악무도한 성정으로 진령을 진동시킨 괴수 철포는 그렇게 죽었다.

좌중이 찬물을 끼얹은 듯 고요해졌다.

백미랑과 두추옥, 그리고 만검산장의 호원무사들은 경악을 금치 못했다. 장개산 역시 예사롭지 않은 근육의 소유자이기는 하나 철포에 비하면 어린아이에 불과했다. 한데 결과는 오히려 그 반대였다. 천하의 철포를 단 패대기쳐 죽이다니.

"아직 더 증명해야 하나?"

장개산이 고개를 꺾어 매소랑을 쏘아보며 말했다.

매소랑의 눈매가 급격하게 좁혀졌다.

그는 눈앞에서 벌어진 일이 도저히 믿기지 않았다. 철포는 저렇게 누워 있어도, 저렇게 죽어도 안 되는 사람이었다. 저 정도면 능히 자신과도 손속을 나눌 정도이지 않은가.

매소랑이 곁을 돌아보며 고개를 끄덕였다.

그러자 또 한 사람이 앞으로 나섰다.

대쪽같이 마른 체구에 양팔이 비정상적으로 긴 장년인이었다. 그는 쓰러져 있는 철포에게는 눈길 한 번 주지 않고 나오더니 장개산으로부터 십여 걸음을 남겨두고 멈춰 섰다.

"난 탈혼수(奪魂手)라고 한다."

신경을 거스르는 음성이 장년인의 목구멍을 비집고 흘러 나왔다. 순간, 만검산장의 호원무사들이 신음을 흘리며 크게 술렁였다.

탈혼수 모삼풍, 그는 삼 년 전 혜성처럼 등장해 청해성 일 대를 진동시킨 신진고수였다. 비정상적으로 긴 팔이 원숭이 를 닮은 괴물 같다 하여 원후괴(猿猿怪)라고도 불리지만 그의 무서움을 제대로 아는 사람들은 탈혼수라고 불렀다.

긴 팔과 두 자루 겸을 이용, 눈 깜짝할 사이에 상대의 목을 뎅겅 쳐 버리는 그의 구환살법(九幻殺法)은 철저하게 살인에 특화된 무공으로 전문적인 살수들조차 그 잔인함에 치를 떨 정도였다.

소문으로만 떠돌던 탈혼수의 등장에 만검산장의 무인들이 동요하기 시작했다. 철포가 강하고 잔악무도하다고 하나 탈 혼수에 비할 바가 아니었다. 저런 인물이 어찌하여 매소랑의 수하로 들어갔을까?

장개산은 말없이 탈혼수를 응시했다.

반응이 없자 탈혼수가 다시 물었다.

"너는 어느 문하의 제자인가?"

"죽을 녀석이 말이 많군."

"끝까지 신분을 밝히지 않겠다?"

"너희가 함부로 입에 올릴 문파가 아니다."

"기백이 대단하군. 한 수 가르침을 청하네."

말과 함께 탈혼수가 양손을 앞으로 뻗었다. 그러자 그의 허리춤에 꽂혀 있던 두 자루 겸이 살아 있는 생물처럼 그의 양손으로 빨려 들어갔다. 그 동작이 워낙 자연스럽고 민첩해 흡사 격공섭물(隔空攝物)의 신기라도 보인 듯하지만, 실은 손목과 겸을 가느다란 쇠사슬로 연결해 둔 탓이었다.

그래서 더욱 위험했다.

그가 단순히 근접전만 펼치는 게 아니라는 걸 말해줬기 때문이다.

탈혼수는 두 자루 겸을 양손에 나눠 쥐고 반원을 그리며 장개산의 주변을 돌기 시작했다. 그 모습이 흡사 날카로운 앞발을 치켜든 당랑(螳螂)이 먹잇감을 노리는 것 같았다. 어느 순간, 탈혼수의 발끝이 바닥을 박찼다.

팡!

신형을 쏘는데 세찬 파공성이 났다.

틈을 살필 때는 거북이처럼 느리다가 일단 공격을 시작하면 무서운 속도로 달려들어 폭풍 같은 공세를 퍼붓는 것이 그의 장기였다.

번쩍이는 섬광 두 가닥이 초승달 모양으로 휘어지며 쇄도해왔다. 장개산은 이번에도 크게 움직이지 않았다. 마치 귀찮은 파리를 피하듯, 혹은 갈대가 바람에 흔들리듯 이리저리 나

부끼며 서너 걸음을 물러났을 뿐이다.

탈혼수는 당황하지 않았다.

애초 한두 초식으로 상대를 잡을 수 있으리라 생각하지 않았던 탓에 그는 침착하게 거리를 유지하며 공세를 이어갔다.

하지만 결과는 철포가 상대할 때와 크게 달라지지 않았다. 눈 깜짝할 사이에 십여 초식이나 펼치며 허공을 난도질했지만 무수한 섬광만 난무할 뿐, 놈은 잘도 빠져나갔다.

꼭 바람을 상대로 낫질하는 기분이었다.

그때쯤 이르러 탈혼수는 뭔가 이건 아니라는 생각이 들었다. 한 가지 찝찝한 감정도 감출 수가 없었다.

놈의 동작이, 신법이 어쩐지 수상했다.

더도 덜도 아니고 딱 겸을 피할 만큼의 속도로 상체를 움직이고 물러나는데 마치 톱니바퀴가 맞물려 돌아가는 것처럼 정교했다.

이는 겸의 궤적을 정확히 본다는 뜻이고, 동시에 상대가 펼치는 병장기와 초식의 속도를 자기 통제하에 둔다는 뜻이다.

곧 희롱이다.

게다가 놈은 검도 뽑지 않았다.

저렇게 크고 육중한 검을 멋으로 차고 다니지는 않을 터, 그렇다면 검수라는 얘긴데, 아직 검을 뽑지도 않은 검수를 상대로 벌써 이십여 초식을 펼쳤음에도 그는 옷자락 하나 자르지 못했다.

그나마 위안이라면 놈이 계속해서 뒷걸음질을 치고 있다는 것, 반격할 기회를 주지 않은 채 자신이 계속해서 폭풍 같은 공세를 펼치고 있다는 정도였다.

'진짜 실력을 봐야겠어.'

"언제까지 도망만 칠 테냐!"

쩌렁하게 울리는 일갈과 함께 탈혼수는 좌겸으로 놈의 신형을 대각선으로 힘차게 그었다. 예상대로 놈은 어깨를 살짝 비트는 간단한 동작으로 겸을 흘려보낸 다음 두 걸음을 황급히 물러났다.

탈혼수는 놈을 따라가며 거리를 유지하는 대신 선 자리에서 우겸을 던졌다. 쇠사슬이 촤르륵 뽑히며 날카로운 겸이 뻗어나갔다. 때를 맞춰 좌겸도 그의 손을 떠났다.

두 자루의 겸이 질풍처럼 회전하며 상대의 목과 발목을 동시에 휘감는 이 수법의 이름은 당랑할월(螳螂割月), 무시무시한 두 가닥 섬광이 놈을 향해 쇄도했다.

지금까지의 흐름을 단번에 깨뜨리는 일 수!

하지만 결과는 전혀 예측한 대로 흘러가지 않았다. 놈이 갑자기 상체를 뒤로 꺾는가 싶더니 두 발이 뒤따라 허공에 뜨면서 몸 전체가 바람개비처럼 뒤집혔다.

탈혼수는 당황한 와중에도 쇠사슬을 힘껏 잡아당겼다. 비호처럼 날아가던 두 가닥의 섬광이 급박하게 회수되며 체공 상태에 있는 놈의 등과 허리를 노렸다. 쇠사슬에 매달린 겸이, 당랑할월의 초식이 진정 무서운 이유가 여기에 있었다. 즉, 한 번의 출수로 두 번의 살벌한 공격을 방향까지 바꿔가며 하는 것이다.

한데 놈의 신형이 체공상태에서 갑자기 옆으로 빙글 돌았다. 사람의 몸이 공중에 떠 있는 시간에는 한계가 있다. 더구나 체공상태에서 두 번이나 몸을 꺾고 비튼다는 것은 자연법칙을 거스르는 일이다.

한데 놈이 지금 그걸 하고 있었다.

세상에 많고 많은 신법과 박투술이 있다지만 저토록 괴이한 수법은 보지 못했다. 탈혼수는 머릿속이 하얗게 탈색되는 것 같았다.

'내 상대가 아니다!'

그리고 이어지는 놈의 반격은 무공에 대한 탈혼수의 상식을 송두리째 뽑아버리는 것이었다.

바닥으로 뚝 떨어진 장개산은 한 손을 뻗어 급박하게 회수되는 우겸의 중단을 덥석 잡아버렸다. 동시에 좌우로 흔들어 대자 좌겸과 우겸에 매달린 사슬이 하나로 뒤엉켜 버렸다.

장개산과 탈혼수는 쇠사슬의 양끝을 마주 잡은 상태에서 대치한 형국이 되어 버렸다. 그때부턴 내력과 내력의 대결이었다.

탈혼수가 제아무리 고수라고 해도 힘에 관한 한 철포의 발가락에도 미치지 못한다. 그런 철포를 번쩍 들어다가 패대기쳐 죽인 장개산이다. 탈혼수가 힘으로 장개산을 상대할 수 있을 리 만무했다.

탈혼수는 이마에서 식은땀이 흐르고 온몸의 핏줄이 툭툭 불거지도록 쇠사슬을 잡아당겼다. 하지만 장개산은 흡사 땅속 깊이 뿌리를 내린 고목처럼 그 자리에서 꿈쩍도 하질 않았다. 달리 힘을 쓰는 듯한 기색도 없었다. 그것도 단 한 손으로.

"겨우 이 정도로 큰소리를 친 건가?"

말과 함께 장개산이 쇠사슬을 힘껏 잡아당겼다. 두 명의 고수가 양쪽에서 끌어당기는 힘을 이기지 못한 쇠사슬은 '펑!' 소리를 내며 터지고 말았다. 순간, 장개산이 바닥을 박차며 질풍처럼 신형을 쏘았다.

탈혼수는 눈앞에서 급격하게 커지는 놈의 신형을 보며 머리카락이 곤두서는 충격을 느꼈다. 흡사 산악이 몰려오는 듯한 압박감!

탈혼수는 본능적으로 쌍수를 뻗어갔다. 내력을 양 손가락 끝에 집중시켜 조공으로 놈의 심장을 뜯어낼 참이었다. 그는 이 한 수가 자신에게 주어진 마지막 기회라는 걸 직감했다.

하지만 놈의 신법은 그가 감당할 수 있는 수준이 아니었다. 픽! 소리와 함께 정신을 차리고 보니 자신의 몸뚱어리가 허공에 떠 있는 것이 아닌가. 눈 깜짝할 사이에 지척에 다다른 놈이 한 손으로 자신의 목을 움켜쥐고 번쩍 들어 올려 버린 것이다.

흡사 사자에게 목을 물린 것 같았다.

숨을 쉴 수 없는 것은 물론이거니와 목뼈가 으스러지는 듯한 극통에 탈혼수는 정신이 아득해졌다. 목숨이 경각에 달린 와중에도 상대적으로 긴 양손을 뻗어 놈의 눈알을 파보려고 하지만, 무슨 연유에선지 힘이 들어가지 않았다.

그때 처음 알았다.

뼈가 부러질 정도로 목을 강하게 조이면 사지에 힘이 들어가지 않는다는 걸, 그 어떤 고절한 초식을 펼쳐도 한낱 버둥거림에 지나지 않는다는 걸. 하늘이 내린 신장이라는 철포가 그렇게 버둥거리며 죽은 이유를 이제야 알겠다.

"지옥에서 다시 보자."

말과 함께 장개산이 탈혼수의 목을 더욱 세게 움켜쥐었다. 우두둑하고 목뼈가 부러지는 순간 그대로 땅바닥에 거꾸로 처박아버렸다.

펑! 소리와 함께 청석판이 산산조각 나며 탈혼수의 목이 한 뼘이나 깊게 파고들었다.

미처 바닥을 파고들지 못한 어깨와 머리통으로 말미암아 탈혼수의 목은 비정상적인 각도로 꺾였다. 철포와 달리 그의 사지는 경련을 일으킬 사이도 없이 축 늘어졌다.

즉사였다.

이성으로 이해할 수 없는 상황에 직면하면 사람은 누구나 할 말을 잃는 법이다. 적아를 막론하고 숨조차 제대로 쉬지 않는 가운데 좌중이 통째로 얼어붙어 버렸다.

장개산은 천천히 몸을 일으키더니 얼어붙은 백미랑을 향해 고개를 꺾었다. 딱히 무슨 말을 한 것도 아닌데, 시선이 마주치는 순간 백미랑은 흡사 두 개의 횃불을 마주 보는 듯한 충격을 느꼈다.

"소장주, 정문의 빗장을 걸어 잠그십시오."

"……!"

백미랑은 장개산이 하는 말의 속뜻을 처음엔 알아듣지 못했다. 그러다 매소랑과 넋이 나간 채 서 있는 폭룡채의 수적들을 향해 다시 돌아서는 그의 뒷모습을 보며 비로소 의중을 알아차렸다.

그는 처음부터 이럴 생각이었다.

수성전은 필패니, 적을 안으로 유인해 주장전으로 이끌어야 한다느니 하는 말들은 모두 거짓이었다. 그는 처음부터 적들을 이 만검산장 안에 가두고 하나하나 숨통을 끊어줄 생각이었다.

백미랑은 온몸에 전율을 느꼈다.

이제는 확실해졌다.

그는 적이 아니다. 만검산장을 구원하기 위해 하늘에서 떨어진 은인이다. 그가 누구인지, 왜 왔는지는 여전히 의문으로 남았지만 그건 차후 물어도 늦지 않았다.

두추옥의 생각도 똑같았다.

오늘 아침까지만 해도 그가 폭룡채의 끄나풀일지도 모른다는 생각을 했던 그였다.

하지만 지금은 모든 의심이 사라지고 감격만 남았다. 두추옥은 백미랑의 명령을 듣지도 않은 채 호원무사들을 향해 소리쳤다.

"정문을 걸어 잠가라! 일조는 정문을 지켜라! 한 놈도 살려보내선 안 될 것이다!"

두추옥의 일갈에 이원익을 비롯한 십여 명의 호원무사들이 나는 듯이 달려가 정문을 걸어 잠그고 앞을 지켜 섰다.

그 바람에 검진이 깨졌지만 그런 것 따윈 이제 중요하지 않았다. 그 무시무시하던 탈혼수와 철포를 맨손으로 때려잡은 고수가 등장했는데 무에 거리낄 게 있겠는가.

"도대체… 네놈은 누구냐?"

매소랑이 잔뜩 긴장한 음색으로 물었다.

그는 이미 공포에 질려 있었다.

철포라면 모를까 탈혼수는 그조차도 오십 초 안에 승부를 장담하기 어려운 일류고수, 그런 고수를 저렇게 간단하게 숨통을 끊어 놓는 자라면 절대로 자신의 아래가 아니었다. 머릿수의 이득을 최대한 활용하지 않으면 오늘 이 자리가 자신과 수하들의 무덤이 될 수도 있을 터였다.

매소랑의 물음에도 장개산은 가타부타 대답이 없었다. 대신 한 손을 등 뒤로 가져가더니 여태 검갑 속에 감춰져 있던 장검을 힘차게 뽑았다.

조악한 검갑과 달리 시퍼런 보광(寶光)을 뿌리는 검신이 모습을 드러냈다. 예상대로 길이는 오 척에 달하고 검폭은 세 치에 육박하는 검신의 아래쪽에 작은 글귀가 물결치듯 새겨져 있었다.

장개산이 검을 아래로 늘어뜨리고, 검봉이 청석판 바닥을 찍으며 거꾸로 곧추서는 순간 안력 높은 누군가가 검신에 새겨진 그 글귀들을 알아보았다.

병인년(丙寅年) 삼월, 흉노(匈奴)의 기병 수만 명이 국경을 넘어와 옥토를 피로 물들였다. 이에 상방(尙方)의 장인들이 호국의 염을 담아 참마검(斬馬劍) 한 자루를 만들어 바치니 천자(天子)께서 십만대적검(十万對敵劍)이라는 이름을 하사하시다.

"십만대적검……!"

적인지 아군인지도 모를 누군가의 입에서 신음처럼 흘러나온 한마디는 단번에 좌중의 공기를 소용돌이치게 만들었다.

여전히 저 검의 주인이 어떤 내력을 지녔는지는 모른다. 하지만 십만대적검이라니, 참으로 광오한 검명이지 않은가.

"저 문을 들어서는 순간 너희는 무사히 돌아갈 기회를 놓쳤다. 하지만 아직 목숨을 부지할 기회는 있다. 병기를 버려라."

좌중이 쥐죽은 듯 고요한 가운데 장개산이 매소랑과 폭룡채의 녹림도 일백을 쓸어보며 말했다. 짧고 묵직한 그의 음성에는 항거할 수 없는 어떤 힘 같은 것이 서려 있었다.

"와아!"

순간, 정신을 차린 만검산장의 호원무사들 사이에서 함성이 터졌다.

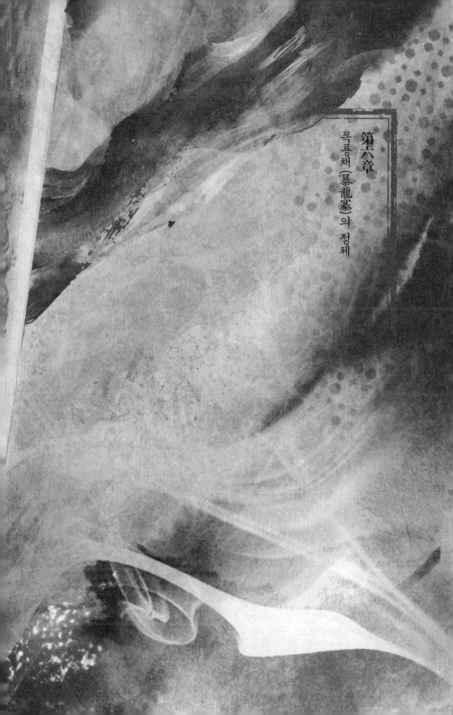

第六章
폭룡채(暴龍寨)의 정체

　사기충천한 만검산장의 호원무사들에 반해 폭룡채의 녹림
도들은 경동하기 시작했다. 그들로서는 감히 상상조차 할 수
없는 대적이 등장한 것이다. 하지만 매소랑은 수하들에게 고
민할 시간을 주지 않았다.

　"놈들은 오십에 불과하다. 모조리 쓸어버려 폭룡채의 위엄
을 만천하에 알려라!"

　매소랑의 발작적인 일갈에 녹림도들이 두려움을 무릅쓰고
돌진했다. 어차피 달아날 길도 없거니와 설혹 몸을 뺀다고 해
도 후일 채주가 보낸 척살대에 목을 내놓아야 한다. 폭룡채의

법도는 이토록 엄하다.

저 야수 같은 사내가 제아무리 강하다고 한들 그도 피가 흐르는 인간일 터, 압도적인 숫자를 앞세워 폭풍 같은 공세를 펼치다 보면 눈먼 칼에 상처를 입을 수도 있지 않겠는가.

그 틈을 노려 고수들이 놈의 숨통을 끊어놓으면 된다. 퇴각 명령이 떨어지지 않은 이상 현재로선 그게 유일한 살길이었다.

이 사실을 너무나 잘 아는 폭룡채의 녹림도들은 목숨도 돌보지 않은 저돌적인 공세를 퍼부었다.

장개산의 등장으로 사기가 충천한 만검산장의 호원무사들은 또 그들 나름대로 절박한 이유가 있었다. 크게는 폭룡채의 녹림도들로부터 만검산장을 지키기 위해, 작게는 죽은 장주의 원수를 갚기 위해, 그들 역시 필사적으로 싸웠다. 백미랑과 두추옥이 가장 맹렬하게 적진으로 뛰어들었음은 물론이다.

오십의 호원무사들과 백 명의 녹림도들은 순식간에 하나로 뒤섞였다. 장병과 단병이 숨 가쁘게 오갔다. 피가 솟구치고 육편(肉片)이 비산하는 가운데 병장기가 부딪히는 금속성과 죽어가는 자의 비명이 귀청을 찢었다. 평온하던 만검산장의 장원은 순식간에 전장으로 돌변해 버렸다.

전면전으로 확대되었어도 적장을 쓰러뜨려야 한다는 건

여전하다. 장개산은 부나방처럼 달려드는 적들을 닥치는 대로 베어 넘기며 매소랑을 향해 다가갔다.

진령 일대의 녹림산채들을 단시간에 정복한 폭룡채이고 보면 그들을 단순한 녹림도로 보는 건 무리다. 실제로도 그들은 단순한 녹림도가 아니었다. 모종의 이유 때문에 녹림도로 위장해 진령을 뒤흔들고 다니는 사마외도의 무리였다.

게다가 매소랑은 만검산장의 독문무공을 염려해서인지, 아니면 이번 임무의 중요성 때문인지 강한 수하들만 이끌고 왔다.

장개산의 눈에 비친 그들 하나하나는 만검산장 호원무사들과 견주어도 하등의 손색이 없었다. 오히려 몇몇 고수들은 만검산장의 호원무사들을 압도했다.

각각의 실력이 대등할 때 손해를 보는 쪽은 머릿수가 작은 쪽이다. 지금도 잠깐 사이에 만검산장의 호원무사 대여섯 명이 피를 뿌리며 쓰러졌다.

처음부터 모른 척했으면 모를까, 일단 도와주기로 작심했으면 최대한 빨리 싸움을 끝내는 것이 낫다. 그러려면 매소랑을 잡아야 했다.

한데 놈들은 공세를 장개산에게 집중시켰다. 단 세 걸음을 옮기는데도 십여 자루의 칼날이 사방에서 날아들었다. 칼이 들어오고 나아가는데 예사롭지 않은 규칙과 순서마저 있었다.

검진(劍陣)이다.

녹림도라고 검진을 익히지 말란 법 없지만 이건 도적들이 표행을 약탈할 때 펼치는 검진과는 차원이 달랐다. 놈들이 단순한 녹림도가 아니라는 것을 다시 한 번 확인하는 순간이었다.

그러나 장개산의 발을 묶을 수는 없었다.

적들을 거침없이 베어 넘기며 전진하던 장개산의 눈에 마침내 매소랑이 들어왔다. 그는 백미랑을 상대로 철선을 질풍처럼 휘두르고 있었다.

장개산이 매소랑을 잡아야만 이 전투를 끝낼 수 있다고 생각하는 것처럼 매소랑은 백미랑을 잡아 인질로 삼아야만 이 상황을 돌파할 수 있다고 믿는 것 같았다.

장개산은 계속해서 몰려드는 녹림도들을 베어 넘기는 한편 백미랑과 매소랑의 격돌을 눈여겨보았다.

매소랑의 위치가 포착된 이상 단숨에 도약해 놈의 전면으로 뛰어드는 것도 어렵지 않지만, 우선은 백미랑에게 아버지의 원수와 대적할 기회를 주어야 한다고 생각했다.

만검산장의 비전무예를 고스란히 이어받은 백미랑의 검초는 날카롭기 짝이 없었다. 한 손을 가볍게 쭉 뻗는가 싶더니 검봉이 기이한 각도로 꺾이고 돌며 매소랑의 전권을 파고들었다.

그 모습이 흡사 독사가 먹이를 노리는 것처럼 빠르고 매서웠다. 매소랑의 펄럭이는 옷자락을 스치고 지나가는 것도 부지기수였다. 금방이라도 피를 볼 것만 같은 날카로움, 그게 백미랑이 펼치는 검초의 심상이었다.

하지만 딱 거기까지였다.

백미랑의 검술이 비범하기는 했지만 매소랑에게는 역부족이었다. 촉도검왕을 쓰러뜨린 고수답게 매소랑은 시종일관 거리를 유지하는 한편, 백미랑의 검초가 전권을 파고들 때마다 철선을 휘둘러 튕겨냈다.

땅땅 소리가 요란하게 울리며 공방을 주고받기를 한참, 장개산의 접근을 눈치챈 매소랑이 지금까지의 소극적인 움직임에서 벗어나 갑자기 폭풍 같은 공세를 펼치기 시작했다.

대경실색한 백미랑이 재빠르게 검초를 놀려보지만 매소랑의 공세를 막아내기엔 역부족이었다. 점점 뒷걸음질을 치던 백미랑은 한순간 빈틈을 발견하고 검을 힘차게 휘둘렀다. 그 궤적 안에 매소랑의 목이 있었다.

"어딜!"

매소랑은 철선을 바깥으로 휘둘러 백미랑의 검을 바깥으로 튕겨낸 다음 비호처럼 전권을 파고들었다..두 사람 사이의 거리가 순식간에 사라지는가 싶더니 매소랑이 좌장을 힘차게 뻗었다.

무얼 어찌해볼 틈도 없이 급박하게 커지는 매소랑의 좌장을 보며 백미랑은 저도 모르게 두 눈을 부릅떴다.

그 순간, 좌방의 허공으로부터 시커먼 그림자가 혜성처럼 떨어졌다. 그림자는 정확하게 매소랑의 어깨를 향했다. 대경실색한 매소랑은 급박하게 좌장을 회수하는 한편 허리를 비틀며 그림자를 향해 다시 일장을 뻗었다.

그림자는 당연히 장개산이었다.

장력이 폭사하는 순간 장개산의 측각이 매소랑의 어깨를 가격했다. 뻐벙! 소리와 함께 막강한 경력을 감당하지 못한 매소랑은 바닥에 처박혀 대여섯 장이나 데굴데굴 굴렀다.

하지만 그는 노련했다.

결정적인 순간 장력을 폭사해 어깨로 가해지는 충격을 완화한 매소랑은 굴러가는 속도를 이용해 벼락처럼 솟구쳤다. 그러곤 폭주하듯 달려오는 장개산을 향해 철선을 힘껏 뻗었다.

"이런 쳐 죽일 놈!"

순간.

후두두둑!

철선의 뼈대를 이루는 십여 가닥의 강철심이 암기로 변해 장개산에게로 날아왔다. 허공이 한순간 작고 반짝이는 은빛 섬광으로 가득 차는 듯했다. 장개산은 쭉 뻗은 검을 가볍게 떨어주었다.

따다다당!

속도가 예사롭지 않더라니 귀청을 찢는 굉음과 함께 철심들이 튕겨 나갔다. 그 바람에 검로가 살짝 바깥으로 향했고, 장개산의 가슴이 활짝 열렸다. 그 순간, 매소랑의 좌장이 장개산의 가슴에 격중했다.

빠앙!

둔중한 충격을 느낀 장개산은 무려 일곱 걸음이나 주르륵 밀려난 끝에 겨우 멈춰 설 수 있었다. 일장에 담긴 경력을 견디지 못한 옷자락이 제멋대로 찢어져 펄럭였다.

'백골소혼장!'

매소랑은 일부러 철심을 쏘아 장개산이 검초를 뿌리도록 유도한 다음 그 틈을 노렸다. 촉도검왕을 쓰러뜨린 백골소혼장이 제대로 적중하기만 한다면 상대를 쓰러뜨리는 건 일도 아니었기에.

"하하하! 하늘 밖에 하늘이 있음을 이제 알겠느냐!"

매소랑이 뒷짐을 쥔 채 앙천광소를 터뜨렸다.

백미랑은 모골이 송연해졌다.

장개산만이 유일한 희망이었는데, 그가 기꺼이 매소랑의 일장을 맞아 버렸다. 자신의 아버지를 죽음에 이르게 만든 그

가공할 장법을!

한데 뭔가 좀 이상했다.

피를 토하며 무릎을 꿇어야 할 장개산이 매소랑을 노려보며 그대로 서 있는 게 아닌가. 매소랑의 표정도 급격하게 식었다.

그가 물었다.

"어떻게… 된 거지?"

"어떻게 된 것 같아?"

장개산이 되물었다.

지난 일 년 동안 장개산은 야신의 행적을 추적하는 한편 밤잠을 설쳐가며 수련에 수련을 거듭했다. 모든 신경을 무공수련에 집중하다 보니 꿈에서도 수련을 했다. 어떤 날은 자다가도 벌떡 일어나 꿈에서 보았던 초식을 펼칠 정도였다.

첫 번째는 당연하게도 반룡십팔검을 완성하는 것이었다. 이는 가장 지난하고 벽에 많이 부딪히는 작업이었다. 그때마다 장개산은 북검맹의 야생차밭에서 유성검 이병학이 해주었던 말을 떠올렸다.

"습관에 얽매여 스스로 한계를 정하는 우를 범하지 말게나. 그것을 깨야만 비로소 새로운 세상을 볼 기회라도 주어지는 법이라네. 그 옛날 창공을 꿈꾸며 지느러미를 퍼덕였을 최초의 물고기처럼 말일세."

이병학의 말이 맞았다.

벽에 부딪힐 때마다 뇌리에 깊이 박혀 있는 고정관념을 버리니 매듭이 하나씩 풀리기 시작했다. 일 년이 지난 지금에는 완전한 검법으로 탈바꿈했다. 본시 무도의 길은 끝이 없는 법, 아직 갈 길이 멀었지만, 이제는 검공에도 어느 정도 자신이 있었다.

두 번째는 반룡십팔박을 재해석하는 일이었다.

제종산문의 모든 무예는 그때그때의 상황에 따라 수많은 변태적 형태의 식(式)이 존재한다. 그래서 사부는 제종산문의 무예들을 일컬어 일초백식(一招百式)의 무예라고 했다.

권장지각(拳掌指脚)을 모두 아우르는 반룡십팔박(蟠龍十八搏)은 그 정점에 있었다. 병기공인 반룡십팔수에 한 글자를 고쳐 반룡십팔박이라고 이름 지은 것은 인간의 신체를 병기의 연장으로 보기 때문이다.

한데 너무 추상적이고 않은가.

장개산은 투명한 물처럼 뚜렷한 실체가 없는 반룡십팔박을 좀 더 실전적인 박투공으로 바꾸었다. 문제는 그때부터 발생했다.

물은 담는 그릇에 따라 그 모양이 변한다고 하더니 그 어떤 초식이든 장개산이 펼치니 가공할 용력을 이용해 상대를 메다꽂아 버리든지, 패대기치든지, 던져 버리는 식이 되어버렸다.

뭔가 이건 아니라는 생각은 들었지만 막상 실전에 돌입하고 나면 저도 모르게 상대를 번쩍번쩍 들어다 패대기치는 자신을 발견하곤 했다. 이런 방식의 장점은 매우 위협적이라는 것이고, 단점은 힘 조절이 잘 안 된다는 것이었다.

세 번째는 차시환혼대술서를 익히는 것이었다. 반룡십팔검이 고산준봉을 높이 오르는 일이라면 차시환혼대술서는 울창한 숲으로 깊이 들어가는 일이었다. 온갖 잡다한 재주가 총망라된 차시한혼대술서는 광할한 숲이었다.

마지막으로 백골소혼장이 있었다.

전날 야신에게 맞아 백골소혼장의 위력을 경험한 장개산은 처음에 독(毒)이 살가죽을 뚫고 내장으로 침투치 못하도록 하는 방법을 연구했다. 하지만 독에 대한 지식이 미약한 그로서는 불가능한 일이었다.

해서 이번엔 암경이 침투치 못하는 방법에 초점을 맞추었다. 백골소혼장은 암경에 독기를 실어 침투시키는 일종의 독장이니 암경을 막아내면 독기도 막을 수 있다고 생각한 탓이다.

그래서 생각해 낸 것이 어린 시절부터 단전 깊숙한 곳에서 웅크리고 있는 미지의 기운을 끌어올려 반탄력을 만들어 내는 방법이었다. 이전에도 실전을 치를 때 그 기운이 저도 모르는 사이에 튀어나와 강력한 반탄기공을 형성했던 경험이 있었다.

그건 대성공이었다.

암경이 실린 매소랑의 백골소혼장을 튕겨 낸 것이 그걸 증명했다.

매소랑의 낯빛이 칠흑처럼 검어졌다.

백골소혼장은 그가 숨겨둔 한 수였다. 백골소혼장을 대성하기만 하면 천하에 적수를 찾을 수 없을 것으로 생각했다. 겨우 육성에 이른 지금의 수준으로도 격중만 하면 쓰러뜨리지 못할 상대가 없다고 생각했다. 한데 저 괴물은 백골소혼장을 맞고도 끄떡없다.

장개산은 장검을 다시 등 뒤 검갑에 꽂아 넣었다. 그러곤 갑자기 상체를 숙였다가 탄력있게 솟구치며 신형을 박찼다.

매소랑은 본능적으로 쌍수를 뻗었다.

눈 깜짝할 사이에 지척에 이른 장개산 발끝으로 단단한 청석판을 찍었다. 청석판이 쩌저적 부서지는 순간, 달려가던 장개산의 몸이 갑자기 발끝을 축으로 팽이처럼 회전했다.

매소랑의 좌장은 장개산의 옆구리를 타고 아슬아슬하게 바깥으로 흘러 나가버렸다. 그때쯤 한 바퀴를 빙글 돌아선 장개산은 좌수를 뻗어 이미 자신의 곁을 지나가는 매소랑의 뒷덜미를 덥석 잡아챘다.

"헉!"

저도 모르게 터지는 단말마.

한순간 매소랑은 눈앞이 캄캄해지는 것 같았다. 무언가 잘못되었음을 느꼈을 때는 그의 몸이 항거할 수 없는 어떤 힘에 이끌려 허공을 날고 있었다.

목이 통째로 빠질 것 같은 고통이 뒤를 이었다. 그 힘의 원천이 자신의 뒷덜미를 움켜쥔 장개산의 팔이라는 것을 알아차렸을 때는 이미 늦었다.

장개산은 매소랑을 번쩍 들어다 공중에 대고 태극문양의 입체적인 호선을 그린 다음 땅바닥에 내리꽂았다. 흡사 심술궂은 아이가 개구리를 패대기치는 것과도 같은 모습.

대경실색한 매소랑은 장개산에게 뒷덜미를 잡힌 상태에서 급격하게 커지는 땅바닥을 향해 쌍장을 떨쳤다.

반탄력을 얻어 땅바닥과 박치기를 하는 것만큼은 피하기 위한 일수, 그의 예상은 적중해서 청석판이 쾅! 소리를 내며 터지는 와중에도 머리통이 깨지는 것만큼은 가까스로 피했다. 앞서 똑같은 방식으로 죽은 철포와 탈혼수와는 다른 모습이었다.

하지만 그런 쓸데없는 행동은 오히려 매를 자초한 꼴이 되어 버렸다. 장개산은 반탄력으로 튀어 오른 매소랑의 힘을 역이용, 반대편 바닥에 패대기쳐 버렸다.

'쾅! 소리와 함께 청석판이 우지직 깨지는 순간 또다시 번쩍 들어 올렸다가 반대편에 패대기치고, 패대기치고, 또 패대기쳤다.

무려 네 번을 연거푸 단단한 청석 바닥과 부딪히는 사이 매소랑은 발목이 꺾이고, 무릎이 부러졌으며, 양팔이 비정상적인 각도로 꺾였다. 살점이 떨어지고 피가 퍽퍽 튀었음은 물론이다.

이윽고 장개산이 무지막지한 공격을 멈추었을 때 매소랑은 온몸이 흐물흐물해졌다. 그 와중에도 살겠다는 일념 하나로 사지를 움직여 보지만 어느 것 하나 말을 듣는 것이 없었다. 언제 어떻게 당했는지 옆구리에서는 뜨거운 피가 빠져나가는 것이 느껴졌다.

"하아하아……."

대(大) 자로 드러누운 매소랑은 가쁜 숨을 몰아쉬었다. 앞서 죽은 철포와 탈혼수가 이런 느낌이었구나. 그들이 이런 고통, 이런 무시무시한 공포를 느꼈구나.

넋 나간 매소랑의 목덜미 위로 참마검이 드리워졌다. 검신을 따라 흘러 내려온 피가 뚝뚝 떨어졌다. 그가 태양을 머리 위에 인 채 자신을 내려다보고 있었다. 그리고 이어지는 천둥

같은 대갈일성.

"모두 병기를 버리고 무릎을 꿇어라!"

협곡을 쩌렁하게 울리는 사자후에 모두가 싸움을 멈췄다. 누가 먼저랄 것도 없이 대여섯 걸음씩을 물러나며 묘한 대치가 이루어졌다.

살아남은 녹림도의 숫자는 예순여 명, 그나마 제대로 싸울 수 있는 자는 서른여 명에 불과했고, 나머지 피를 철철 흘리며 겨우 버티고 섰거나 바닥에 쓰러져 신음했다.

만검산장의 호원무사들 역시 상당수가 죽거나 쓰러져 똑바로 서 있는 사람은 스물에 불과했지만, 이미 승기는 만검산장 쪽으로 기운 상태였다.

결정적으로 수장인 매소랑이 장개산의 검 아래에서 대 자로 뻗어 있고 보면 더 이상의 항전은 무의미했다.

"나의 인내를 시험하지 마라!"

장개산이 녹림도들을 쓸어보며 나직이 경고했다.

쨍그렁!

누군가 들고 있던 병기를 놓아 버리더니 천천히 무릎을 꿇었다. 이러지도 저러지도 못하고 서로의 눈치만 보고 있던 녹림도들이 하나둘씩 병기를 떨어뜨리기 시작하자 쨍그랑대는 소리가 한동안 울려 퍼졌다. 이윽고 소리가 끊어졌을 때 살아남아 있던 녹림도들은 모두 그 자리에서 무릎을 꿇은 상태였다.

"와아!"

만검산장의 호원무사들은 목구멍이 찢어져라 환호성을 질러댔다. 몰살을 면치 못할 거라고 생각했는데 오히려 압승을 거둔 것도 모자라 장주를 죽인 불구대천의 원수 매소랑까지 사로잡았다. 살아남은 호원무사들은 복받치는 감정에 서로 얼싸안고 눈물을 흘렸다.

*   *   *

해가 뉘엿뉘엿 기울기 시작할 무렵, 장개산은 연무장 한복판에서 매소랑을 노려보고 있었다. 사지가 부러진 채 바닥에 널브러진 매소랑은 벌레처럼 꿈틀거렸지만 그 와중에도 눈동자만큼은 독기로 가득했다.

비록 적에게 사로잡혀 생사를 장담할 수 없었으나 그 역시 강호에서 잔뼈가 굵은 무인이었던 것이다.

매소랑의 뒤로는 그가 이끌고 온 녹림도들 중 살아남은 자들이 역시나 포박을 당한 채 무릎을 꿇고 있었다. 그들의 좌우로는 기세등등한 만검산장의 호원무사들이 삼엄한 경계를 펼친 채 승리를 만끽했다.

"관에 사람을 보냈어요. 오늘 밤쯤이면 검각현의 관병들이 몰려와서 저들을 끌고 갈 거예요. 부상자들은 최대한 치료해 주도록 시켰고요."

백미랑이 말했다.

앞선 전투로 중상을 입은 녹림도들은 서른여 명에 달했다. 그들은 서둘러 치료를 해주지 않으면 과다출혈로 말미암아 죽을 수밖에 없었다.

불과 열흘 전에 만검산장으로 찾아와 적지 않은 호원무사들과 함께 장추 백인명을 죽인 자들이다. 일채십수(一債十壽)라는 말도 있거니와 강호의 혈채는 열 배의 숫자로 되갚아주는 것이 암묵적인 관례였다. 여기엔 복수 외에도 응징의 의미가 내포되어 있기 때문이다.

살아남은 자들의 숨통을 죄다 끊어놓아도 부족할 판에 부상자들까지 치료해 주겠다는 것은 부모로부터 물려받은 백미랑의 심성이 그러한 탓일 게다. 만검산장이 근동의 무림인들로부터 존경을 받는 것도 그 때문이고.

하지만 그게 다 무슨 소용인가.

정작 만검산장이 위기에 처하자 누구도 나서서 도와주지 않는 것을.

장개산은 아무런 대꾸도 하지 않았다.

백미랑은 가만히 기다렸다.

궁금한 게 한두 가지가 아니었다.

'십만대적검'이라는 고대의 상방에서 만든 참마검이 그의 내력을 말해주지는 않는다. 오히려 의문만 가중될 뿐이다. 사문이 어디인지, 어떤 절기를 익혔는지, 왜 그렇게 흉신악살들을 미워하는지…….

가장 의문스러운 것은 그가 만검산장에 나타난 것이었다. 그것도 만검산장이 멸문지화의 위기에 처했을 때 마치 기다렸다는 듯이.

이건 절대로 우연이 아니다.

만검산장을 돕기 위해서도 아니다. 복수를 대신해 줄 만큼 만검산장과 인연이 있었다면 돌아가신 아버지가 한 번쯤 언급하지 않았겠는가.

그가 온 것은 폭룡채의 녹림도들 때문이다.

정확하게 말하면 매소랑, 그는 매소랑을 노리고 왔다. 그러니 매소랑의 생살여탈에 관한 권리도 그에게 있었다. 지금은 불구대천의 원수를 갚는 것보다 만검산장을 멸문지화의 위기에서 구해준 그의 지시 혹은 행동을 기다리는 것이 먼저다.

한참을 침묵하고 있던 장개산이 총관 두추옥을 돌아보며 말했다.

"매소랑만 남겨두고 모두 물려주겠소?"

누구 말이라고 거역하겠는가.

두추옥은 일말의 망설임도 없이 이원익을 향해 눈짓했다.

이원익이 수하들과 함께 폭룡채의 녹림도들을 끌고 어디론가 사라졌다. 잠시 후, 백미랑이 두추옥에 눈짓한 다음 두 사람도 자리를 피해주려 했다. 장개산이 그들을 불러 세웠다.

"두 분은 남아 주십시오."

백미랑과 두추옥은 잠시 시선을 나눈 다음 한쪽에 자리를 잡고 섰다. 이제 연무장에는 백미랑과 두추옥, 그리고 장개산과 매소랑만 남아 있었다.

어디선가 바람이 불어와 네 사람의 머리카락을 흩날렸다. 피 냄새가 진동하는 가운데 장개산은 착 가라앉은 음성으로 말했다.

"장법이 제법이더군."

"내 출수가 촌각만 빨랐어도 지금쯤 네놈의 창자는 썩어 문드러졌을 것이다. 내 장력을 정면으로 받지 않은 걸 천운으로 여겨라. 카악, 퉤!"

말끝에 매소랑이 고개를 옆으로 돌려 가래침을 뱉었다. 검붉은 핏덩어리가 바닥에 찰싹 떨어졌다. 놈에 의해 바닥에 패대기쳐지는 순간 내장이 진탕당한 탓이다.

그러고 보니 그 결과가 묘하게 자신의 백골소혼장과 닮았다. 백골소혼장이 상대의 창자를 썩어문드러지게 만든다면 놈의 패대기치는 수법은 내장을 진탕당해 말할 수 없는 고통을 안겨준다.

우연치고는 너무나 재밌지 않은가.

매소랑은 몰랐지만 이건 우연이 아니었다.

전날 백골소혼장에 당해본 장개산은 그 고통이 어떤 건지 너무나 잘 안다. 빙소화가 바로 그 백골소혼장에 당해 죽었다.

내장이 썩어 녹아내리는 극통을 느끼면서도 빙소화는 마지막 순간까지 자신을 향해 웃어주었다. 장개산에게 아픈 기억을 남겨주지 않기 위해서다.

그때 결심했다.

놈들에게 빙소화가 당했던 고통을 그대로 안겨주겠다고.

"백골소혼장으로는 나를 쓰러뜨릴 수 없다."

"……!"

순간, 매소랑의 얼굴에서 핏기가 사라졌다.

백골소혼장이 악명을 떨친 사공이라고는 하나 백 년 전의 무공이다. 세상에 모래알처럼 많은 것이 무공이고 보면 어지간히 견문이 넓지 않고는 백골소혼장이라는 무공의 존재를 알기가 어려웠다. 하물며 자신이 백골소혼장을 익혔다는 걸 어찌 아는가.

백미랑과 두추옥은 어리둥절한 표정을 지었다.

대관절 백골소혼장이 무엇이관데 매소랑의 표정이 저렇게 변하는 걸까?

자칫하면 자신의 진짜 정체가 발각될 상황, 매소랑은 황급히 표정을 갈무리하고는 말했다.

"무슨 말을 하는지 모르겠군."

"살짝만 스쳐도 암경이 육골(肉骨)에 침투, 내장을 순식간에 곤죽으로 만들어 버린다는 금단의 사공. 하지만 사흘이 지나서야 비로소 혈수인이라는 장흔이 나타나는 바람에 시체를 파보기 전에는 백골소혼장에 당했다는 것을 알 수가 없지. 이미 촉도검왕의 주검을 확인했다."

백미랑은 망치로 뒤통수를 맞은 것 같았다.

간밤에 장개산이 묘실에서 관을 열고 아버지의 주검을 살폈던 이유를 이제야 깨달았다. 그는 흉수가 펼친 장법이 자신이 쫓는 자의 무공인지 알고 싶었던 것이다.

그 사이 매소랑의 표정은 몇 번이나 변했다. 그는 '백골소혼장으로는 나를 쓰러뜨릴 수 없다'는 말에서 뒤늦게 눈앞에 있는 저 괴물의 정체를 간파했다.

"네가… 장개산이었군."

"나를 아나?"

"백골소혼장을 정통으로 맞고도 살아난 유일한 인간. 운중동을 쑥대밭으로 만들고 내 사제인 방사인까지 죽였다지? 어떻게 생긴 놈일까 궁금했었는데 과연 명불허전이군."

"사제?"

"후후, 놀란 모양이군. 하긴 네놈들이 우리에 대해 제대로 아는 게 있을 리 없지. 너희가 야신이라 부르는 그분은 회주의 령(令)을 받들어 항주에서 훗날을 준비하던 사자이셨다. 나는 그분의 일제자이고, 방사인이 둘째, 그리고 사부님을 배신한 빙소화년이 셋째가 될 뻔했지."

장개산은 조금 당혹스러웠다.

야신의 무공으로 미루어 그가 속한 세력 내에서 상당한 신분일 거라는 짐작은 했었다. 하지만 그가 방사인과 빙소화 외에도 제자를 또 두었을 줄은 꿈에도 몰랐다.

"야신은 지금 어디에 있지?"

"사흘 후 있을 거사를 준비 중이지."

"거사?"

"첫 번째 불꽃은 황금으로 지은 집에 사는 늙은 악마의 숨통을 끊어 놓는 것에서 시작될 것이다. 여기서 그곳까지는 무려 팔백 리. 설령 네놈에게 적토마(赤兎馬)가 있다 해도 사흘 안에 도착하지는 못할 것이다. 크크크."

더는 나올 것이 없다.

심문을 끝낸 장개산은 천천히 돌아섰다.

걸음을 옮기는 장개산의 등 뒤로 매소랑의 저주와도 같은 악다구니가 쏟아졌다.

"우리는 이미 대륙 곳곳에 있다. 너희가 생각하는 것보다 훨씬 더 깊숙이, 머지않아 혈겁이 닥치면 피가 강이 되어 흐르고 시체가 산이 되어……."

매소랑의 말이 채 끝나기도 전에 두추옥이 검을 휘둘렀다. 퍽! 소리와 함께 어깨로부터 떨어진 매소랑의 머리통이 바닥을 데굴데굴 굴렀다. 솟구치는 피와 함께 그의 몸뚱이가 천천히 넘어갔다.

*　　*　　*

장개산은 탁자 하나를 가운데 두고 백미랑과 마주 앉았다. 두추옥은 자신이 배석할 자리가 아님을 알고 한 걸음 떨어진 곳에서 시립했다.

"그들은 누구죠?"

백미랑이 물었다.

"대망혈제회의 잔당들입니다."

"……!"

"……!"

백미랑도, 곁에 시립해 있던 두추옥도 놀라움을 금치 못했다. 대망혈제회라면 삼십 년 전 강호에 혈겁을 몰고 온 사마외도들을 일컫는 말이다. 백미랑은 그 시절을 살아보지 않았지만 아버지로부터 귀가 따갑도록 들었다. 그 이름이 지금 이

순간 왜 튀어나오는가.

"그들이 왜 만검산장을 노리는 거죠?"

"머지않은 장래에 놈들은 중원무림을 침공할 겁니다. 그때 대량의 병력이 남하하려면 미리 길목을 정비해 두어야 합니다. 그 첫 번째가 장성(長成)이었고, 두 번째가 진령이었습니다. 고래로 진령은 녹림산채들의 본산과도 같은 곳, 하지만 진령은 이미 폭룡채에 의해 길이 뚫렸습니다."

백미랑은 비로소 폭룡채라는 듣도 보도 못한 강도들이 튀어나와 진령 일대를 뒤흔든 이유를 깨달았다.

"그리고 세 번째가 촉도입니다. 진령을 넘고 나면 가장 빠르게 남하하는 길이 바로 촉도이지요. 촉도를 통해 사천으로 진격한 다음 남악련과 건곤일척의 승부를 보는 것이 그들의 목적이었습니다. 섬서성을 장악한 데 이어 남악련까지 쓰러뜨리게 되면 대륙의 서쪽이 사실상 놈들의 수중에 떨어지게 되는 겁니다."

강호인들은 진령을 경계로 대륙을 중원과 새외로 나누거나 아니면 장강을 경계로 북무림과 남무림으로 나눈다. 일국의 역사와 무림사를 통틀어 불순한 세력이 중원을 넘볼 때는 항상 북쪽에서 아래로 남하하거나, 남쪽에서 북으로 북상했다.

자연히 사람들의 머릿속엔 대륙을 남북으로 나누는 고정

관념이 뿌리 깊게 박혀 있었다. 놈들은 허를 찔러 서에서 동으로 공격할 계획이었던 것이다.

"한데 그게 저희와 무슨 상관있는 거죠?"

"만검산장이 촉도상의 길목에 있는 가장 큰 문파이기 때문입니다. 아시다시피 고래로 촉도는 험준한 길의 상징이었지요. 얼마가 될지 모르나 많은 병력이 촉도를 넘으려면 엄청난 양의 군량이 필요할 겁니다. 국가 간의 전쟁과 달리 무림인들의 전쟁은 기동성을 생명으로 합니다. 그러려면 말과 단출한 무장이 필수인데 이는 일천육백 리에 달하는 촉도를 넘는데 가장 큰 제약이 되지요."

"만검산장을 병참기지로 사용할 작정이었군요."

"그렇습니다. 곳곳에서 약탈해 온 군량을 만검산장에 숨겨 두었다가 말과 사람을 먹이고 또 보충한 후 사천으로 진격할 생각이었던 겁니다."

"어떻게 이런 일이……!"

"놈들은 만검산장을 포기하지 않을 겁니다."

"하면 어떻게 해야 하죠?"

"가장 쉬운 방법은 검각의 잔도를 무너뜨리는 겁니다. 감히 복구할 생각조차 들 수 없을 만큼 철저하게. 촉도는 섬서와 사천을 있는 가장 빠른 길이기도 하지만 동시에 검각의 잔도를 끊어버리면 사천의 북부는 천하의 어떤 세력도 넘볼 수 없는 천연의 요새로 돌변합니다."

"그럴 수는 없습니다. 고대로부터 이어져 온 촉도는 연간 수백만 명에 달하는 마방(馬幇), 상인, 표국, 여행객들이 오가는 곳이에요. 그들을 통해 오가는 물동량이 사천 경제의 일할을 담당한다는 말까지 있어요. 그게 얼마나 엄청난 양인지 대협께서는 상상도 못하실 거예요. 촉도가 한 달만 끊어져도 수십만 명이 배를 주리게 될 겁니다."

"그렇다면 남은 방법은 한 가지밖에 없습니다."

"그게 뭐죠?"

"검각을 사수하며 맞서 싸우는 거죠."

"……!"

백미랑은 머릿속이 하얘지는 것 같았다.

녹림채로 위장한 졸개들도 감당치 못하는 상황에서 대망혈제회의 본대를 무슨 수로 당할 것인가. 장개산은 천천히 말을 이어갔다.

"남악련에 협조를 구하십시오."

"그들이 제 말을 믿어줄까요?"

"그들은 이미 대망혈제회의 재기를 눈치챘습니다."

"하지만 그들이 촉도로 내려 올 거라는 건 일견 너무나 황당한 일인지라……. 어쩌면 만검산장이 폭룡채의 복수를 두려워한 나머지 말을 지어냈다고 생각할지도 몰라요."

백미랑은 촉도상의 문파들에게 거절당한 상처를 아직도 갖고 있었다.

"남악련에도 사람은 있을 터, 그런 일은 없을 겁니다. 만에 하나 그들이 믿지 않거든 백골소혼장이 나타났음을 알려주십시오."

"……!"

아버지의 주검을 보여주라는 소리다.

장개산의 말처럼 남악련에도 사람이 있을 터, 항주에 이어 이곳 검각에서도 백골소혼장이 등장했다는 사실을 알면 대망혈제회의 짓이라는 걸 의심할 수밖에 없을 것이다.

더불어 검각이 뚫리면 자신들이 위험에 빠진다는 걸 모를 리 없으니 막대한 병력을 보내 검각을 봉쇄하려 들 게 분명했다. 남악련이 나선다면 충분히 해볼 만하다.

백미랑은 저도 모르게 무림의 거대한 혈풍 속으로 빨려 들어가고 있음을 직감했다. 이건 촉도에 위치한 만검산장의 운명이기도 했다.

"알겠습니다."

백미랑이 고개를 끄덕였다.

그녀가 모든 걸 알아들었음을 확인한 장개산은 자리에서 일어났다. 백미랑이 다급하게 따라 일어서며 물었다.

"왜 그러시죠?"

"볼일이 끝났으니 떠나렵니다."

"어디로 가실 건가요?"

"매소랑이 말한 곳으로요."

"하지만 그곳이 어딘지 모르지 않나요?"

"세상에 황금으로 지은 집은 없지요. 하지만 황금꽃이라는 이름의 집은 존재합니다. 강호인들은 그곳에 사는 늙은이를 가리켜 신선이라고 한다는데, 저들은 악마라고 하는군요."

"금화선부(金花仙府)……!"

섬서성의 대호족이자 천하제일의 거상 상왕 벽금성이 사는 금화선부는 삼십 년 전 혈사를 일으킨 사실상의 장본인이다. 놈들은 그의 목을 치는 것으로 거사의 시작을 알리려 하고 있다.

"잠깐만요."

백미랑은 장개산을 불러 세운 후 두추옥을 향해 눈짓했다. 두추옥이 품속에서 사슴 가죽으로 만든 주머니를 꺼내 탁자 위에 놓았다. 백미랑의 말이 이어졌다.

"약속한 은 백 냥입니다."

"그건 의심을 피하려 한 말입니다. 그리고 저는 이미 원하는 걸 얻었습니다."

"대협의 의도가 어찌 되었든 만검산장은 돈으로 환산할 수 없는 은혜를 입었습니다. 감사의 표시라고 생각해도 좋고, 선물이라고 생각해도 좋습니다. 부디 거절하지 말아 주십시오."

장개산은 백미랑은 물끄러미 바라보았다.

장주를 비롯해 호원무사들이 상당수 목숨을 잃으면서 만검산장은 큰 타격을 입었다. 다시 회복하려면 적지 않은 돈이 들 터였다. 게다가 은 백 냥은 적은 돈이 아니다. 하지만 백미랑의 단호한 표정에서 호의를 읽은 장개산은 주머니를 품속에 챙겨 넣었다.

"다시 뵈올 수 있을까요?"

"제가 촉도를 지나는 일이 있고, 그때도 만검산장이 있다면 꼭 들르겠습니다. 그땐 셋이서 즐거운 마음으로 식사할 수 있으면 좋겠군요."

무거운 마음을 풀어주려는 듯 다정한 장개산의 말에 비로소 백미랑의 얼굴이 환해졌다. 백미랑은 한 걸음 물러난 다음 정성을 다해 포권지례를 올렸다.

"대협의 은혜는 죽는 날까지 잊지 않겠습니다."

"무운을 빕니다."

장개산은 짧은 한마디를 남기고 내실을 나왔다.

잠시 후, 연무장을 가로질러 한참 걷는데 누군가 불렀다.

"장 대협!"

걸음을 멈추고 뒤를 돌아보니 두추옥이 말을 끌고 오는 중이었다. 그는 고삐를 장개산의 손에 넘겨주며 말을 이었다.

"여포(呂布) 적토마에 비할 바는 아니지만 저희 산장에서 가장 뛰어난 놈이지요. 요긴하게 쓰이실 겁니다."

두추옥은 다시 말을 이었다.

"혹, 장안에 가서 벽에 부딪히는 일이 있으시거든 구양적(狗養的)이라는 사람을 찾으십시오. 뉘 집 개가 어떤 개와 붙어먹어서 새끼를 몇 마리 낳았는지까지 알 정도로 장안 사정에 정통한 인물이지요. 그라면 분명 도움이 될 겁니다."

구양적은 개가 기른 사람이라는 뜻으로 천하에 둘도 없는 욕이다. 부모가 그런 이름을 지어주진 않았을 테고, 필시 강호인들이 붙여준 별호인 듯한데, 도대체 어떤 인물이기에 그런 욕을 별호로 얻었을까? 두추옥은 구양적이 자주 출몰하는 곳과 그를 만나는 법에 대해서도 설명을 덧붙여 주었다.

"고맙습니다."

장개산은 가볍게 인사를 하고는 말에 훌쩍 올랐다. 이어 박차를 가하며 말을 달렸다. 저만치 멀어지는 그를 바라보며 두추옥은 예를 다해 허리를 숙였다.

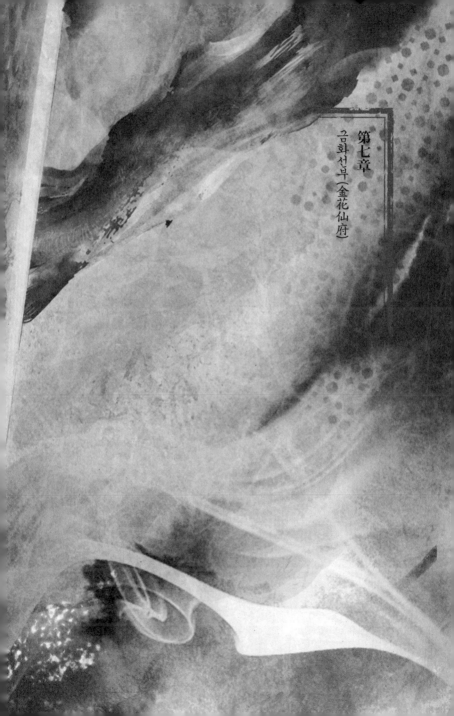

第七章
금화선부(金花仙府)

섬서성의 동쪽에 자리한 장안(長安) 고대로부터 이어져 온 동서 교역로의 경유지이자 수많은 왕조가 수도로 삼을 만큼 번성을 누린 천년고도였다.

이후 명대에 이르러 막강한 권력으로 부상한 대륙 서쪽의 호족들을 억누르기 위해 서안(西安)이라는 이름으로 바꾸었지만 사람들은 여전히 장안이라고 부르는 걸 선호했다.

지난 천 년 동안 발전시켜 온 문화와 풍습에 대한 자부심이 그만큼 컸던 탓이다.

실제로 장안을 중심으로 한 주변에는 아직도 황실과 군벌은 물론이거니와 국가대사에까지 막강한 영향력을 행사하는 호족들의 장원이 즐비했다.

어떤 미친 인간이 있어 도성 밖에 장원이 몇 개나 있는지를 조사했더니 무려 이천 개에 달했다는 말이 나올 지경이었다.

이쯤 되면 가히 장원의 도시라고 할 수도 있었다. 실제로도 그래서 장안의 어디를 가나 전국(戰國)시대로부터 이어져 온 고대의 건축물들을 지금도 쉽게 볼 수 있었다.

서안의 북쪽, 사람들이 북적거리는 저자를 병장기를 패용한 오남일녀(五男一女)가 말을 탄 채 지나고 있었다.

다들 서른 안팎으로 한창 젊은 남녀들이었는데 죽립 아래로 드러난 용모가 어찌나 빼어난지 길가는 사람들이 흘끔거리기 바빴다.

홍일점인 여자는 사람들의 시선 따윈 아랑곳하지 않은 채 풍광을 하나라도 놓칠세라 주변을 열심히 둘러보았다.

"사람이 정말 많네요. 장안이 이렇게 큰 도시인 줄은 몰랐어요. 항주는 어림도 없겠는 걸요."

"장안이 처음인 게야?"

대월도(大月刀) 허리에 찬 육척장신의 거한이 물었다. 폭급한 성미를 말해주듯 눈썹이 관자놀이를 향해 사납게 뻗은 그는 뜻밖이라는 표정이었다.

"선배는 장안에 와보신 적이 있으세요?"

"이래봬도 이 발바닥이 구주팔황과 오호사해를 누비던 발바닥이다. 하물며 대륙에서 다섯 손가락에 꼽히는 장안을 밟아보지 않았을까."

거한이 말을 탄 상태에서 발바닥을 슬쩍 들어 보이며 장난을 쳤다. 여자가 피식 웃었다. 햇살에 부서지는 그녀의 미소가 그렇게 맑을 수가 없었다.

"거짓말이야."

갑작스럽게 끼어들어 찬물을 끼얹은 사람은 호리호리한 체격에 장검 한 자루를 허리에 찬 미공자였다. 잘생긴 얼굴과 자유분방해 보이는 복장이 묘하게 어울리어 아까부터 유독 젊은 여자들의 시선을 받던 터였다.

"어째서요?"

여자가 물었다.

"삼 년 전, 귀도살(鬼刀殺)이라는 늙은이를 잡으러 가던 길에 십 리 밖에서 잠깐 스쳤던 것을 두고 하는 말인가 본데, 그걸 두고 장안에 와본 일이 있다고 할 수는 없지. 게다가 소문은 칼을 맞은 터라 말에서 내리지도 않았고."

소문이라 불린 거한이 눈썹을 씰룩이며 미공자를 노려보았다. 하지만 딱히 반박하지 못하는 걸로 보아 사실인 듯했다. 여자는 손으로 입까지 가리며 킥킥 웃었다.

이들은 항주의 북검맹에서 온 창랑사우와 빙소소, 그리고 설강도였다. 지금 이들을 하나로 묶어주는 이름은 흑풍조였다.

빙소소와 구양소문과 적인명이 농담을 주고받는 사이, 설강도는 말을 몰아 남궁휘와 어깨를 나란히 하며 물었다.

"무슨 속셈이야?"

"뭘?"

"항주에서 장안부까지는 수천 리 길이다. 단순히 북검맹의 입장을 전하기 위해 이 먼 곳까지 온 게 아니라는 거 알고 있다. 너는 뭐 아는 거 있지?"

남궁휘는 흑풍조의 조장이자 사실상 북검맹의 뼈대라 할 수 있는 남궁세가의 대공자다. 자연히 접근할 수 있는 정보의 수준이 일개 창룡전의 무사에 불과한 설강도와는 다를 수밖에 없었다.

설강도는 그 점을 언급하고 있었다. 네가 아무리 조장이지만 최소한의 작전은 말해주어야 하지 않느냐는 뜻.

"어쩐지 내게 불만이 아주 많은 것처럼 들린다."

"너라기보다는 남궁세가에 불만이 좀 있지."

"남궁세가가 전횡을 휘두른다고 생각해?"

"맹(盟)은 말 그대로 뜻을 같이하는 사람들의 연합체다. 어느 한 가문이 연합체를 장악했다면 그것 자체로 이미 전횡이라고 할 수 있지. 연합을 대표하는 사람이 없는 것도 아닌데."

"남궁세가가 맹주님의 방패막이가 되어준다는 생각은 안 해봤어?"

"주인이 마음대로 할 수 없는 방패라는 게 문제지."

"네 말대로 맹은 뜻을 함께하는 사람들의 연합체다. 그런 연합체가 한 사람에 의해 좌지우지되는 것도 전횡이라 할 수 있지 않을까?"

"맹주님이 전횡을 휘두른다는 뜻이야?"

"네 논리대로라면 그렇다는 말이야. 나 역시 너 못지않게 맹주님을 존경한다. 하지만 견제는 반드시 필요하다고 생각해. 우리는 많은 사람들의 목숨을 책임져야 하니까 말이야."

"청산유수, 내가 어찌 너를 말로 이기리오."

"내가 옳아서가 아니고?"

"두고 보면 알겠지."

"강도, 난 너 역시 나와 같은 곳을 바라본다고 생각한다. 가는 방법은 조금씩 다를지언정 결국엔 같은 곳에서 만나게 될 거야."

"한때는 나도 그렇게 생각한 적이 있었다. 하지만 목적이 같다면 가는 길은 달라도 정말 상관없는 것일까? 어떤 사람에겐 과정이 곧 목표이기도 하더라고."

"장개산을 말하는 거야?"

설강도는 대답하지 않았다.

그가 천일유수행을 하라는 사부의 명을 받고 북검맹에 들어왔다는 얘기는 들었다. 그에겐 북검맹의 맹도가 되는 것이 아닌 천일유수행을 하는 것이 목표였다. 그 과정에서 겪는 모든 일들은 그것 자체로 이미 천일유수행이었다.

"과연 그럴까?"

남궁휘가 다시 의문을 제기했다.

"무슨 말이야?"

"네 말대로 그 친구야말로 우리와 다른 길을 걷고 있지. 하지만 그가 바라보는 곳과 우리가 바라보는 곳이 다를까? 난 아니라고 생각하는데."

"안 본 사이에 혀가 더 빨라진 것 같다?"

"검도 빨라졌다. 언제 한번 맛 좀 볼래?"

"도전이냐?"

"도전을 원한다면 받아주겠다는 뜻이다."

"그렇게 말하면 내가 겁먹을 줄 알고. 천만에 말씀. 호랑이는 삼 년 만에 나타나도 여전히 호랑이인 법, 너는 아직 내 상대가 안 돼."

"삼 년 전에도 검은 내가 나았던 것 같은데."

"무슨 소리. 검은 내가 빨랐다."

"빠르다고 꼭 강한 건 아니지."

"여우 없는 굴에 호랑이가 왕 노릇한다더니 지금 너희가 하는 꼴이 딱 그 짝이렷다. 가소로운 것들. 흐흐흐."

불쑥 끼어든 사람은 뒤편에 있던 구양소문이었다. 너희가
아무리 그래봐야 결국엔 내 밑이라는 듯 그는 허리춤에 매어
둔 대월도를 손가락으로 툭 튕겨 보였다. 슬쩍 암경을 실었는
지 대월도가 쩡 소리를 내며 울렸다.

"뭐라는 거야?"

설강도가 툭 내뱉었다.

호랑이 없는 굴에 여우가 왕 노릇한다는 말은 들어봤어도
여우 없는 굴에 호랑이가 왕 노릇한다는 말은 처음 들어봤기
때문이다.

설강도의 말에 남궁휘도 피식 웃음을 터뜨리고 말았다. 구
양소문은 자신이 무슨 말을 했는지도 모르고 버럭 화를 냈다.

"설강도, 안 본 사이에 많이 컸구나. 너부터 밟아주겠다.
아니, 둘이 한꺼번에 덤벼라!"

하지만 말과는 달리 구양소문은 대월도를 뽑지도, 말을 재
촉해 다가오지도 않았다. 그저 고삐를 잡고는 커다란 몸집을
출렁출렁 대며 따라오고 있을 뿐.

구양소문의 장난에 남궁휘도, 백건악도, 적인명도, 빙소소
도 입가에 미소가 걸렸다. 설강도와 함께 이렇게 장난을 치며
강호를 주유한 지가 도대체 얼마 만인가. 전운이 감도는 세상
과 상관없이 지금 이 순간만큼은 모두의 가슴이 더워졌다.

괜스레 민망해진 설강도가 남궁휘를 돌아보며 빽 소리를 질렀다.

"진짜 입 다물고 있을 거야?"

"뭘?"

"아까 하던 말말이야."

"네 생각은 어때?"

"혹시… 대망혈제회와 관련있나?"

"제법 많이 아는걸."

설강도는 뭔가 이상한 느낌에 주변을 둘러보았다. 백건악, 적인명, 구양소문은 물론이거니와 빙소소까지 전혀 놀란 표정이 아니었다. 근자에 강호에서 일어나는 일이 대망혈제회와 관련되어 있다는 걸 저 녀석들 역시 어느 정도 안다는 뜻이다.

남궁휘의 말이 이어졌다.

"금화선부를 중심으로 섬서 무림인들이 연맹체를 만들려는 것 같아. 북검맹에 보내온 초청장에도 그것에 관해 언급이 되어 있고."

"섬서 무림맹을? 갑자기 왜?"

"갑자기가 아니야. 상왕은 오래전부터 섬서 무림을 손에 넣고 싶어 했어. 지금처럼 단순히 영향력을 미치는 정도가 아니라 완벽한 자신의 통제하에 두는 거지. 많은 문파들이 이에

동조하기도 했고."

"한데 왜 안 한 거지?"

"안 한 게 아니라 못 한 거야. 화산, 종남, 공동이라는 거대
문파의 눈치를 보느라고. 그러던 차에 대망혈제회라는 이름
이 언급되면서 그들에게 명분을 준 거지."

섬서성은 구대문파 중 세 곳이나 둥지를 튼 무림의 성지나
다름없었다. 고래로 구대문파는 산중에서 그들만의 방식으
로 무도의 길을 걸으며 신선처럼 살아왔다.

그러다 삼십 년 전 혈겁이 일어났을 때, 제자들을 대거 하
산시켜 백도무림을 돕게 했는데, 그때 산을 내려온 구대문파
제자들의 무공은 가히 충격적이었다.

풍문에 따르면 전쟁이 끝난 후 구대문파의 장문인들이 서
명한 무림첩 한 장이 금화선부에 도착했다고 한다.

금화선부가 입을 꼭 다무는 바람에 정확한 내용은 알 수 없
지만, 십년 혈겁의 원인이 되었던 아들의 죽음과 사사로운 복
수를 위해 상계를 움직여 무림방파들을 좌지우지한 것에 대
한 추궁이었을 거라는 추측이 많았다.

말이 좋아 추궁이지, 구대문파의 장문인들이 서명을 했을
정도면 사실상 경고에 가깝다. 함부로 준동하지 말라는 경고.

상계의 지원이 절실한 속가문파들과 달리 유불선(儒佛仙)
의 종교에 기반한 곳이 대부분인 구대문파의 경우 신심(信心)

깊은 양민이나 부호의 헌금이 많았다.

때문에 그들은 상대적으로 상계의 영향력으로부터 자유로 웠으며 금화선부의 눈치를 볼 이유가 없었다.

그런 차에 대망혈제회가 다시 나타났다는 소문이 돌았으니 금화선부의 입장에서는 얼씨구나 하고 본색을 드러낼 수밖에.

설강도는 어쩌면 구대문파 장문인들의 경고가 어쩌면 상왕의 자존심을 자극해 더욱 섬서 무림을 일통하고 싶게 만들었지도 모르겠다는 생각이 들었다.

충분히 가능한 일이었다.

천하제일의 부호가 된 인물이고 보면 그릇 또한 작지 않을 터, 구대문파의 경고를 받자 내 언젠가 네놈들을 내 발아래 꿇리겠다는 생각을 가질 수도 있지 않겠는가.

여기까지 생각이 미치자 문득 또 다른 걱정이 앞섰다. 북검맹이 무림을 통틀어 가장 큰 단일세력이라고는 하나 대륙의 동쪽 끄트머리에 거점을 두고 있다는 지리적 한계가 있었다.

거기에 주축을 이루는 사대세가가 이른바 강동삼성의 패자들이고, 그들과 종횡으로 엮여 맹도가 된 사람들 역시 강동삼성 출신이 대부분이었다. 이런 이유로 강호인들은 북검맹을 백도무림을 대표하는 유일무이한 세력으로 인정하지 않았다.

또한 사천성 성도에는 사천성과 운남성에 지대한 영향력을 행사하는 남악련이 버티고 있었다. 이에 강호인들은 북검맹과 남악련을 일컬어 강동 무림과 강서 무림을 대표하는 양대세력이라고 했다.

여기에 새롭게 섬서 무림을 대표하는 연맹이 탄생하면 무림은 순식간에 삼패(三覇)로 나뉜다. 대망혈제회의 준동을 앞두고 힘을 하나로 똘똘 뭉쳐도 모자랄 판에 여기저기서 군웅이 할거하다니. 설강도는 이건 뭔가 아니라는 생각이 들었다.

"한데 북검맹에는 왜 초청장을 보낸 거지?"

"그건 건악이한테 물어보는 게 빠를 거야."

남궁휘가 백건악에게로 공을 넘겼다.

남궁휘의 말이 맞다.

무림에서 일어나는 일들을 분석하고 상대의 의중을 간파하는 일이라면 백건악이 최고다. 설강도는 고개를 홱 꺾어 백건악을 노려보았다.

백건악의 입이 천천히 열렸다.

"북검맹이 백도무림을 대표하지는 않지만 현재로선 무림을 통틀어 가장 큰 세력이긴 하지. 그들은 북검맹과 상호 대등한 위치에서 동맹을 맺음으로써 자신들의 정당성을 확보하려는 것 같아."

"대등한 위치? 섬서 무림에 그만한 저력이 있을까? 백번 양

보해서 하필 금화선부를 중심으로 섬서 무림인들이 뭉친다는 게 말이 돼? 아닌 말로 삼십 년 전, 그 혈겁이 일어난 것도 그 집안의 색마놈 때문이 아니었나? 사마외도 아니라 누구라도 만삭의 아내가 살해당하면 복수를 하는 게 당연해."

"시작은 분명 잘못되었지만 결과는 꼭 나쁘다고만 할 수 없지. 금화선부에서 상계를 움직여 엄청난 재물과 군량을 제공하는 바람에 대대적인 사마외도 소탕작전이 벌어졌으니까. 무림방파들만으로는 어림도 없던 일이었지."

"그래서 세상이 나아졌나?"

"달라지지 않는다고 두고만 볼 수는 없잖아."

"난 금화선부 놈들는 믿을 수 없다는 말을 하는 거야. 무림인도 아닌 상왕이 섬서 무림인들을 병풍처럼 세우고 거들먹거리는 것도 보기 싫고. 북검맹이 왜 그들의 장단에 맞춰 춤을 춰야 하지?"

"북검맹에서 소비하는 재정의 칠 할이 강동삼성의 상계로부터 나온다. 강동삼성의 상계를 망하게 할 수도, 흥하게 할 수도 있는 곳이 금화선부이고."

"북검맹이 아니라 사대공신가의 재정이겠지."

"그 재정으로 북검맹이 먹고산다."

설강도는 한순간 말문이 막혔다.

사대공신가가 북검맹을 좌지우지 하는 게 사실이지만 그

들의 강력한 재정적 출자 때문에 북검맹이 돌아가는 것 또한 사실이다. 이래서 금력이 무서운 거다.

"그렇다고 해도 북검맹이 금화선부에 머리를 조아릴 순 없어."

"염려 마라. 그 점에 관해선 맹주님이나 성라원의 장로들이나 생각이 같으시니까. 그래서 우리가 가는 거고."

다시 남궁휘가 말했다.

'우리가 가는 거다' 라는 말의 정확한 뜻을 이해 못한 설강도는 어리둥절한 표정을 지었다.

"금화선부에서 북검맹으로 초청장을 보낼 때는 맹주님이나 성라원의 장로 몇 분이 오시길 바랐겠지. 그래야 부주의 면도 서고, 새로 탄생하는 연맹체와 북검맹이 대등한 관계라는 것도 대외적으로 과시할 수 있을 테니까."

빙소소가 다음 말을 이었다.

"하지만 정작 가는 사람들은 사대공신가의 후예들로 구성된 일개 조(組)이지요. 체면을 세워주면서도 사실은 금화선부를 북검맹과 대등한 관계로 인정하지는 않겠다는 생각들이신 거죠."

마지막으로 구양소문이 다음 말을 이었다.

"저런 걸 다 일일이 말을 해줘야 알아듣나. 답답하다. 답답해."

구양소문의 한마디에 사람들이 피식피식 웃음을 터뜨렸다. 이건 뭐, 하는 말마다 죄다 헛다리를 짚는 격이다. 뻘쭘해진 설강도는 아예 말문을 닫아 버렸다.

* * *

해가 머리 위로 떠오를 때쯤 흑풍조는 커다란 담장을 마주하고 섰다. 동서를 시원하게 달리는 담장의 높이는 무려 삼 장, 양끝을 한눈에 담을 수 없는 그 담장 너머로 하늘을 찌를 듯이 솟은 전각군이 보였다.

금화선부였다.

정문 앞에는 일부러 그런 자들만 골랐는지 기골이 장대한 수십 명의 무인들이 삼엄한 경계를 펼치고 있었다. 다시 멀지 않은 곳에서는 몇몇의 인물들이 금화선부를 찾은 사람들에 대한 꼼꼼한 검문이 이루어지고 있었다.

금화선부에서 제법 많은 인원을 배치했음에도 불구하고 쉬지 않고 몰려드는 무림인들로 말미암아 정문 앞은 북새통을 이루었다.

무림방파에서 대표단을 꾸려왔는지 동일한 복색을 지닌 자들도 보였고, 홀로 병기를 메고 찾아온 이들도 보였다. 그런가 하면 도중에서 만나 의기투합을 한 것처럼 삼삼오오 짝을 지어 들어가는 광경도 보였다. 하나같이 용 같고 범 같은 기도를 풍기는 것이 섬서 무림인들의 기개를 엿보는 것 같았다.

"금화선부의 위세가 대단하군."

백건악이 말했다.

남궁휘는 가볍게 웃고는 말을 재촉했다.

여섯 필의 말이 정문 가까이 다가가자 사람들이 수군거리면서 일제히 흑풍조에게로 시선을 던졌다. 섬서에서는 좀처럼 보기 어려운 강남인들의 복장인데다 말을 탄 사람들이 대월도를 든 거한을 제외하고는 하나같이 빙기옥골(氷肌玉骨)의 선남선녀들이었기 때문이다. 게다가 전신에서 뿜어져 나오는 저 정순한 기도란······.

이윽고 정문 앞에 이르자 남궁휘와 다섯 명의 조원들과 함께 말에서 내려 차례를 기다렸다. 다들 줄을 서서 기다리는 처지에 멀리서 왔다는 이유만으로 절차를 무시할 수는 없는 일이다.

그러자 사람들이 웅성거리기 시작했다. 뭔가 대단한 문파의 제자들이 찾아온 줄 알았는데 별거 아닌 모양이라는 식이었다. 하지만 그런 관심마저도 곧 사라졌다. 때를 맞춰 대로의 끝에서부터 다섯 필의 말이 뿌연 먼지를 일으키며 달려왔기 때문이다.

거리가 가까워지면서 말을 탄 사람들의 용모도 점점 뚜렷하게 보이기 시작했다. 그들은 삼남이녀의 젊은 무인들이었는데 하나같이 뛰어난 용모에 왠지 모를 강건한 기도를 풍겼다.

그리고 검이 있었다.

유행이라도 되는지 저마다 보옥으로 치장한 검을 허리에 패용했는데 말을 달리면서 수실이 흔들리는 모습이 그렇게 멋들어질 수가 없었다.

북검남도(北劍南刀)라는 말도 있거니와 북무림은 대대로 검도명문이 많았다. 그 말은 검도의 고수들을 많이 배출했다는 말과도 일맥상통했다.

복장도 그렇고 용모도 그렇고, 모든 게 예사롭지 않더라니 금화선부로 들어가기 위해 줄을 선 사람들 사이에서 우렁찬 한 마디가 터져 나왔다.

"섬서오룡(陜西五龍)이다!"

섬서오룡은 섬서를 중심으로 한 서북일대에서 크게 협명을 떨치고 있는 다섯 명의 신진고수들을 일컫는 말이었다.

자고로 뿌리가 튼튼한 나무가 실한 열매를 맺는 법, 그 배경도 하나같이 대단해서 금화선부, 철산검문(鐵山劍門), 대호문(大呼門), 개산일문(開山一門), 청검문(淸劍門)이 바로 그들 섬서오룡의 사문이었다.

섬서오룡이라는 말이 떨어지기 무섭게 사람들이 크게 술렁이기 시작했다. 말로만 듣던 섬서오룡을 눈앞에서 보게 되자 감개가 무량한 모양, 금화선부에 들어가기 위해 줄을 서서 기다리던 젊은 무림인들은 남녀 구분할 것 없이 섬서오룡을 조금이라도 가까이에서 보기 위해 앞사람들을 비집고 나왔다. 그 바람에 정문 앞이 한순간 아수라장이 되었다.

때를 맞춰 수문무사들이 정문이 활짝 열어젖혔다. 섬서오룡은 정문 앞에 이르자 자신들을 흠모하는 후기지수들의 소망은 아랑곳하지 않은 채 그대로 말을 타고 정문을 통과해 버릴 기세였다.

그때 선두에서 달리던 한 사람이 갑자기 고삐를 힘차게 잡아 당겼다. 달리던 말이 앞발을 높이 치켜들고는 그 자리에 우뚝 멈춰 섰다. 뒤를 따르던 네 필의 말이 우르르 부딪히나 했더니 천만의 말씀, 네 필의 말도 마치 하나인 것처럼 똑같이 멈춰 섰다.

전속력으로 달리지는 않았으나 제법 속도가 나던 터였다. 그런 상황에서 꽁무니를 바짝 따르던 말 다섯 필이 정확하게 멈춘다는 건 보통 비범한 기마술이 아니었다.

사람들이 파도처럼 술렁거리는 가운데 선두에 있던 사내가 말머리를 돌려 행렬의 끝에 있던 흑풍조에게로 다가왔다. 그는 잠시 고개를 갸웃거리고는 남궁휘를 향해 이렇게 말했다.

"혹, 남궁세가에서 오지 않으셨소?"

남궁세가라면 남직예의 패주를 자처한다는 그 남궁세가? 사람들은 느닷없이 튀어 나온 한마디에 사내와 남궁휘를 번갈아 보며 또다시 술렁이기 시작했다.

"오랜만입니다. 벽 공자."

남궁휘가 말 잔등을 올려다보며 포권지례를 했다.

"이런, 남궁휘 공자가 맞구려!"

사내는 금화선부의 삼대독자 경혼검(驚魂劍) 벽사룡이었다.

금화선부는 삼십 년 전의 혈사로 대가 끊겼는데 어떻게 벽사룡이 태어난 걸까?

여기에는 또 그만한 사정이 있었다.

삼십 년 전 유일한 아들 벽위학이 죽은 이후 금화선부의 부주 벽금성은 모두가 알다시피 수백의 무림방파를 동원해 독수광의와 그 잔당들을 추격해 소탕했다.

그리고 십 년이 흐른 후, 마침내 동사한 독수광의의 시체를 발견하고 기나긴 복수행에 종지부를 찍었지만 벽금성은 여전히 분이 풀리지 않았다.

억만금의 재물이 있으면 무엇할 것이며, 황제가 부럽지 않은 권력이 있으면 무엇할 것인가. 가문의 대가 끊어진 것에 대한 상실감은 어떤 것으로도 채워지지 않았다.

그는 술로 세월을 보냈다.

그러던 어느 날 아끼던 책사로부터 한 가지 이상한 말을 듣게 되었다.

"십여 년 전, 그러니까 대공자께서 횡액을 당하시기 이전에 어떤 창기가 대공자의 아이를 배었다는 풍문이 은밀히 돌고 있습니다. 소신이 풍문의 진원을 알아보았더니 기루가 몰려 있는 위남(渭南)의 어느 홍루가(紅樓街)에서 흘러나온 말인 듯합니다."

위남은 장안에서 백 리 정도 떨어진 곳에 있는 소도시로 벽위학이 아버지의 감시를 피해 자주 음행을 즐기러 가던 곳이었다.

귀가 번쩍 뜨인 벽금성은 추종술(追從術)에 관한 한 최고라 불리는 자 일백을 모아 기녀를 찾게 했다. 그리고 일 년 후, 위남에서 오백 리 정도 떨어진 산서의 어느 벽촌에서 마침내 문제의 기녀를 찾았다. 그녀는 열한 살가량의 사내아이를 낳아 기르고 있었다.

억만금의 재산을 물려받을 용혈(龍血)을 찾는 일이다. 어찌 함부로 결정을 내릴 수 있을 것인가. 벽금성은 기녀의 내력을 역추적했다.

그러자 아들 박위학이 십 년 전 한동안 빠져 지내던 위남

사향루(麝香樓)의 기녀였으며, 그녀가 바로 박위학의 아이를 가졌다는 소문의 주인공이라는 사실이 밝혀졌다.

사실 그 무렵 벽위학은 유력한 가문의 영애와 혼례를 치르기로 약조가 되어 있었다. 한데 천한 기녀가 자신의 아이를 가졌다는 사실을 알게 되자 수하를 보내 기녀를 없애 버리려 했고, 기녀는 아이를 지키기 위해 필사적으로 도망쳐 지금까지 숨어 지냈다는 사실이 추가로 밝혀졌다.

벽금성은 마침내 아이를 만났다.

사내아이는 생전의 벽위학과 말투나 버릇, 걸음걸이, 식성이 똑같았다. 심지어 벽 씨 가문의 사내들에게 공통적으로 나타나는 엉덩이의 반점도 있었다.

하지만 벽위학과는 다른 것이 한 가지 있었다.

근건 총명함이었다.

아이는 불과 열한 살의 나이에 사서삼경(四書三經)을 줄줄 외웠고, 전장에서 돌아가신 아버지처럼 훌륭한 무관이 되겠다며 십팔반무예까지 두루 섭렵하고 있었다. 기녀가 아이를 지키기 위해 아버지의 신분을 꾸며낸 모양, 아이의 비범함에 감탄한 벽위학은 자신의 핏줄이 확실하다고 결론을 내렸다.

벽위학이 여기저기 씨를 뿌리고 다닌 것이 처음으로 고맙게 여겨지는 순간이었다.

그 아이가 바로 벽사룡이었다.

어렵게 대를 잇게 된 벽금성은 보잘것없는 무공 때문에 죽은 벽위학을 거울삼아 손자를 강하게 키우기로 결심했다. 가장 먼저 한 것은 양기가 충만한 날을 받아 벌모세수를 시킨 것이었다.

벌모세수를 통해 무공수련에 적합한 체질로 바꾼 이후에도 온갖 영약으로 내공을 다지는 한편, 세상의 이름난 고수란 고수는 죄다 초빙해 벽사룡을 가르치게 했다. 어떤 때는 객당에 무려 일곱이나 되는 무림의 고수들이 머무르는 경우도 있었다.

그렇게 가르친 세월이 벌써 이십여 년, 벽사룡은 어느새 후기지수의 차원을 넘어 북무림을 진동시키는 신진고수의 대열에 들어섰다. 그는 금력의 힘으로 키워낸 괴물이었다.

그런 벽사룡을 중심으로 섬서 무림의 후기지수들이 뭉치는 것은 너무나 자연스러운 일이었다. 창랑사우는 석년에 강호를 종횡하다 하남의 어느 객점에서 우연히 벽사룡과 조우해 반나절 술을 마신 인연으로 어느 정도 안면이 있었다.

"그간 잘 지내셨습니까, 벽 공자?"

백건악이 앞으로 나서며 포권을 했다.

벽사룡은 백건악뿐만 아니라 적인명, 구양소문, 그리고 빙소소의 존재까지도 이미 눈치채고 있었지만 모르는 척 시치미를 떼고 있다가 백건악이 먼저 인사를 건네자 비로소 반색을 하며 말했다.

"이런, 창랑사우가 모두 함께 오셨군요. 빙 소저께서는 여전히 아름다우십니다."

적인명은 언제나 그렇듯 무심한 표정으로 짧고 간략하게, 구양소문은 마지못해 포권을 쥐어 보였다. 반면에 빙소소는 얼굴 가득 미소를 머금고 답례를 했다.

"벽 공자께서야말로 그사이 기도가 더욱 출중해지신 것 같습니다."

"하하하."

벽사룡은 겸연쩍다는 듯 대소를 터뜨렸다.

한편 설강도는 어리둥절하기 짝이 없었다.

창랑사우와 벽사룡이 어떻게 안면이 있는 걸까? 창랑사우는 그렇다 쳐도 빙소소는 또 저 밥맛없는 녀석을 어떻게 아는 걸까? 그러다 벽사룡이 빙소소의 용모를 칭찬하자 저도 모르게 은근한 부아가 돋았다.

"귀하는 천검문의 설강도 공자이시지요?"

벽사룡이 설강도를 내려다보며 불쑥 물었다.

'이 자식이 나는 또 어떻게 알지?'

"반갑소이다. 설강도라고 하외다."

"벽사룡입니다."

벽사룡은 이어 섬서오룡을 불러다 한 명씩 소개를 시켰다.

건장한 체격에 호방한 인상을 지닌 사내가 철산검문(鐵山劍門)의 이정, 작고 날렵한 체격에 각진 턱을 지닌 사내가 청검문(淸劍門) 사공찬, 장대한 기골에 부릅뜬 호목이 인상적인 사내가 개산일문(開山一門) 위종산이었다.

두 명의 여자도 소개를 했는데 하늘거리는 비단옷에 백설처럼 투명한 피부를 지닌 여자가 은하검문(銀河劍門) 위지약, 다리의 곡선이 훤히 드러나는 가죽바지에 짧은 소궁을 등에 멘 여자가 이화문(離火門) 조려려라고 했다.

좋고 싫음을 감추지 못하는 구양소문은 위지약과 조려려의 빼어난 용모에 눈이 튀어나올 것처럼 커졌다.

남궁휘도, 백건악도, 적인명도, 설강도도 속내는 마찬가지였다. 말은 하지 않았지만 하나같이 속으로 감탄을 금치 못했다. 세상에 아름답다 아름답다 해도 저렇게 아름다울 수가.

인사가 대충 끝나자 벽사룡이 남궁휘에게 물었다.

"한데 다른 분들은 어디에 계시는지요?"

북검맹주까지는 아니더라도 맹주를 대신할 성라원의 장로들 중 누군가를 창랑사우가 호위하며 왔다고 생각하는 모양이었다. 남궁휘는 전혀 당황한 기색 없이 차분하게 말했다.

"저희가 전부입니다."

벽사룡은 한순간 당황한 듯했지만 얼른 신색을 고치며 말했다.

"잘 오셨습니다. 노인네들께서 좀 섭섭해하시겠지만 저로서는 오히려 잘되었습니다. 어차피 십 년 후면 무림의 주인은 우리가 되지 않겠습니까? 언제 돌아가실지 모르는 어르신들을 뵙는 것보다야 강동 무림의 젊은 영웅들과 교분을 나누는 것이 훨씬 즐거운 일이지요. 오늘은 젊은 사람들끼리 코가 삐뚤어지도록 한 번 마셔보십시다."

흑풍조는 저마다 불편한 기색을 감추지 못했다.

섬서 무림의 명숙들을 노인네들이라고 칭하는 거야 농담이라고 쳐도, 북검맹의 장로들을 언제 죽을지 모르는 어르신이라고 하는 건 장난으로 받아주기엔 지나치다.

게다가 어차피 십 년 후면 무림의 주인은 우리가 될 것이라니. 틀린 말은 아니지만 너무 시건방지지 않은가.

배알이 뒤틀린 구양소문과 설강도가 한마디를 하려는데 벽사룡이 정문을 향해 돌아보며 일성을 터뜨렸다.

"정문을 활짝 열어라! 북검맹에서 귀빈들이 오셨다!"

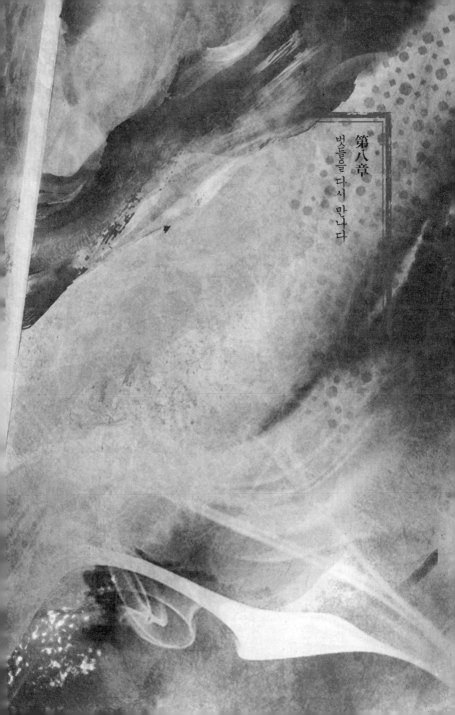

第八章

벗들을 다시 만나다

  섬서오룡과 창랑사우가 안으로 사라지고 난 직후 또 한 필의 말이 금화선부의 정문을 향해 먼지를 일으키며 달려왔다. 달려오는 속도가 예사롭지 않은 탓에 사람들의 시선이 일제히 대로를 향했다.

  잠시 후, 거리가 가까워지면서 사람들은 놀란 표정을 감추지 못했다. 마상의 인물이 너무나 인상적이었기 때문이다. 거칠게 틀어 묶은 머리카락도 야성적이었지만, 특히 펄럭이는 피풍의 사이로 슬쩍슬쩍 드러나는 근육이 어찌나 우람한지 소도 때려잡을 것 같았다.

사내는 좀처럼 속도를 줄이지 않더니 정문 앞에 이르자 갑자기 훌쩍 뛰어내리더니 오른팔을 활짝 벌려 말의 목을 끌어안으며 강제로 세웠다. 놀란 말이 크게 울부짖으며 우뚝 멈춰서며 먼지가 뿌옇게 일어났다. 사람들은 사내의 무지막지한 힘에 너나할 것 없이 입을 쩍 벌렸다.

사내는 말을 멈추기가 무섭게 정문을 향해 휘적휘적 걸어갔다. 그 기세가 어찌나 험악한지 수문무사들은 흡사 적이라도 나타난 것처럼 일제히 검을 뽑아 들었다.

"웬 놈이냐!"

"상왕을 뵈러 왔습니다."

"신분을 밝혀라!"

"장개산이라고 합니다."

장개산이 뒤늦게 포권의 예를 갖추었다.

그에게 신분을 밝히라는 말은 곧 통성명을 하자는 뜻이었다. 자신의 행동으로 말미암아 수문무사들을 놀란 것도 충분히 이해가 가는 바, 이제라도 정식으로 인사를 한 것이다.

"잠시만 기다리시오."

생각지 않은 장개산의 정중한 태도에 수문무사도 적의가 조금 수그러졌다. 그가 고갯짓을 하자 또 다른 수문무사가 장부를 열심히 뒤지며 무언가를 찾기 시작했다.

두추옥이 내어준 말은 반나절을 달려도, 달려도 지치는 법이 없었다. 하지만 제아무리 명마라고 해도 뼈와 살로 이루어진 이상 한계가 있는 법, 장개산은 반나절마다 일 다경씩 쉬어가며 말을 달렸다. 사흘째 되던 날 아침 마침내 장안부에 당도했다. 그러곤 곧장 금화선부로 찾아온 길이었다. 한데 왜 이렇게 많은 사람들이 줄을 서고 있는 걸까?

"금화선부에 무슨 일이 있습니까?"

장개산이 수문무사에게 물었다.

"섬서 무림인들이 회동하는 날이잖소. 머지않아 금화선부를 중심으로 섬서 무림을 하나로 아우르는 연맹체가 탄생할 거외다."

수문무사는 마치 큰 자랑이라도 되는 듯 어깨에 힘을 주었다. 장개산은 매우 놀랐다. 만검산장으로 가기 전 섬서를 지나갔지만 그런 얘기는 금시초문이었다.

대망혈제회가 호시탐탐 기회를 노리고 있는 와중에 섬서의 무림인들이 금화선부를 중심으로 연맹을 만든다는 건 결코 우연이 아니다. 필시 놈들의 준동에 위협을 느꼈으리라. 하지만 그 위험이 얼마나 가까이 다가와 있는 줄은 꿈에도 모를 것이다.

장부를 모두 뒤진 수문무사가 고개를 갸웃거리며 물었다.

"미안하오만 어느 문파의 제자시오?"

"제종산문의 십칠대 제자입니다."

"제종산문? 섬서에 그런 문파도 있나?"

"섬서가 아니라 광동에 있습니다."

"광동? 혹시 초청장을 가지고 왔소?"

대화가 어딘지 모르게 살짝 어긋나고 있음을 깨달은 수문무사가 초청장의 유무를 물었다. 그제야 장개산은 수문무사가 장부를 뒤진 이유를 깨달았다.

"없습니다."

"초청장이 없으면 들어갈 수 없소!"

불청객임을 확인한 수문무사는 딱 잘라 말했다.

장개산은 그 옛날 북검맹으로 들어가던 때가 생각났다. 그때도 추천서가 없는 바람에 어지간히도 애를 먹었는데, 여기서 또 같은 상황이 벌어질 줄이야.

하지만 지금은 그때와 다른 것이 한 가지 있었다. 그땐 맹도가 되어야 하는 탓에 눈치를 보아야 했지만 지금은 그럴 필요가 전혀 없었다.

"금화선부가 멸문지화를 당해도 좋소?"

장개산의 말투가 평대로 변했다.

수문무사는 이 말을 협박으로 받아들였다.

누구라도 그럴 수밖에 없었다.

차차차창!

수십 명의 수문무사들이 일제히 장검을 뽑아 들었다. 금화선부로 들어가기 위해 줄을 서서 기다리던 사람들 역시 섬서의 무림인들이었다. 누군가 금화선부를 위협한다면 곧 섬서무림의 적, 병기를 뽑는 소리가 벼락처럼 이어진다 싶더니 눈 깜짝할 사이에 백여 명의 무인들이 장개산을 첩첩이 에워쌌다.

"무슨 일이냐!"

날카로운 외침과 함께 안쪽으로부터 한 사람이 걸어 나왔다. 사십 줄에 장검을 비껴 찬 그가 나타나자 수문무사들이 일제히 옆으로 물러났다. 그는 사람들을 제치고 와 장개산을 마주하고 서며 물었다.

"누군데 소란을 피우는 게요?"

"상왕을 뵈러 왔소."

"누군지 모르나……."

장년인의 말이 갑자기 끊어졌다.

그의 귓속으로 장개산의 전음이 파고들었기 때문이다.

[대망혈제회가 금화선부를 노리고 있소.]

                    *   *   *

초청장을 가지고 오지 않은 탓인지, 아니면 상왕이 무명소졸에게는 좀처럼 독대를 허락하지 않는 탓인지 모르지만 그를 만나는 절차는 매우 복잡하고도 지루했다.

객당으로 안내되고 난 이후에도 무려 한 시진을 기다린 후에야 장개산은 비로소 상왕을 만나러 갈 수 있었다.

황궁의 어느 건물을 그대로 옮겨 놓은 듯한 커다란 전각의 회랑을 한참이나 걸은 끝에 도착한 내실은 화려함의 극치를 이루었다.

가장 눈에 띄는 것은 대가들의 그림으로 장식한 벽면과 그 벽면을 배경으로 놓여 있는 황금 태사의였다. 두 마리의 용이 등받이를 따라 꿈틀거리며 오르는 태사의에는 커다란 백호의 가죽이 깔려 있고, 그 위에 한 사람이 앉아 있었다.

구순이나 되었을까?

황제나 입을 법한 용포를 걸치고 지그시 굽어보는 그의 얼굴은 줄줄 흘러내리는 주름과 앙상한 광대뼈로 말미암아 도통 생기라곤 찾아볼 수 없었다.

하지만 움푹 들어간 동공 속에 자리한 등잔불 같은 안광만큼은 여전히 살아 있어 지난날의 총기가 어떠했는지를 말해 주었다. 그가 바로 금화선부의 부주이자 대륙 제일의 거상이라는 상왕 벽금성이었다.

다시 그의 앞에는 남북으로 길게 뻗은 탁자가 놓여 있었다. 거대한 홍옥을 그대로 깎아 만든 탁자의 길이는 대략 오 장, 온갖 산해진미가 가득한 그 탁자의 양쪽에 예사롭지 않은 복색과 기도를 뿜어내는 남녀노소 서른 명이 마주보고 앉아 만찬을 즐기는 중이었다.

장개산의 등장에 흥겹던 분위기가 식으며 모두의 시선이 쏠렸다. 그 순간 누군가가 '억!' 소리를 내며 벌떡 일어났다. 그러곤 장개산을 향해 손가락으로 찌를 듯이 가리키며 소리쳤다.

"너!"

그는 설강도였다.

설강도의 곁에는 남궁휘, 백건악, 적인명, 구양소문이 앉아 있었다. 그들의 얼굴 역시 죽은 아버지가 살아 돌아오기라도 한 것처럼 얼굴이 딱딱하게 굳었다.

가장 놀란 사람은 빙소소였다.

그녀는 사색이 되었다.

장개산은 장개산대로 어리둥절했다.

창랑사우와 빙소소를 여기서 만나게 될 줄이야.

'저 녀석들이 여긴 웬일이지?'

"아는 사람이십니까?"

벽사룡이 맞은편에 앉아 있는 남궁휘에게 물었다.

"한때 북검맹에 있던 사람입니다."

"한때라면 지금은 아니란 말씀인가요?"

"그렇습니다."

벽사룡은 더 묻지 않았다.

사람들은 저 야수와도 같은 사내와 북검맹 사이에 무언가 사정이 있음을 간파했다. 한때 북검맹도였으나 지금은 아니라는 말은 곧 파맹을 당했거나 스스로 탈맹을 했다는 뜻이 아니겠는가.

어떤 쪽이든 그 속사정이 아름다울 리 없다. 벽사룡도 그걸 알기에 더는 캐묻지 않는 것이고.

그때 태사의에 앉아 있던 벽금성이 입을 열었다.

"이름이 무엇인가?"

늙은이의 쇠약한 음성이었지만 항거하기 어려운 힘이 서려 있었다. 평생을 사람들 위에서 군림해 온 자만이 뿜어낼 수 있는 위엄이리라.

설강도는 묻고 싶은 게 한두 가지가 아니었지만 벽금성이 갑자기 장개산에게 하문을 하고 나서는 바람에 입을 꼭 다물고 자리에 앉을 수밖에 없었다.

"장개산입니다."

"장개산? 혹 일 년 전 북검맹이 운중동을 기습할 당시 선봉에 서서 사마외도들의 간담을 서늘케 했다는 그 젊은 영웅이 아니시오?"

갑자기 끼어든 사람은 벽사룡이었다.

"사실보다 과장되었군요."

좌중이 술렁이기 시작했다.

지금 이 자리에 모인 사람들은 모두 섬서 무림의 명숙들이었다. 자연히 보통의 무림인들보다는 많은 정보를 보고 받는다.

그들은 항주의 북검맹이 운중동을 기습, 그곳에 웅크리고 있던 사마외도들을 일망타진할 당시 크게 활약을 했다는 한젊은 맹도의 이름을 들은 적 있었다.

그러나 이미 일 년 전의 일인데다 항주와 이곳 섬서는 대륙의 양끝에 위치할 정도로 먼 탓에 풍문으로 들었던 이름도 이제는 가물가물했다. 그런 차에 벽사룡이 다시 한 번 그때의 일과 이름을 언급하자 비로소 눈앞에 있는 저 야수와도 같은 사내가 누구인지를 알아차렸다.

벽금성은 착 가라앉은 표정으로 장개산을 응시했다. 사실이 자리는 먼 길을 온 섬서 무림의 명숙들에게 감사의 뜻을 전하기 위해 조촐하게 마련한 만찬이었다.

한창 만찬이 이어지던 와중에 총관으로부터 북검맹에서 여섯 명의 사절단이 왔다는 말을 들었다. 그는 반가운 마음에 북검맹에서 온 사절단 모두를 곧장 만찬회장으로 모시라고 했다. 한데 막상 만찬회장으로 온 사절단의 면면을 보고는 실망을 금할 수가 없었다.

유성검 이병학이야 천하가 인정하는 무적의 검사이니 그

렇다 쳐도, 성라원의 장로들 몇 명은 와야 하는 게 아닌가.

한데 일개 별동대라니. 그 조원들이 제아무리 사대공신가의 후예들이라고는 하나 결국은 애들이다. 이는 금화선부를 무시한 처사인 것은 물론 장차 탄생하게 될 섬서 무림맹을 북검맹과 대등한 세력으로 인정하지도 않겠다는 뜻이었다.

그런 차에 이제는 또 한때 북검맹도였다는 자가 찾아왔다. 게다가 저 녀석은 앞을 가로막는 수문장에게 대범하게도 자신과의 독대를 요청했다고 한다. 북검맹의 실세라는 남궁유룡의 아들 녀석도 성에 차지 않거늘 감히 족보도 없는 천둥벌거숭이 따위가……

"대망혈제회에 대해 하고 싶은 말이 있다고?"

벽금성이 물었다.

이 한마디가 좌중의 술렁거림을 일시에 종식시켰다. 공기가 무겁게 가라앉은 가운데 모두의 시선이 벽금성과 장개산은 번갈아 향했다.

"대망혈제회가 금화선부를 노리고 있습니다."

"대망혈제회의 준동이야 이미 짐작하고 있던 것이고, 그들이 금화선부를 노린다고 하는 근거가 있는 겐가?"

장개산은 삼강촌에서 있었던 일을 시작으로 근자에 진령에서 위명을 떨치고 있는 폭룡채라는 녹림도가 실은 대망혈제회의 별동대였으며, 중원무림을 일통하기 위해 속도를 장악하려 했다는 사실을 짧고 간략하게 설명했다.

설명이 이어질수록 좌중은 더욱 고요해졌고, 마침내 모두 끝냈을 때는 얼음장처럼 차갑고 무거운 공기가 내실을 가득 채웠다.

"그들이 대망혈제회의 잔당이라는 증거가 있나?"

좌방에 앉아 있던 노인이 물었다.

짧은 사지에 피둥피둥 살이 오른 몸뚱어리를 지닌 그는 섬서성을 대표하는 사대 검도명문 중 한곳인 철산검문(鐵山劍門)의 문주 이정록이었다. 볼품없는 외모와 달리 섬서성 최강의 검사라 불리는 검의 달인이 바로 그였다.

금화선부와는 오랜 우군으로 삼십 년 전의 혈사 때에는 무려 일백의 고수들로 추격대를 꾸려 동정호로 달려갔을 정도였다.

"채주로부터 자백을 받았습니다."

"그렇다면 우리는 두 가지를 믿어야겠군. 매소랑이라는 산적 놈의 자백이 사실이라는 것과 자네의 얘기가 사실이라는 것."

"저를 의심하는 것입니까?"

장개산의 눈썹이 꿈틀했다.

"오해하지 말게. 무릇 범은 폭우에도 함부로 엉덩이를 옮기지 않는 법. 확실한 증거가 있기 전에는 우리도 병력을 움직일 수 없다는 뜻일세."

만약 이 말을 전한 사람이 무림의 명숙이었어도 저렇게 나올까? 아닐 것이다. 장개산은 저들이 사람보다는 명성을 따지는 부류라는 걸 알 수 있었다.

"매소랑이 촉도검왕을 죽일 때 쓴 장법이 백골소혼장이었습니다. 제가 아는 한 당금 강호에서 백골소혼장을 익힌 자는 한 명밖에 없지요. 매소랑은 한때 사천회의 회주였던 야신의 제자입니다."

이 한마디는 좌중을 다시 얼음장으로 만들기에 충분했다. 장개산에 대한 신뢰는 둘째 치고라도 백골소혼장까지 언급할 정도라면 이는 가볍게 넘길 사안이 아니었다.

한편, 설강도와 창랑사우, 그리고 빙소소는 장개산이 빙소화의 복수를 하기 위해 아직도 야신을 추격 중이라는 사실을 알 수 있었다. 대체 빙소화가 그에게 무엇이었기에 저토록 집착하는 걸까.

"그들이 왜 하필 금화선부를 노린다는 거지?"

또 다른 노인이 물었다.

자그마한 체구에 뾰족한 하관이 인상적인 그는 철산검문과 쌍벽을 이루는 검도명문 청검문(淸劍門)의 문주 사통후였다.

"병술적 유리함과 구원(舊怨)에 대한 복수 때문입니다. 장안은 고대로부터 이어져 온 동서교역로의 도착점인 동시에 촉도가 시작되는 출발점이기도 하지요. 그들은 동서교역로를 타고 와 장안부의 금화선부를 격파한 후 촉도를 타고 사천무림으로 쳐들어갈 생각인 것 같습니다. 침공로를 이렇게 잡은 것은 삼십 년 전 혈사가 바로 이곳 금화선부에서 비롯되었기 때문이죠.”

“어디서 주둥아리를 함부로 놀리는 게냐!”

세 번째 노인이 불호령을 터뜨렸다.

칠순을 헤아리는 나이에도 불구하고 건장한 체격에 강인한 인상을 지닌 금화선부의 전폭적인 지지를 받아 새롭게 떠오르고 있는 신흥문파 개산일문(開山一門)의 문주 위지룡이었다.

그는 삼십 년 전의 혈사가 금화선부에서 비롯되었다는 말에 극도로 분노했다. 이는 금화선부가 마치 혈사를 일으킨 장본인이라도 되는 듯한 말이 아닌가.

그 말이 불편한 것은 비단 위지룡만은 아니어서 벽금성을 비롯한 장내에 있는 모든 섬서 무림의 명숙들이 굳은 표정을 지었다.

“제 말이 잘못되었습니까?”

장개산이 위지룡에게로 고개를 꺾으며 물었다. 차갑게 노려보는 두 눈에 서늘한 안광이 담겼다. 무림인들간의 대화에서는 작은 분위기로도 큰 의미를 주고받는 법이다. 장개산의 태도에서 적의를 느낀 위지룡은 호목을 부릅떴다.

그때 사통후가 말을 가로챘다.

"자네의 말에는 어폐가 있군. 삼십 년 전의 혈사가 일어난 것은 독수광의가 섬서 무림의 후기지수들을 독살했기 때문일세. 그 시작을 금화선부에서 찾는 것은 무리한 해석일세."

"노강호께서 아시는 것과 제가 아는 것이 조금 다른 듯하군요. 독수광의가 독수를 쓴 건 금화선부의 혈족이 만삭이 된 그의 아내를 겁간한 후 수장시켜 버렸기 때문이 아니었습니까. 사마외도가 아니어도 그런 일을 당하고 참을 인간은 없지요."

쾅!

"저런 시건방진 놈을 봤나! 네놈이 북검맹의 위세를 믿지 않았다면 그런 터무니없는 어깃장을 부리지는 않을 터, 내 개산일문의 명예를 걸고 맹세코 이 일을 좌시하지 않겠노라!"

위지룡이 주먹으로 탁자를 내려치며 일갈을 터뜨렸다. 그는 마치 상왕과 금화선부의 호법이라도 된 것처럼 굴었다. 상왕의 돈으로 오늘의 개산일문을 일구었으니 입장이 어느 정도 이해는 간다만 조금 심하지 않는가.

사실 장개산도 이렇게까지 직설적으로 말할 생각은 없었다. 한데 무림의 명숙이라는 사람들의 작태가 참으로 한심하지 않은가. 자신은 선의를 갖고 금화선부에 위험을 알리러 왔거늘, 고맙다고 술을 내오지는 못할망정 아직 자리도 권하지 않은 채 할퀴어 대기 바쁘다.

게다가 북검맹을 나왔다고 분명히 말을 했거늘, 아전인수(我田引水)격으로 북검맹까지 끌어다 붙이는 건 또 무슨 심보인가.

이는 사실 북검맹에서 장로단이 아닌 일개 별동대가 온 것에 대해 다들 속이 부글부글 끓던 중 그 화가 위지룡의 입을 통해 장개산에게로 튄 것이다. 그렇다고 해도 억지스럽긴 했지만, 그 사실을 까맣게 모르는 장개산은 위지룡의 졸렬함에 치를 떨었다.

그때 남궁휘가 조용히 일어서더니 좌중의 노강호들을 향해 두어 차례 포권을 한 후 입을 열었다.

"북검맹 흑풍조 조장 남궁휘입니다. 후배, 무림의 여러 명숙들과 말을 섞기에는 까마득한 항렬입니다만, 오늘은 후기지수가 아닌 북검맹을 대표해 왔기로 한 말씀 올리지 않을 수가 없군요."

남궁휘는 장개산을 잠시 일별하고는 다시 위지룡에게로 고개를 돌리며 말했다.

"분명히 말씀드리거니와 장개산은 일 년 전, 스스로 북검맹을 떠나 이제는 북검맹도가 아닙니다. 하여 그가 한 말을 북검맹과 연관짓는 것은, 나아가 좌시하지 않겠다 하심은 지나친 말씀이라고 사료됩니다. 철회해 주십시오."

"보자보자 하니 가관이로군. 네가 이 자리에 앉아 있으니 뭐라도 된 줄 아는 모양이구나. 도대체 북검맹에서는 맹도들을 어떻게 가르쳤기에 하나같이 저 모양인고!"

위지룡이 이번엔 남궁휘를 호통쳤다.

백건악, 적인명, 구양소문, 설강도, 빙소소는 눈썹을 파르르 떨었다. 남궁휘의 말은 하나도 틀리지 않았고, 태도 또한 지극히 공손했다. 한데 돌아오는 대답은 너무나 치욕적이었다. 이는 천 리 길을 온 손님에 대한 예가 아니다.

남궁휘는 눈썹 하나 까딱하지 않은 채 다시 물었다.

"철회하지 않으시겠다는 말씀이십니까?"

"무어라!"

"그게 섬서 무림인들의 공식적인 입장입니까?"

남궁휘는 앞서와 달리 허리를 똑바로 펴고 좌중의 노강호들을 쓸어 보았다. 만의 하나 그렇다면 이대로 돌아가 당신들의 생각과 입장을 북검맹에 전달하겠다는 듯, 북검맹은 당신들을 하나도 두려워하지 않는다는 듯.

"북검맹 흑풍조의 명성이 무림을 진동시킨다는 얘기는 들었다만 이 정도일 줄은 몰랐구나. 일개 조장의 위세가 이 정도인데 천목산에 있는 늙은이들은 어떠할꼬. 하긴 그랬으니 너희 같은 풋내 나는 것들을 사절단으로 보내왔겠지!"

다분히 억지스런 위지룡의 언행에 몇몇 노강호들이 인상을 찌푸렸다. 상왕의 비위를 맞추기 위해 저렇게 발벗고 나서는 걸 모르지는 않으나 정도가 좀 심하지 않은가.

저러니 섬서 무림인들이 위지룡을 일컬어 금화선부의 호법원주라고 하지.

하지만 위지룡의 어깃장과는 별개로 고개를 뻣뻣이 들고 할 말을 내뱉는 남궁휘의 태도가 불편한 건 사실이었다. 남궁유룡의 핏줄이자 강호를 떨어 울리는 후기지수라고는 하나 지금 이 자리에 모인 노강호들에 비하면 명성으로나 무공으로나 올챙이가 아닌가.

그때 남궁휘의 맞은편으로부터 나직한 음성이 흘러나왔다.

"철회를 하시지요."

모두의 시선이 소리가 난 곳으로 쏠렸다.

벽사룡이 천천히 고개를 들고 있었다.

위지룡이 두 눈을 휩떴다.

"소 부주……!"

"그렇게 하십시오."

"하지만 저들의 행동이 참으로 오만방자하지 않소이까?"

그 순간, 장개산은 어찌나 어이가 없는지 속으로 실소를 터뜨릴 수밖에 없었다. 남궁휘와 벽사룡의 나이는 겨우 두어 살 차이다.

남궁휘에게 막말까지 섞어가며 하대를 하던 그가 벽사룡은 마치 작은 주군을 모시듯 깍듯하기 그지없었다. 돈이 힘이 이토록 무서울 줄이야.

"그렇게… 하시는 게 좋겠습니다."

벽사룡이 살짝 힘주어 말했다.

얼굴이 시뻘겋게 달아오른 위지룡은 어쩔 줄을 몰라 했다. 그러나 한 차례 입술을 핥고는 남궁휘를 향해 내뱉듯 한마디를 툭 던졌다.

"내가 지나쳤네."

"문주님의 배려에 감사드립니다. 혹여 제 언사에 지나침이 있었다면 이는 북검맹의 입장을 대변하느라 그리된 것이니 넓은 아량으로 헤아려 주시기 바랍니다."

남궁휘도 공손히 포권지례를 하고는 다시 자리에 앉았다.

그때 정체 모를 여인이 내실로 들어섰다.

마흔 살이나 되었을까? 화려한 궁장에 보옥이 요란하게 박힌 금잠으로 쪽을 지었는데 적지 않은 나이에도 불구하고 아름다운 자태가 흘렀다. 여인이 등장하자 탁자를 가운데 두고 앉아 있던 이십여 명의 노강호들과 섬서오룡, 그리고 북검맹에서 온 흑풍조가 일제히 일어나며 그녀를 맞았다.

반응이 없는 사람이라곤 내실에 들어온 지 일 다경이 넘도록 입구 쪽에 서 있는 장개산과 처음부터 태사의에 앉아 있던 벽금성뿐이었다.

여인은 벽금성에게 다소곳하게 허리를 숙였다.

"네가 어쩐 일이더냐?"

"작년 뒤뜰에 묻어둔 죽엽청(竹葉靑)이 마침 잘 익었기로 귀한 손님들이 오셨다기에 대접해 드릴까 해서 조금 가져왔습니다. 혹, 긴한 말씀을 나누시는데 소부(小婦)가 방해를 한 건 아닌지요?"

"마침 술이 떨어졌는데 잘됐군. 어서 내어 드리거라."

말이 떨어지기 무섭게 소반을 받쳐 든 아리따운 시비들이 줄지어 들어와 사람들 앞에 백자 호리병을 하나씩 내려놓기 시작했다. 아리따운 여인의 등장에 이어 죽엽청의 향긋한 주향까지 감돌자 냉랭하던 분위기도 다소 누그러졌다.

강남에서는 그다지 귀한 줄 모르고 마시는 술이 죽엽청이라지만 질 좋은 대나무 보기가 쉽지 않은 이곳, 장안에서는 제대로 된 죽엽청을 맛보기가 어려웠다.

게다가 저 여인이 해마다 어린 죽엽을 구해 딱 열 동이씩만 남는다는 죽엽청은 어지간히 귀한 손님이 오지 않는 한 함부로 내놓지 않는 것으로 유명했다.

어쩌다 죽엽청을 내놓을 때에도 시비를 시켜 한 병 가져다

주는 것이 전부였다. 그런 차에 여인이 직접 죽엽청을 내오니 노강호들은 모두 극진한 대접을 받는 것 같아 기분이 몹시 좋아졌다.

"가부(家婦)의 술 빚는 솜씨가 예사롭지 않다는 말은 내 진즉에 들었지만, 오늘에서야 비로소 맛을 보게 되는군요."

"그러게 말씀입니다. 그윽한 주향이 감도는 걸 보니 벌써부터 내공이 느껴집니다그려."

이정록과 사통후가 한마디씩 덕담을 던지자 분위기가 조금 더 누그러졌다.

"거친 아녀자의 손으로 빚은 것이라 조악하기 짝이 없습니다. 맛없다 나무라지나 않으실지 걱정됩니다."

여자는 미소를 지으며 다소곳하게 겸양을 했다.

그윽한 눈망울이며 나긋나긋하게 떨어지는 음성에서 청량하면서도 고귀한 기품이 느껴졌다. 그 모습이 묘하게도 사람의 마음을 흔들었다. 목련처럼 노골적이고 천박한 교태를 흘리는 것이 아니라 벚꽃처럼 은은한 향기를 풍긴달까?

순간 장개산은 이 여인의 정체를 알아차렸다.

'청화부인(淸華婦人)!'

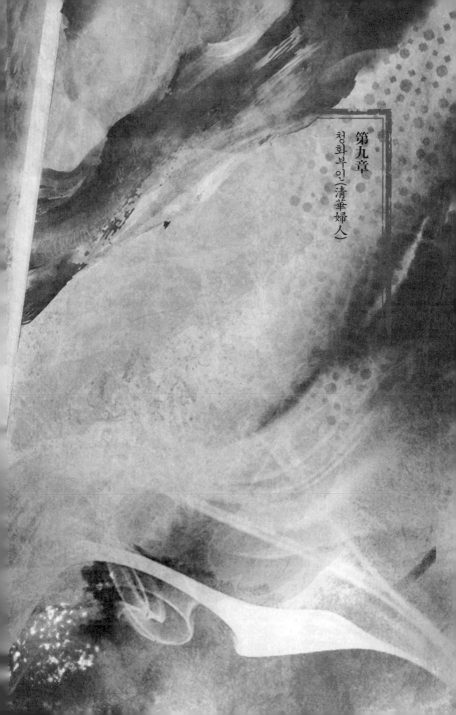

第九章
청화부인(淸華婦人)

여인은 벽사룡의 어미이자 벽금성으로 하여금 끊어질 뻔한 대를 잇게 해준 며느리 윤 씨였다.

장개산은 몰랐지만 벽위학의 아이를 낳아 길렀다는 이유로 하루아침에 금화선부의 며느리가 된 그녀도 처음엔 뒷방 신세를 면치 못했다. 천한 기녀 출신이라는 낙인이 따라다녔기 때문이었다.

심지어 금화선부에서 일하는 시비들이 윤 씨를 두고 생전 벽위학과 어울렸던 벗들은 물론이거니와 금화선부의 무사들 중 상당수가 그녀를 품어 보았을 거라고 수군거렸다.

이쯤 되면 벽금성도 난감하지 않을 수 없다.

대를 잇게 해준 거야 고맙기 그지없지만 금화선부의 며느리가 천한 기녀 출신이라는 건 그의 체면을 크게 떨어뜨리는 일이었다.

결국 벽금성은 세간을 마련해 주어 따로 살게 하기로 결정했다. 그날 밤 어린 벽사룡이 벽금성의 처소를 찾았다. 벽사룡은 다짜고짜 준비해 온 비수를 탁자 위에 올려놓고는 이렇게 말했다.

"자식은 어미의 피와 살점을 받아 태어난다 했습니다. 한낱 미물도 어미가 늙으면 곁을 떠나지 않는 법이거늘, 인간의 탈을 쓰고 어찌 어미를 버릴 수가 있겠습니까? 조부께서 어머니를 내쫓으신다면 저는 이 자리에서 자결을 하겠습니다."

놀란 벽금성은 어떻게 했으면 좋겠냐고 물었다.

그러자 벽사룡은 이렇게 말했다.

"부모의 치욕을 참는 것은 자식된 도리가 아닌 법, 삿된 언사를 일삼는 자들을 찾아내어 모조리 목을 쳐주십시오."

조부 앞에 비수를 놓아두고 자결하겠다고 협박을 하는 것이나, 어미가 당한 치욕을 씻기 위해 사람들을 죽여 달라고 하는 것이나, 도저히 열한 살짜리 아이의 입에서 나올 말이 아니다.

하지만 이런 대범함과 결단력이 벽금성은 오히려 마음에

들었다. 벽사룡은 장차 금화선부를 이끌 용혈, 이만한 배포는 있어야 하지 않겠는가. 죽은 아들은 심신이 허약한 데다 주색에만 빠져 근심이 이만저만이 아니었는데, 손자 녀석은 이토록 강건하다. 딱 자신의 어린 시절이지 않은가.

크게 흡족한 벽금성은 다음 날 아침 함부로 입을 나불거린 시비와 무사 서른 명을 색출해 놓고 모든 식솔이 지켜보는 앞에서 목을 쳐버렸다.

이후로는 누구도 윤 씨의 과거에 대해 이런저런 말을 하지 못했다. 결국 윤 씨는 금화선부 내에 마련된 작은 별채에서 죽은 듯 조용히 지냈다.

그리고 언제부턴가 작은 변화가 일어나기 시작했다. 별채에서 윤 씨를 모시는 시비들과 집사들, 그리고 호위무사들이 점점 그녀를 따르기 시작한 것이다. 심지어 누군가 윤 씨를 모함하려고 하자 호위무사가 칼을 뽑아 들고 베어 버리는 일까지 발생했다.

사정을 알아보니 윤 씨에겐 한 가지 남다른 재주가 있었으니 그건 상대의 마음을 얻는 것이었다. 그녀는 공(功)이 생기면 아랫사람에게로 미루었고 재물이 생기면 주저없이 나눠주었다. 그녀를 따르는 사람들은 점점 많아졌고, 사람이 많아지면서 힘도 조금씩 커졌다.

그러다 장난 삼아, 혹은 심심함을 달래려고 말 열 필을 사다가 운대산(雲台山)의 너른 초지에 풀어놓고 키웠는데 그게 그만 일 년 후 백 필로 불어나는 일대 사건이 벌어졌다.

그 무렵 벽금성의 부인 조 씨는 한창 유행하던 장질(腸窒)에 걸려 앓아누웠다. 병이 옮을까봐 시비들이 모두 가까이 가기를 꺼려하는 가운데에서도 윤 씨는 손수 속곳까지 빨아가며 지극정성으로 시어미를 봉양했다.

조 씨는 결국 죽고 말았지만, 윤 씨의 뛰어난 상재(商材)와 마음 씀씀이를 눈여겨 본 벽금성은 아내의 장례를 치르고 난 후 한 달째 되던 날 금화선부의 모든 식솔들을 모아 놓고 윤 씨에게 내당 금검고(金劍庫)의 열쇠를 넘겨주었다.

금검고는 금화선부의 안살림을 꾸리는 데 필요한 모든 재물이 들고나는 곳이었다. 이는 윤 씨를 죽은 아들 벽위학의 정실부인으로 인정하는 한편 사실상 금화선부의 안주인 자리에 올려준 것이다.

그때부터 윤 씨는 청화부인으로 불렸고, 금화선부의 공식적인 가부(家婦)로서의 행보를 시작했다. 그녀가 가장 먼저 한 일은 수로를 만드는 일이었다.

장안은 서로는 고대로부터 이어져온 동서교역로의 출발점이고, 남으로는 섬서성과 사천성을 가장 빠른 시간 안에 잇는 촉도의 출발점이다. 또한 동으로는 황하가 흘러 그야말로 사통팔달의 도시였다. 장안에서 천하제일의 거상이 탄생한 것은 우연이 아니었다.

한데 청화부인이 보기에는 한 가지 아쉬운 점이 있었으니, 그건 금화선부가 내륙에 위치한 탓에 물자가 들고 나는데 상당한 애로사항이 있다는 점이었다. 이에 청화부인은 위수(渭水)에서부터 금화선부까지 십 리에 걸쳐 수로를 팠다.

장안의 위쪽을 스치며 서에서 동으로 흘러가는 위수는 화음(華陰) 땅에 이르러 황하와 만난다. 황하는 다시 동해를 따라 흘러간다.

수로가 완공되기만 하면 동해의 배가 황하와 위수를 타고 곧장 금화선부까지 올 수 있게 된다. 금화선부에서 출발한 배가 곧장 동해로 접어 들 수도 있음은 물론이었다.

한마디로 동서 교역로와 촉도, 그리고 위수와 황하로 이어지는 교역로의 중심에 장안이 아닌 금화선부가 있게 되는 것이다.

장장 삼 년에 걸쳐 이루어졌다는 이 대역사(大役事)로 말미암아 금화선부는 재정이 휘청거릴 정도의 위기에 처했다.

하지만 수로가 완공되고 난 이후에는 모든 게 달라졌다. 금화선부는 십 년이 채 안 되어 손실을 만회하고도 남을 만큼의 엄청난 재물을 쌓았다. 재물은 계속해서 천문학적으로 불어났다.

청화부인이 벽금성의 총애를 한 몸에 받는 건 너무나 당연한 일이었다. 그렇게 십수 년이 흐르고 아들 벽사룡까지 장성한 지금, 그녀는 사실상 금화선부의 모든 대소사를 아우르는 총관이자 실질적인 안주인이 되었다. 벽금성이 살아 있기에 가부(家婦)라 불릴 뿐, 사실은 가모(家母)나 마찬가지였다.

장개산은 의아했다.

청화부인이 처음 금화선부에 들어왔을 때가 스물 어림이었다면 지금은 적게 잡아도 오십은 된 노파라는 말이 아닌가.

한데 어떻게 잘 가꾼 사십대의 용모를 유지하고 있는 걸까? 필시 온갖 영약과 재주로 가꾼 탓일 게다. 돈만 있으면 귀신도 부린다는 말이 절로 실감났다.

호리병을 모두 부러 놓은 청화부인이 공손히 읍을 하고 나가려는데 벽금성이 그녀를 불러 세웠다.

"너도 있거라."

호위무사 두 명이 봉황이 조각된 보의(寶椅)를 가져다가 벽금성으로부터 멀지 않은 곳에 놓아주었다. 청화부인이 다소곳하게 걸어가 앉자 시비 두 명이 그녀의 뒤쪽에 시립했다.

설강도는 언짢았다.

장개산은 금화선부에 위험을 알려주기 위해 검각에서 여기까지 며칠을 쉬지 않고 달려왔건만 술 한 잔 내어주는 법 없이 저렇게 세워두고만 있다.

나는 친구를 욕해도 다른 사람이 내 친구를 욕하면 분통이 터지는 게 인지상정, 장개산이 수모를 당한다고 생각하자 속이 부글부글 끓었다. 슬그머니 곁을 돌아보니 남궁휘, 백건악, 적인명, 구양소문, 빙소소도 영 마뜩치 않은 표정이었다.

여섯 사람은 금화선부가 장개산을 왜 저렇게 대접하는지 알고 있었다. 북검맹이 장로급의 인사를 보내지 않고 일개 별동대를 보낸 것에 대한 불만을 저런 식으로 표출하고 있는 것이다. 장개산은 단지 한때 북검맹의 맹도였다는 이유만으로 엉뚱하게 수모를 당하는 것이고.

그러거나 말거나 전혀 신경을 쓰지 않는 듯한 장개산의 표정이 더욱 여섯 사람의 마음을 불편하게 만들었다.

벽금성이 다시 물었다.

이번엔 장개산이 아니라 청화부인에게였다.

"젊은 무사가 이르길, 대망혈제회의 잔당들이 우리 금화선부를 몰살할 거라고 하는구나. 너는 어떻게 생각하느냐?"

"아녀자의 몸으로 강호의 일을 알면 얼마나 알겠습니까? 소부가 감당할 수 없는 하문이시옵니다."

"겸양도 지나치면 흉이 되느니라. 내가 금화선부의 모든 대소사를 너와 의논한다는 건 천하가 아는 사실, 편하게 의견을 말해 보거라."

"정히 그러시면 룡아에게 하문해 보심이 어떨는지요?"

"사룡이에게?"

"간밤에 제게 머지않아 큰 싸움이 벌어질 듯한데, 혹여 그렇더라도 염려할 것 없다며 어미를 안심시키더군요. 강호의 경험이 부족한 아이가 무얼 얼마나 알겠습니까마는, 그래도 제 딴에는 무슨 생각이 있는 모양인데 한번 들어보심이 어떨는지요?"

벽사룡의 나이 서른을 바라본다.

평생 강호에서 칼밥을 먹은 노강호들에게야 핏덩이처럼 보일지 모르지만 강호에 나가면 이미 중년의 고수다. 게다가 서북 무림을 종횡하며 협명을 쌓은 지가 십여 년이거늘 어찌 강호의 경험이 부족하다 할 수 있을 것인가.

장개산은 청화부인의 지나친 겸양에 속으로 웃음이 나왔다. 슬그머니 곁을 돌아보니 설강도도 영 속이 불편한 듯 입맛을 쩝쩝 다셨다.

"그것 좋은 생각인 걸요."

"맞습니다. 금화선부의 대공자가 과연 어떤 대안을 가지고 있을지 기대가 됩니다."

말석의 두 노강호가 주거니 받거니 알랑방귀를 뀌었다.

"말해보거라."

벽금성이 멍석을 깔아주었다.

벽사룡은 자리에서 일어나 좌중의 노강호들을 향해 두어 차례 포권을 한 후 나직하게, 하지만 한 치의 망설임도 없이 당당하게 입을 열었다.

"여러 무림의 명숙들 앞에서 후배가 좁은 식견을 피력하려니 민망하기 짝이 없습니다. 하지만 이건 이미 모두가 짐작하시는 바이고, 또한 식견이라고 할 수도 없을 정도로 당연한 것이니 부끄러움을 무릅쓰고 한마디 올리겠습니다."

말이 좀 묘하다.

식견이라고 할 수도 없을 만큼 누구나 다 아는 일을 장개산만 모르고 있다는 식이 아닌가. 벽사룡의 말이 이어졌다.

"모두 아시다시피 금화선부에는 상당한 수준의 무예를 지닌 가병(家兵) 일천이 있습니다. 이 정도면 하늘 아래 어느 문파와 견주어도 손색이 없을 만큼 강하다고 자부합니다. 그리고 오늘은 섬서 전역에서 찾아주신 무림의 형제들 일천이 있지요. 지금 이 자리에 계신 여러 선배님들을 포함해 문도들을 이끌고 찾아와 주신 일당백의 고수들까지 언급하지는 않겠습니다. 합산을 하면 지금 금화선부에는 무려 이천에 달하는 무림의 고수들이 주둔해 있습니다."

여기까지 말을 하던 벽사룡이 갑자기 남궁휘를 돌아보며 물었다.

"남궁 공자, 만약 대망혈제회 놈들이 금화선부의 이천 무림인들을 상대로 싸워 몰살이라는 수준의 승리를 하려면 얼마나 많은 병력이 필요할까요?"

설강도, 백건악, 적인명, 구양소문, 빙소소는 분개했다. 장개산이 한때 북검맹의 맹도였다는 사실을 빌미로 해서 자신들을 욕보이려는 의도가 훤히 보였기 때문이다. 한데도 남궁휘는 일체 내색을 않은 채 태연하게 말을 받았다.

"최소 두 배, 거기에 몰살이라는 수준으로 승리를 하려면 여기 있는 사람들과 대등하거나 혹은 압도할 수 있는 절정고수가 오십은 더 있어야 할 겁니다."

벽사룡은 흡족한 듯 고개를 끄덕이더니 다시 좌중을 돌아보며 말했다.

"하지만 그게 끝이 아니지요. 장 소협의 말씀을 빌리자면 놈들은 금화선부를 치고 촉도를 통해 남하해 남악련과도 일전을 겨루려 한답니다. 하면 금화선부를 몰살한 이후에도 최소 수천의 병력은 남아 있어야 할 겁니다. 그러면 애초 일만은 있어야 한다는 말인데……."

벽사룡이 이번엔 장개산을 향해 물었다.

"장 소협, 혹시 근자에 일만의 병력이 집결해 있다거나, 아니면 이동 중이라는 풍문을 들어본 적 있으십니까?"

"없소이다."

"당연히 없으시겠지요. 지금과 같은 시국에서는 일만은커녕 단 백 명만 움직여도 섬서 무림인들의 눈과 귀를 피할 수 없습니다. 하지만 대망혈제회의 움직임이 감지된 것 또한 엄연한 사실이지요. 해서 금화선부에서는 장안으로 들어오는 모든 길목은 물론이거니와 평소 사람들이 다니지 않는 산길에까지 척후병을 파견해 두었습니다. 상인이나 표사들을 막론하고 병기를 든 자가 열 명 이상 나타나면 즉각 금화선부로 보고가 들어오게 되어 있습니다. 만약 놈들이 온다면 오히려 쌍수를 들고 환영할 일이지요. 하니 여러분께서는 마음 푹 놓으시기 바랍니다."

"과연 금화선부의 대공자로고!"

"경혼검(驚魂劍)이라는 별호가 아깝지 않군!"

곳곳에서 칭찬과 함께 왁자지껄한 박수 소리가 터졌다. 칭찬과 박수는 곧 웃음으로 바뀌었다. 쓸데없는 짓을 한 장개산에 대한 조소였다.

벽사룡이 두 손을 들어 사람들을 진정시켰다.

그가 다시 우렁차게 말을 이어나갔다.

"하지만 저는 장 소협께서 괜한 말씀을 하시는 게 아니라는 걸 알고 있습니다. 금화선부를 생각해 이렇게 달려와 보고를 해주시는 마음 또한 감사하게 받겠습니다."

'보고? 저런 개호로자식이……!'

설강도가 혀로 입술을 핥으며 벽사룡을 노려보았다. 한 손은 저도 모르게 호리병 주둥이를 움켜쥔 것이 금방이라도 벽사룡의 머리통을 향해 던질 기세였다. 빙소소가 가만히 설강도의 손목을 잡았다.

"해서 제가 장 소협과 함께 북검맹에서 온 형제들을 대접할까 합니다. 젊은 사람들끼리 따로 한잔하고자 하오니 중간에 자리를 비우는 것을 여러 선배님들께서 양해해 주셨으면 합니다."

떡줄 사람은 생각지도 않는데 혼자 조청을 고고 있다. 하지만 섬서오룡을 비롯해 이 자리에 모인 무림의 명숙들은 전혀 이상하게 생각하지 않는 듯했다. 젊은 사람들끼리 잘 친해져보라는 식의 덕담이 쏟아져 나왔다.

"장 소협의 생각은 어떠신지……?"

벽사룡이 장개산을 보며 물었다.

배알이 뒤틀릴 대로 뒤틀린 흑풍조에 비해 장개산은 지금의 상황이 사실 대수롭지 않았다. 어차피 공치사를 들으려고 온 것도 아니고, 금화선부를 구하려고 온 것도 아니다.

다만 야신을 추격하는 와중에 애꿎은 생목숨들이 죽게 생겼다는 걸 알고 모른 척할 수가 없어 달려와 얘기를 해준 것뿐이다.

한데 이 노인네들을 보자니 한심하기 짝이 없다.

이들이 간과하는 게 한 가지 있었다.

그건 항주의 북검맹이 일 년이 넘도록 운중동에 웅크리고 있는 사마외도들의 존재를 몰랐다는 사실이다. 이들은 애초에 자신의 말을 들을 생각조차 하지 않았다. 벽사룡의 말이 일리가 있는 것만은 사실이었지만, 무림의 일이 어디 그렇게 자로 잰 듯 딱딱 맞아떨어진다던가.

세상에 완벽한 성벽은 없는 법, 찾아보면 분명히 어긋난 지점이 있다. 그 지점은 장개산으로서는 알 수가 없는 것이다. 금화선부의 사람이 아니고, 섬서 무림의 사정에 정통하지 않기 때문이다. 오직 본인들이 찾아야 할 답인데, 답은커녕 문제를 똑바로 바라보려고도 하지 않으니……

"고맙지만 사양하겠습니다. 그럼."

장개산은 짧은 한마디를 남겨두고는 내실을 나와 버렸다. 뒤에서 젊은 놈이 버르장머리 없다며 혀를 끌끌 차는 소리가 들려왔지만 신경 쓰지 않았다.

내실을 빠져 나온 후 회랑을 걷는데 누군가 후다닥 달려와 소맷자락을 잡아당겼다. 돌아보니 설강도가 콧구멍을 벌렁거리며 서 있었다.

"뭐하자는 거야?"

"뭐가?"

"몰라서 물어?"

"난 부잣집 도령 비위나 맞춰주고 있을 생각이 없다."

"누가 지금 초대를 거절한 걸 두고 말해? 나도 그 자식 밥맛이라고. 넌 우리가 얼마 만에 만나는지 알기나 해? 일 년 전

에는 왜 야반도주를 한 거야? 최소한 나한테는 언질이라도 있
었어야 할 거 아냐. 약란이랑 소소가 얼마나 실망했는지 알
아?"

"하나씩 물어."

"이 자식이 진짜!"

설강도가 장개산의 멱살을 와락 틀어줬었다. 장개산은 엄
지와 검지로 손목을 잡아 가볍게 비틀어 버리는 것으로 설강
도를 떼어냈다. 이어 설강도의 옆구리에 대롱대롱 매달려 있
는 검을 일별하고 말했다.

"검을 다시 잡았군."

"내가 평생 놀고먹을 줄 알았어?"

"어떻게 지냈어?"

"왜? 네놈이 없으면 내가 심심하기라도 할까봐?"

"보고 싶었다."

"……!"

설강도는 움찔했다.

만나면 턱주가리부터 한 대 쳐주려고 했는데 그새 한층 살
벌해진 녀석의 기도를 보자니 그건 못하겠다. 화라도 좀 내보
려했더니만 입가에 걸리는 녀석의 미소를 보자니 저도 모르
게 화가 스르륵 녹고 만다.

"제기랄."

"맹주님과 집법당주님은 잘 계시지?"

"말도 마라, 대망혈제회인지 뭔지 하는 놈들 때문에 눈코 뜰 새가 없으시다. 그것보다 넌 아직도 야신을 추격하고 있는 거냐? 도대체 왜 그렇게 야신에게 집착하는 거야?"

"거의 다 잡았어."

"뭐?"

"그 늙은이는 지금 장안부에 있어."

"그걸 어떻게 알아?"

"그가 느껴져."

"……!"

그때 벽사룡을 비롯한 섬서오룡과 남궁휘가 이끄는 흑풍조가 우르르 걸어나왔다. 잠시 후, 장개산은 흑풍조와 섬서오룡을 마주하고 섰다.

"오랜만이다."

남궁휘가 말했다.

갑자기 반말이다.

장개산은 처음에 의아했지만 일 년 전, 운중동을 기습할 당시 남궁휘와 나누었던 대화가 떠올랐다.

"빙소화를 구출해 이 괴상한 장원으로부터 빠져나가는 즉시 밤하늘에 폭죽을 쏘아 올리겠습니다. 그것을 신호로 장 공자는 알아서 빠져나가십시오. 우리는 우리대로 운중동을 빠져나가겠습니다. 살아서 나간다면 북검맹에서 다시 만나는 걸로 합시다. 어떻습니까?"

"좋습니다."

"한 가지 더."

"......?"

"다시 만난다면 그땐 말을 놓아도 되겠습니까? 사지로 잡혀간 벗을 구하기 위해 맹규를 무시할 수 있는 사람이라면… 나도 장공자의 벗이 되고 싶습니다만."

갑자기 북검맹을 떠나오는 바람에 까맣게 잊고 있었는데, 남궁휘는 그때의 약속을 지키려나 보다. 이 말은 곧 자신과 아직도 벗이 되고 싶다는 뜻이다.

남궁휘가 말을 놓는데 다른 사람들이 공대를 할 리 있나. 구양소문이 장개산을 쏘아보며 툭 내뱉었다.

"흥, 그동안 잘 먹었나 보네. 볼에 살이 피둥피둥 올랐는걸."

적인명은 한 손을 들어 가볍게 수인사를 했고, 백건악은 나름 격식을 갖춰 포권을 했다. 얼굴엔 살짝 미소도 걸렸다.

오직 빙소소만 고개를 옆으로 돌린 채 얼음장 같은 표정을 짓고 있었다. 말 한마디 없이 떠나버린 장개산을 용서할 수

없는 모양이었다. 장개산은 벽사룡과 섬서오룡을 일별하고
는 남궁휘에게 말했다.

"여기 얼마나 머무를 거지?"

"사흘 정도? 넌?"

"글쎄."

"묵을 곳은 정했고?"

"아직."

"장안을 떠나기 전에 한 번 들러주겠어? 아니면 우리가 너
를 찾아가도 좋고."

"봐서. 그럼 이만."

장개산은 창랑사우를 향해 가볍게 고개를 끄덕여 주고는
돌아섰다. 그러곤 아무 일 없었다는 듯 휘적휘적 걸어갔다.

설강도는 안절부절 못했다.

저 녀석 성미를 보건대 이대로 헤어지면 앞날을 기약할 수
없다. 슬쩍 빙소소를 돌아보니 눈썹이 파르르 떨리고 있었다.
녀석이 갑자기 이별을 고하자 가슴이 철렁 내려앉은 것이다.

생각 같아선 녀석을 따라가 객점으로 끌고 가고 싶지만 맹
의 명령으로 온데다, 젊은 사람들끼리 한잔하자는 벽사룡의
청을 무시하기도 껄끄럽다.

이러지도 저러지도 못하고 입술만 핥고 있는 사이 남궁휘
가 빙소소를 돌아보며 말했다.

"그와 함께 가라."

"예?"

빙소소가 놀란 눈을 치켜떴다.

"비록 탈맹을 했지만 그의 이름을 기억하는 무림인들은 아직도 그를 북검맹도로 알고 있다. 너도 보아서 알겠지? 장안에서 사고라도 치면 그 화가 북검맹에 미치지 말라는 법이 없다. 그와 함께 다니며 일거수일투족을 내게 보고해라."

앞서 위지룡이 '북검맹의 위세를 믿고' 운운했던 것을 꼬집는 말이었다.

"그걸 왜 제가……."

"우리 중 네가 그를 가장 잘 알기 때문이다."

남궁휘가 어깃장을 부리고 있다는 걸 빙소소는 모르지 않았다. 남궁휘는 자신이 장개산에게 마음이 있다는 걸 알고 그와 함께 있을 수 있도록 구실을 만들어 주려는 것이다. 다만 벽사룡이 곁에 있으니 자신을 빼내기 위해 명령의 형식을 취하는 것일 뿐.

벽사룡은 조금 전 창랑사우가 장개산에게 인사를 하는 와중에도 빙소소만은 굳은 표정으로 시선조차 맞추지 않는 걸보았다. 그러다 장개산이 냉정하게 떠나 버리자 그녀의 안색이 갑자기 어두워졌다. 그건 사랑에 빠진 여자의 표정이었다.

사실 벽사룡은 빙소소를 처음 보자마자 그 아름다운 용모와 기품에 반했다. 젊은 사람들끼리 한잔하자며 만찬회장을 빠져나온 것도 좀 더 많은 얘기를 나누고 싶어서였는데, 정작 그녀의 마음이 장개산에게 가 있다는 것을 깨닫자 크게 낙담했다.

거기다가 남궁휘까지 나서 빙소소와 장개산이 함께 있을 구실을 만들어주려 하자 실망이 이만저만이 아니었다.

벽사룡도 아는 걸 설강도가 어찌 모를까.

설강도는 남궁휘의 속 깊은 배려에 눈물이 날 정도로 고마웠다. 그는 빙소소가 들으라는 듯이 중얼거렸다.

"조장이라고 정말 별걸 다 시키는군. 그래도 명령이라면 어쩔 수 없지. 북검맹에 돌아가 치도곤을 당하지 않으려면 따를 수밖에."

남궁휘에게 면박을 주면서도 빙소소에게 명령을 따를 것을 강요하는, 그러면서 또 한편으로는 빙소소의 자존심을 세워 주려는 교묘하기 짝이 없는 한마디였다. 속이 뻔히 보이는 설강도의 말에 구양소문이 고개를 절레절레 흔들었다.

그때 빙소소가 말했다.

"차라리 치도곤을 맞겠어요."

빙소소가 이렇게까지 강하게 나올 줄 몰랐던 사람들은 깜짝 놀랐다. 남궁휘는 착 가라앉은 눈빛으로 빙소소를 쏘아 보았다.

"명령을 거역하겠다는 뜻이냐?"

"다들 그만하세요. 그는 선배들의 벗도, 북검맹의 맹도도 아닌 그냥 독보강호하는 낭인일 뿐이에요. 불과 한 달 남짓한 인연에 다들 너무 의미를 두고 계시는 것 아닌가요?"

그녀가 왜 저러는지 남궁휘는 알고 있었다.

강철벽보다 더 단단한 것이 여자의 자존감이다. 빙소소는 자신에게 한마디 말도 없이 떠난 장개산에게 마음의 상처를 입었다. 진짜로 감시하라는 게 아니라는 걸 그녀 역시 알고 있었던 것이다.

빙소소는 이어 벽사룡을 바라보며 '벽 공자님, 어서 가시죠.' 라고 말을 한 후 벽사룡이 뭐라 대답하기도 전에 먼저 걸음을 옮겨 버렸다.

사람들은 몰랐지만 벽사룡은 속으로 안도의 한숨을 내쉬었다. 그러나 겉으로는 이것 참 난감하다는 표정을 지으며 걸음을 옮겼다.

*　　　*　　　*

혹풍조는 벽사룡과 섬서오룡을 따라 금화선부를 가로질러 걸어갔다. 젊고 잘생긴 선남선녀 열 명이 장원을 가로지르자 삼삼오오 짝을 지어 담소를 나누던 섬서 무림의 젊은 고수들이 일제히 대화를 멈추고 그들을 구경했다.

벽사룡의 기도가 소문보다 출중하다느니, 과연 섬서오룡
이라느니 하는 말들이 곳곳에서 흘러나왔다. 그들의 눈동자
에 담긴 것은 선망과 경외였다.

제법 간담이 있는 자들은 조르르 달려와 벽사룡에게 통성
명을 빙자한 인사를 청했다. 그때마다 벽사룡은 한 치의 귀찮
은 기색도 없이 일일이 포권을 쥐어 보였으며, 섬서오룡을 하
나하나 소개시켜 주기까지 했다. 그러면 사람들은 감개무량
한 표정으로 돌아가곤 했다.

그 모습을 보며 설강도와 창랑사우는 섬서 일대에서 벽사
룡이 떨치는 명성이 어떠한지를 실감했다.

남궁휘는 남직예의 검도명문 남궁세가의 후예인 탓에 어
렸을 때부터 무공 외에도 많은 문화적 소양을 쌓았다. 그 중
에는 고미술품이나 정원을 보는 안목도 포함되었다.

한눈에 담을 수 없을 만큼 많은 전각을 거느린 금화선부는
궁(宮)을 방불케 했다. 연무장은 넓고 전각은 우람했으며 화
단은 아름다웠다.

그런가 하면 전각과 사이로 난 길목에는 무성한 가지를 거
느린 교목이 수십 장 간격으로 자라고 있었는데 그 수령이 작
게는 백 년에서 많게는 수백 년은 되어 보였다.

장원을 이루는 구조물들은 단지 크고 웅장한 차원을 넘어

아름다운 조화를 이루기까지 했다. 새삼 삼 금화선부의 금력이 얼마나 대단한지 실감했다.

하지만 무엇보다 남궁휘의 시선을 끈 것은 금화선부를 관통해 흐르는 인공수로였다. 폭이 이십여 장에 이르는 저 수로는 석년에 벽사룡의 생모인 청화부인이 위수(渭水)의 물을 끌어다가 만들었다는 바로 그 수로였다.

황금이 들고 나는 물길이라는 뜻에서 강호인들이 황금천(黃金川)이라 이름 지어줬다는 수로에서는 지금 이십여 척의 대형 사선(沙船)이 북을 울리며 차례로 들어오는 중이었다. 바닥이 평평하고 갑판이 넓은 사선은 운하를 통한 조운에 주로 쓰이는 선박이었다.

수로를 타고 오는 이십여 척의 사선에는 엄청난 양의 미곡과 살아 있는 황소, 돼지, 염소 그리고 정체를 알 수 없는 항아리들과 가마니들이 가득가득 실려 있었다.

"대체 저것들은 다 뭐지?"

설강도가 혼잣말을 중얼거렸다.

"먹는 건가?"

구양소문이 응수했다.

"네 눈엔 먹는 거밖에 안 보이냐?"

"아니면 말지, 발끈하기는."

"무식한 놈."

"말 다했어?"

"배고파? 더 해줘?"

"……!"

구양소문은 어금니를 빠드득 갈았다.

생각 같아선 이십 년 동안 갈고닦은 육두문자를 화끈하게 퍼부어 주고 싶지만 섬서오룡이 보고 있어 차마 그럴 수도 없다. 똑같이 놀면 북검맹 최고의 기재들이라는 창랑사우의 체면이 뭐가 되겠는가.

설강도와 구양소문이 티격태격 하는 사이 맑은 음성 한 자락이 남궁휘의 귓속으로 파고들었다.

"만찬을 위한 식재료들이랍니다."

남궁휘가 곁을 돌아보니 하늘거리는 비단 옷에 백설처럼 투명한 피부를 지닌 여자가 지척에서 걷고 있었다. 은하검문(銀河劍門) 후예 위지약이었다. 그녀가 말갛게 미소를 지으며 말을 이었다.

"지금 금화선부에는 삼천여에 달하는 무림인이 모여 있어요. 그들이 칠 주야 동안 먹고 마시려면 엄청난 양의 식재료들이 필요하지 않겠어요? 거기다 무림인들이 타고 온 말도 먹여야 하고요."

"그래도 저건 좀 많은 것 같습니다만……."

"금화선부를 찾는 손님들께 흉잡히는 일이 없도록 가장 좋은 음식으로 넉넉하게 준비해 두라는 가부의 엄명이 계셨다고 해요. 상왕의 가문에서 부족하거나 질 낮은 음식을 내놓을 수 있겠냐시며."

들고 보니 그럴 수도 있겠다 싶었다.

남궁휘는 가볍게 고개를 끄덕였다.

한편 설강도와 구양소문은 대화를 뚝 멈추고 위지약의 말을 경청했다. 두 사람은 머릿속으로 똑같은 생각했다.

'얼굴도 예쁜 것이 목소리도 어쩜 저렇게 나긋나긋할까? 품에 안으면 사르르 녹아버릴 것만 같구나.'

남궁휘는 고개를 대충 끄덕여 주고는 또다시 수로로 시선을 던졌다. 그 바람에 대화가 멈춰 버리자 위지약의 볼이 홍시처럼 발갛게 달아올랐다.

"손님 대접엔 역시 술인데 말이죠."

설강도는 이때다 싶어 말을 걸었다.

"아무렴, 술이 빠지면 쓰나."

구양소문도 거들었다.

"두 분께서는 별 걱정을 다하시는군요. 아무렴 가부께서 무림인들을 초대해 놓고 술을 준비하지 않으셨을까요. 제 짐작이 틀림없다면 저 뱃전에 실려 있는 항아리들이 중원 전역에서 올라온 술일 테니 오늘 밤은 창자가 얼얼하도록 한 번 마셔 보자고요."

느닷없이 툭 튀어나온 여자는 다리의 곡선이 훤히 드러나는 가죽바지를 입고 등에는 짧은 소궁을 등에 멘 이화문(離火門)의 후예 조려려였다. 복장이 왠지 모르게 자유분방하더라니 말투도 시원시원했다.

위지약과 조려려는 우열을 가릴 수 없을 만큼 아름다웠지만 풍기는 향취가 달랐다. 위지약이 온실 속에서 부드러운 양광을 쬐며 자란 난초라면 조려려는 풍우를 이겨내고 핀 들꽃 같았다.

남궁휘가 수로를 오르는 배에 관심을 두는 사이 백건악은 정원을 유심히 살피고 있었다. 창랑사우 중 가장 머리가 비상하고 병서에도 밝은 그는 어려서부터 각종의 검진은 물론이거니와 사물을 목적에 따라 수리적으로 배치하는 기문진에도 관심이 많았다.

세상에 아무리 많은 진법이 있다하나 결국엔 세 가지로 나눌 수 있다. 첫 번째는 사람의 눈을 희롱하여 입출로를 숨기는 것, 둘째는 입출로를 드러내 놓는 대신 각종의 기관을 매설하는 것, 셋째는 그 두 가지를 적절히 합한 것.

두 번째와 세 번째는 일견하는 것만으로 땅속까지 헤아리는 진법의 대가가 아닌 이상, 혹은 기관이 작동하지 않은 이상 알 수가 없다.

그나마 첫 번째가 진법에 어느 정도 조예가 있는 사람이라면 알 수 있는 정도다. 이때에도 진법이 펼쳐져 있다는 걸 짐작만 할 뿐, 입출로는 알 수가 없다.

일단 금화선부는 첫 번째에 해당했다.

차이가 있다면 입출로를 숨기는 것이 아니라 전각 사이로 난 골목들을 또 다른 전각이나 연못 등속의 구조물로 가닥가닥 끊어놓았다는 점이다.

이런 경우 외부에서 다수의 적이 기습하면 상왕을 비롯한 혈족이 거처하는 장원의 중심부까지 가는 동안 숱한 장애물을 만나게 된다.

자연히 시간이 지체될 수밖에 없고, 그사이 금화선부에서는 병력을 재정비해 반격에 나설 수 있다. 유사시에는 상왕과 그 혈족이 도주할 시간을 벌 수도 있다.

거기에 장원의 외각을 따라서는 성벽을 방불케 하는 높다란 담장까지 둘러져 있으니 금화선부는 한마디로 요새나 다름없었다. 대망혈제회가 들이닥치면 오히려 쌍수를 들고 환영할 일이라던 벽사룡의 말이 거짓이 아니었던 것이다.

하지만 뭔가 이상한 점이 있었다.

백건악이 슬며시 운을 뗐다.

"훌륭한 장원입니다. 규모도 웅장하지만 곳곳에 서린 옛사람의 정취와 예술성은 강남의 그 어떤 원림(園林)에서도 보지 못한 것입니다."

"과찬이십니다."

벽사룡은 가볍게 대꾸했다.

"그냥 해본 말이 아닙니다. 강호를 주유하며 적지 않은 장원을 보았다고 자부합니다만, 이처럼 훌륭한 장원은 일찍이 보지 못했습니다. 한데 사물의 배치가 예사롭지 않은 것이 왠지 모르게 고인의 흔적이 느껴집니다만……."

"어째서 그렇게 생각하십니까?"

"우선 모든 전각이 정오행(正五行)의 방위를 따라 지어졌고, 전각과 전각을 잇는 길들은 하나같이 삼합오행(三合五行)의 질서를 이룹니다. 그런가 하면 아름드리 교목은 일견 풍광을 고려해 심은 듯하나 실은 길과 전각을 중심으로 사상(四象), 팔괘(八卦), 이십사방(二十四方)의 수리를 교묘하게 비틀어 놓았군요."

"하하하, 백 공자께서 진법에 조예가 있다는 소문은 들었지만 이토록 깊으실 줄은 몰랐습니다. 맞습니다. 금화선부에는 하나의 거대한 절진이 가미되어 있습니다. 혹시 그 진법의 이름도 아시겠는지요?"

남궁휘를 비롯해 흑풍조 모두가 어리둥절한 표정을 지었다. 돈 자랑을 하고 싶은 거부가 웅장하고 화려하게만 지은 줄 알았더니 진법이 가미되어 있을 줄이야.

"제가 고인의 진명을 어찌 알겠습니다. 다만 짧은 식견으로 이만한 규모의 장원에 절진을 부려 놓을 수 있는 인물은 사귀옹(使鬼翁)밖에 없다는 건 알지요."

"……!'

사귀옹이라는 말에 설강도 등은 움찔 놀랐다.

귀신을 부리는 늙은이라는 별호처럼 그의 진법은 기이막측(奇異莫測)하기가 이를 데 없기로 유명했다. 내로라하는 무림의 방파들이 새로 장원을 짓거나 증축을 할 때면 그를 모셔다가 조언받기를 오매불망 소원했지만, 행적이 워낙 신묘하여 좀처럼 찾을 수가 없었다.

설혹 그가 사는 곳을 찾는다고 해도 얼굴을 보기가 하늘의 별 따기여서 도움은 고사하고 진법에 갇혀 식겁하기 일쑤였다.

"대단하십니다. 석년에 사귀옹을 모셔다가 삼 년에 걸쳐 개축을 했지요. 진(陣)의 이름은 팔문조화대종진(八門造化大宗陣)이라고 합니다. 이전에는 없던 진이기에 아마 생소하실 겁니다."

"확실히 처음 듣는 이름입니다."

"한데 이 팔문조화대종진에는 오행에서 탈피해 육합(六合)의 방위와 공능을 담았는데 백공자께서는 천지사방(天地四方)를 만들고 감추는 것이 무엇인지 아시겠습니까?"

"사방은 각(閣), 로(路), 목(木), 수(水)이고 천은 풍(風)이나

지는 아무리 생각해도 모르겠군요."

"지는 인(人)입니다."

순간 백건악의 얼굴이 딱딱하게 굳어지는가 싶더니 한참
을 생각한 끝에 나직한 탄성을 터뜨렸다.

"아……!"

"하하하, 오합을 찾은 것만으로도 대단하신 일이지요. 간
만에 즐거운 대화를 나누었습니다."

"저야말로 진법에 대한 벽 공자의 조예에 탄복했습니다."

그때 개산일문의 위종산이 불쑥 끼어들었다.

"조예가 있는 정도가 아니지요. 팔문조화대종진은 본시 사
룡 형님께서 초안을 만드신 거랍니다. 그 진도(陣圖)를 본 사
귀옹이 엄청난 규모와 신묘한 방위법에 흥분한 나머지 소매
를 걷고 달려온 것이고요."

"위 제는 무슨 그런 낯 뜨거운 말을 하는가. 조악하기 그지
없는 진도를 보고 사귀옹께서 죄다 뜯어고치고 바꾸었다는
걸 알면서."

벽사룡이 겸양을 했다.

"그거야 진도가 잘못되어서라기보다는 흥분한 사귀옹께서
더 현묘한 묘리를 가하느라 그런 것이지요. 사귀옹이 형님을
두고 백 년에 한번 나올까 말까한 천재라고 했던 말을 저희는
기억하고 있답니다."

"하하하, 그만하게. 손님들께서 흥을 보시지나 않을까 걱정되네."

설강도와 구양소문은 동시에 하얗게 질렸다.

사실 두 사람은 백건악과 벽사룡이 무슨 말을 하는 건지 당최 알아들 수가 없었다. 하지만 한 가지는 분명히 알았다. 백건악은 북검맹 최고의 진법가들과도 한나절 내내 각론을 펼칠 정도로 진법에 대한 조예가 깊다는 것.

한데 벽사룡이 그런 백건악과 대등한 수준에서 담론을 나누는 것으로도 모자라 팔문조화대종진을 고안했다고 하자 아연실색해질 수밖에 없었다.

기관지학이라는 게 어디 길 가다 줍는 비급이라던가. 평생에 걸쳐 익혀도 그 방면에 재능이 있지 않고서는 사람들 뒷자리나 봐주며 늙어가는 게 진법가들의 운명이다.

한데 벽사룡은 무공으로도 모자라 기관지학에도 정통한 것이다. 그것도 기관지학의 대가라는 사귀옹이 인정할 정도로.

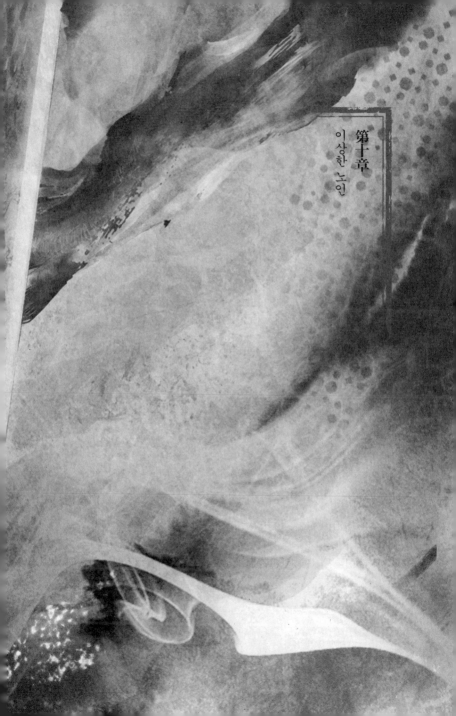

第十章

이상한 노인

수문각에 맡겨둔 말을 찾아 금화선부를 나온 장개산은 일단 장안 시내를 걸었다. 끼니를 제대로 때우지 못한 채 며칠을 달린 상황에서 만찬회장에 가득한 산해진미를 보았더니 뱃속에서 회충이 요동을 치는 것 같았다.

사람도 사람이지만 무엇보다 말이 문제였다.

만검산장에서 호위호식하며 살았을 녀석이 언제 이런 푸대접을 받아보았을 것인가. 데리고 다니면 앞으로도 제때에 밥을 챙겨주지 못할 게 분명한 터, 장개산은 장안에서 가장 번화한 마장(馬場)을 수소문해 적당한 값에 넘겼다.

그런 다음엔 한 사람을 찾기로 했다.

만검산장을 떠나기 직전 두추옥이 말한 바로 그 인물이었다.

"혹, 장안에 가서 벽에 부딪히는 일이 있으시거든 구양적(狗養的)이라는 사람을 찾으십시오. 뉘 집 개가 어떤 개와 붙어먹어서 새끼를 몇 마리 낳았는지까지 알 정도로 장안 사정에 정통한 인물이지요. 그러면 분명 도움이 될 겁니다."

두추옥은 그가 자주 출몰한다는 곳까지 일러주었다.

"주로 큰 마장 주변을 어슬렁거리는데, 이는 말을 팔고 돌아가는 사람들의 두둑한 주머니를 털기 위함이지요. 도적은 아닙니다만 노상강도나 다름없는 위인이니 각별히 조심하십시오."

장개산이 어떻게 하면 그를 알아볼 수 있겠냐고 물었을 때 두추옥은 또 이렇게 대답했다.

"행적을 종잡을 수 없는데다 하는 일에 따라 용모까지 수시로 바꾸기 때문에 그를 찾는 것은 불가능합니다. 하지만 돈 냄새를 풍기면 귀신같이 맡고 알아서 찾아올 테니 걱정하지 마십시오."

장개산은 일단 손님이 가장 많아 보이는 객점에 가서 비싼 음식과 술을 산더미처럼 시켜 먹었다. 며칠 동안 제대로 씻지도 못한데다 피풍의까지 걸친 꾀죄한 인물이 값비싼 음식을 시켜먹자 다들 어리둥절한 표정을 지었다.

특히 점소이의 표정이 볼만했다. 점소이는 행여나 음식값을 받지 못할까봐 조마조마해 하면서도 장개산의 우람한 체격과 등에 가로질러 멘 장검에 압도된 나머지 함부로 묻지도 못했다.

장개산은 음식값을 모두 치르고 난 뒤에도 시중을 들던 점소이에게 은전 한 닢을 쥐어 주었다. 처음엔 열 냥 정도를 줄까했지만, 기왕 돈 냄새를 풍기기로 한데다 열서너 살가량의 점소이가 어찌나 서투른지 왠지 모르게 측은한 생각이 들었다.

은전을 받아든 점소이의 눈이 휘둥그레졌다. 장개산의 예상대로 점소이는 이 일을 시작한 지 한 달밖에 안 된 신출내기였다. 지병을 앓는 누이동생 약값이나 벌어보자고 나선 지 한 달 만에 자신이 받는 월 삯의 열 배나 되는 돈을 받게 되자 이게 웬일이냐 싶었다.

여기저기서 밥을 먹던 사람들도 놀라는 기색이 역력했다. 후줄근한 행색의 사내가 저렇게 큰돈을 선뜻 내 줄줄은 다들 몰랐다는 얼굴이다. 점소이와 사람들의 반응에 장개산은 살짝 당황했다.

'너무 많이 줬나?'

하지만 시치미를 뚝 떼고 말했다.

기왕 시작한 김에 좀 더 냄새를 풍겨야 한다.

"여곽을 하나 추천해 다오."

"장안에서 묵으시게요?"

"그렇다."

"객방이라면 저희 객점에도 있습니다만……."

순간, 장개산은 또 한 번 당황했다.

마장 근처를 돌아다니면서 돈을 펑펑 써야 하는데 여기서 모든 걸 해결해 버리면 계획이 전부 틀어진다. 다급하게 설명을 붙인다는 게…….

"깨끗한 여곽으로 추천해 다오."

"깨끗하기로 치자면 저희 평안객점(平安客店)을 따를 곳이 없지요. 장삿속으로 하는 말이 아니라 실제로도 그렇습니다. 건물을 올린 지 일 년밖에 안 되었거든요."

"……!"

말문이 막힌 장개산은 어떻게 응수를 해야 할지 몰라 마른침을 꿀떡 삼켰다. 무림인과 싸우는 것보다 신출내기 점소이를 상대하며 돈을 쓰는 게 더 어렵게 느껴졌다.

그때 손님 중 누군가가 불쑥 말했다.

"강남의 촌놈은 말을 할 줄 모르고, 신출내기 점소이는 말귀를 알아듣지 못하니 이는 소가 고양이에게 길을 물을 보는 격이라. 아마도 해가 떨어질 때까지 소는 여물을 먹지 못하겠구나."

소리가 난 쪽으로 고개를 돌려보니 후줄근한 차림에 짝달막한 노인 하나가 이쪽을 바라보고 있었다.

육순이나 되었을까?

옷은 색색깔로 기워 넝마가 따로 없고 곁에는 제 키만 한 청려장(青藜杖:명아주로 만든 지팡이)을 비스듬히 세워 두었는데, 그에 어울리지 않게 머리 꼭대기에는 또 상투를 틀었다. 어찌 보면 거지인 것도 같고, 또 어찌 보면 청빈한 훈장이 마실을 나온 것 같기도 한 괴이한 모습이었다.

한데 노인의 알아들을 수 없는 말에 좌중에서 와자지껄한 웃음보가 터지는 게 아닌가. 오직 장개산과 점소이만 영문도 모른 채 어리둥절한 표정을 지었다.

객점 안에 있던 손님들은 장개산이 들어왔을 때부터 그에게 호기심을 느꼈다. 금화선부에서 잔치가 있는 탓인지 지금 객점 안에도 적지 않은 무림인들이 있었지만, 장개산처럼 위압적인 분위기를 자아내는 사람은 없었다.

그러다 장개산이 후줄근한 차림새에 어울리지 않게 값비

싼 음식을 주문하고, 또 점소이에게는 통 크게 은전 한 닢까지 쥐어주자 예사롭지 않은 인물일지도 모른다고 생각했다.

돈이 아무리 썩어 나간다고 해도 점소이에게 은전 한 닢을 주는 사람은 없기 때문이다. 그 정도로 돈이 많다면 처음부터 이런 곳에 오지도 않았을 테지만.

한데 정작 돈을 쥐어주고 나서 한다는 말은 겨우 '여곽을 하나 추천해 다오' 였다. 우리 객점에도 여곽이 있다는 점소이의 말에 돌아온 것은 더 걸작이어서 '깨끗한 여곽으로 추천해 다오' 였다.

이쯤 되자 사람들은 장개산의 말투와 어설픈 행동으로 미루어 강남의 어느 시골구석에서 덩치만 믿고 강호로 나온 무림초출이라고 제멋대로 해석해 버렸다.

"무슨 말씀이신지……?"

점소이가 뒤통수를 벅벅 긁으며 노인에게 물었다. 노인은 객점 안에 있는 모든 손님이 들으라는 듯 큰 소리로 말했다.

"쯧쯧쯧, 점소이는 눈치가 밥줄이거늘 저렇게 답답해서야 원. 한창 끓어오르는 나이에 타지에서 홀로 잠을 자면 아랫도리가 얼마나 뻐근하겠느냐? 색시가 있는 기루를 소개해 달라는 말을 하는 것이다. 그것도 기가 막히게 예쁜 색시가 있는 곳으로 말이다."

"그럼 처음부터 기녀가 있는 기루를 소개시켜 달라고 할 것이지 왜?"

"점소이 따위에게 은전 한 닢을 왜 주었겠느냐?"

"그건 제가 친절하게 대해서 그런 게 아닌가요?"

"어느 미친놈이 한 번 보고 말 점소이에게 친절하다는 이유로 은전 한 닢을 준다더냐. 그건 어여쁜 색시가 있는 기루를 소개해 주는 대가로 주는 구전(口錢)이니라. 앞으로는 누가 음식값 외에 제법 큰돈을 주면서 여곽을 찾거든 무조건 기루로 모시거라. 하면 기루에서 또 너에게 얼마간의 구전을 떼어 줄 것이니. 얼마나 어여쁜 기녀가 있는 곳으로 손님을 안내하느냐 하는 게 바로 점소이의 능력이니라."

"아, 그게 그런 것이군요."

"쯧쯧쯧, 눈치가 빠르면 절에 가서도 고기를 얻어먹는 법인데, 객점에서 밥을 벌어먹겠다는 녀석이 저렇게 답답해서야 원."

사실 이건 장안부뿐만이 아니라 대륙 대부분의 객점에서 통용되는 일종의 관습적 풍경이었다. 물론 장개산은 기루를 출입해 본 적이 없기에 그런 문화가 있다는 걸 까맣게 몰랐다.

또다시 왁자지껄 웃음보가 터졌다.

객점 안에는 여자들과 아이들도 많았다. 아이들은 영문을 몰라 했고, 여자들은 장개산을 향해 눈을 흘겼으며, 칼을 찬 무림인들은 장개산이 무인의 명예를 실추시키라도 한 것처럼 혀를 끌끌 찼다.

얼굴이 벌게진 장개산은 객점을 후다닥 뛰쳐나왔다. 객점을 나오고 난 뒤에도 빠른 걸음으로 한참이나 걸었다. 객점이 보이지 않게 된 후에야 비로소 걸음을 멈추고 하늘을 올려다보았다.

하늘이 노랗게 보인다.

청옥산을 나와 천일유수행을 한 지 벌써 일 년, 세상을 알기에는 여전히 짧은 시간이었지만 그래도 많은 것들을 배웠다. 이제는 제법 무림인 티가 났고, 어딜 가서도 무림초출이라는 말은 듣지 않을 정도는 되었다.

그러나 아직까지 배우지 못한 게 하나 있었는데 그건 돈을 쓰는 방법이었다. 장개산도 맛난 음식을 먹을 줄 알고 따뜻한 방에서 잘 줄 안다. 하지만 돈을 쓰려 할 때마다 청옥산의 차가운 목옥에서 홀로 푸성귀를 씹고 있을 사부를 생각하면 나왔던 돈도 도로 쏙 들어가 버렸다.

결국 오늘 같은 사달이 벌어지고 말았다.

점소이에게 은전 한 닢을 덤으로 주는 호기까지는 부렸지만 그게 무엇을 의미하는지는 까맣게 몰랐다.

'사부님께서 이 모습을 보시면 배를 잡고 구르시겠지?'

거기까지 생각이 미치자 문득 청옥산에 계실 사부님이 그리워졌다. 청옥산은 대부분의 사람들이 태어나 한 번도 눈을 보지 못하고 죽는다는 광동에 있었지만 지대가 워낙 높아 사월에도 가끔 눈이 내리는 경우가 있었다.

'겨울은 잘 넘기셨는지 모르겠구나.'

그때였다.

"여기서 뭘 하시는 겐가?"

낯익은 목소리에 움찔 놀라 뒤를 돌아보니 노인이 자신을 물끄러미 바라보고 있었다. 조금 전 평안객점에서 개망신을 주었던 바로 그 노인이었다.

"남이사 무얼 하든 무슨 상관이십니까!"

장개산은 저도 모르게 버럭 화를 내고 말았다.

"난 표쌍홍이라고 하네."

"장개……."

장개산은 천성적으로 착한 품성을 타고난 데다 사부로부터 윗사람을 공경하라는 말을 귀가 아프도록 듣고 자랐다.

노인이 너무나 태연하게 자신을 소개하자 그에 대응하여 저도 모르게 반사적으로 포권을 하던 장개산은 뒤늦게 실태를 깨닫고 움찔 멈췄다. 노인은 씨익 웃더니 한층 친근해진 음성으로 물었다.

"기루는 정했나?"

"그런 거 아닙니다."

"석년에 늙은 화상 하나가 평생을 수련해도 음심(淫心)을 이기지 못하자 동굴 속에 들어가 천일면벽수련을 시작했지. 한데 천 일이 지나도 새벽만 되면 어김없이 아랫도리가 곧추서는 걸 보고는 충격에 빠진 나머지 파계를 해버렸다네. 그때 그가 남긴 법문이 무엇인지 아는가?"

새벽마다 사내의 아랫도리가 서는 건 하늘의 조화인 걸 그게 음심과 무슨 상관이 있을 것이며, 충격으로 파계를 했다는 건 또 무슨 소리인가.

다른 걸 다 떠나 그 얘기를 지금 이 순간 왜 자신에게 해주는 건가. 장개산은 당최 무슨 말을 하는지 모르겠다는 표정으로 노인을 바라보았다.

"벌이 꽃을 찾는 마음속에 삼라만상의 조화가 있음이 확실하다. 인간이 평생 도(道)를 닦지만 그 조화를 끝내 알 수 없음 또한 확실하다. 한마디로 인간이 아무리 발버둥쳐 봐야 결국은 조물주가 만든 섭리 안이라는 거지. 가세. 내 자네에게 조물주의 섭리를 제대로 가르쳐 주지."

노인은 밑도 끝도 없는 소리를 한참이나 늘어놓더니 이제는 휙 돌아서서 앞장을 선다.

*　　　*　　　*

봉황이 수놓인 병풍이 둘러쳐진 가운데 기괴한 모습으로 뒤엉킨 남녀는 노인 표쌍홍과 매홍루(梅紅樓)의 신참기녀 앵앵이였다.

표쌍홍은 앵앵이의 옷을 속살이 훤히 비치는 나삼만 남겨 두고 모두 벗기고는 물고 빨고 만지고 주물렀다. 그 와중에도 상다리가 부러지도록 차려놓은 음식에 연거푸 손을 가져가는 신기를 보였다.

장개산이 표쌍홍을 따라온 것은 이상한 소리를 지껄이는 와중에도 입만큼은 날랜 노인인 것 같아서였다.

한데 그 결과가 이거였다.

표쌍홍은 장개산이 옆에 있든 말든, 저만치 앞에서 다소곳이 앉아 금(琴)을 뜯는 예기(芸妓)가 경멸이 담긴 눈빛을 보내든 말든, 지금이 아니면 언제 이렇게 놀아보겠냐는 듯 하늘의 섭리를 따르는데 열심이었다.

장개산의 옆에도 기녀가 세 명이나 달라붙어 온갖 교태를 부리는 중이었다. 비루해 보이기는 장개산이나 노인이나 매한가지인지라 기녀들도 처음에는 어느 쪽에 붙어 돈을 뜯어내야 할지 잘 몰랐다. 오히려 술값이나 제대로 받을 수 있을까를 걱정했다.

그러다 장개산이 은전 열 냥을 선금으로 척 내놓자 오늘의 호구가 누구인지를 깨닫고는 표쌍홍에게 신참기녀 앵앵이를 던져준 후 이렇게 셋이 한꺼번에 달라붙은 것이다.

장개산은 기녀 셋에게 둘러싸여 있고, 표쌍홍은 한 명이니 언뜻 보면 그가 손해인 듯하지만 사실 이건 표쌍홍의 전략이었다.

무릇 사내란 다른 사내의 손이 덜 탄 여자일수록 더 선호하는 법, 표쌍홍은 매화루에 앵앵이라는 기녀가 새로 왔다는 걸 알고 진작부터 호시탐탐 기회를 노렸다. 그는 앵앵이 하나만 열심히 공략하며 남의 돈으로 실컷 재미를 보았다.

장개산은 벌게진 얼굴로 술잔만 벌컥벌컥 들이켰다. 옆에서는 저 알아서 옷을 홀렁홀렁 벗어젖힌 기녀들이 경쟁적으로 속살을 부벼왔다.

어떤 기녀는 술잔을 따르는 척 젖가슴 문질러왔고, 어떤 기녀는 박속처럼 하얀 허벅지를 자꾸만 보여주며 헤실헤실 눈웃음을 쳤다. 그런가 하면 또 다른 기녀는 아까부터 귓가에 대고 고양이 소리를 내며 이상한 말을 해댔다.

"오라버니, 마음을 준 누이가 있나요? 있으면 또 어때, 동지섣달 밤 긴긴 정은 그 누이에게 주고 하룻밤 풋정은 소녀에게 주시와요. 네앵?"

산중을 맹수처럼 떠돌며 숱한 뱀과 약초를 캐먹은 장개산이다. 나이까지 한창 혈기왕성한 터에 반라의 여인들이 앞다투어 교태를 부려대니 민망함도 민망함이지만 열기가 끌어올라 어찌할 바를 몰랐다.

"그만!"

지붕이 덜썩거리는 일갈에 금을 뜯던 예기가 움찔 놀라며 나둥그라졌다. 장개산에게 달라붙어 있던 기녀들도 후두둑 떨어져 나갔다.

"왜 그러나?"

표쌍홍이 장개산을 올려다보며 물었다.

"도저히 못 있겠습니다."

"한창 흥이 오르는 중인데?"

"노인장 혼자 실컷 드십시오."

장개산은 휘적휘적 걸어 나가다가 다시 돌아와서는 기다란 천조가리에 손도 대지 않은 오리구이를 싼 다음 술 호리병까지 한 병 챙겨들고 기루를 나와 버렸다.

하늘은 높고 바람은 서늘했으며 장개산의 얼굴은 발갰다. 박속처럼 하얗던 여자 허벅지와 어깨로 슬쩍슬쩍 느껴지던 젖가슴을 생각하면 지금도 낯이 뜨거워지는 것 같았다.

장개산은 몹쓸 것이라도 들어있는 것처럼 머리를 세차게 흔들고는 품속에 손을 찔러 넣어 전낭을 만지작거려 보았다.

제법 두툼하던 전낭이 그새 홀쭉해져 있었다. 만금산장에서 받은 은전 백 냥 중 스무 냥을 써버렸으니 전낭이 홀쭉할 수밖에.

문득 청옥산을 떠나오기 전, 도회지에 나가면 삼백 냥은 하룻밤 술값으로도 모자랄 거라던 사부의 말씀이 생각났다.

그 말이 맞다.

불과 한 시진 만에 은전 스무 냥, 철전으로 환산하면 무려 이천 냥에 달하는 거금을 술값으로 날려 버렸다.

이런 미친 짓이 없다만 그래도 돈 냄새만큼은 확실하게 풍긴 셈이다. 남은 것은 표쌍홍이라는 그 노인이 호구가 나타났다고 동네방네 떠들고 다녀주기만을 바랄 뿐.

하지만 막상 밖으로 나와보니 갈 곳이 없었다. 아직은 벌건 대낮인데 벌써 여곽으로 들어가 잠을 청하기도 그렇고, 또 그렇게 시간을 허비할 수도 없었다. 장개산은 사람들이 북적이는 저자로 가서 돈을 좀 더 써볼까 하는 생각에 걸음을 옮겼다.

그때 익숙한 음성이 또 들려왔다.

"쯧쯧쯧, 아무리 경험이 없다지만 그렇게 숙맥이어서야 원. 영웅호색(英雄好色)이라는 말도 있는데 자넨 천상 삼류무인으로 전전긍긍할 팔자인 게야."

표쌍홍이었다.

그는 어느새 밖으로 나와 장개산의 뒤를 따르고 있었다. 장개산은 오만상을 찌푸린 후 황급히 걸음을 재촉했다. 표쌍홍은 바짝 따라붙으며 다시 수작을 걸어왔다.

"어디로 가는 겐가?"

"상관 마십시오."

"무공은 좀 하는가?"

"무슨 상관이십니까?"

"덩치를 보니 힘은 좀 쓸 것 같고, 쓸데없이 큰 검을 멘 걸 보니 상대를 위협할 목적으로다가 가지고 다니는 것일 뿐, 검술은 별로 고명하지 못할 것 같군."

"어디 가서 얻어맞지 않을 정도는 됩니다."

"내 술 한잔 얻어먹은 빚으로다가 한마디 해줄작시면, 그렇게 돈 냄새를 풍기며 돌아다니다간 해가 떨어지기도 전에 자네의 등엔 칼이 꽂힐 걸세. 남은 팔십 냥이라도 지키고 싶다면 지금이라도 단단히 단속을 하게."

"제 전낭에 팔십 냥이 들어 있다는 걸 어떻게 아셨습니까?"

장개산이 걸음을 우뚝 멈추고 물었다.

"아까 선금을 낸답시고 전낭을 꺼냈잖은가. 그때 척 보고 알았지. 보지도 않고 손만 넣어 열 개를 세는 걸 보아 전낭엔 모두 은전만 들었을 것이고, 두툼한 부피로 보아 한 백 냥? 그중 스무 냥을 술값으로 냈으니 지금은 팔십 냥쯤 남아 있겠구 먼. 어때, 내 말이 맞지?"

"……!"

한 번 스치듯 보는 것만으로 상대의 전낭 속에 얼마가 들었는지 정확하게 간파하다니, 정말 귀신같은 눈썰미가 아닌가. 장개산은 세상엔 정말 별 희한한 재주를 가진 사람들이 다 있다고 생각했다.

"제 걱정일랑 그만두고 갈 길이나 가십시오."

장개산이 다시 걸음을 옮겼다.

표쌍홍이 슬그머니 다가오더니 어깨를 나란히 하고 걸으며 속삭였다.

"왼쪽 회양나무 아래를 보게."

장개산이 슬쩍 고개를 돌려보니 저만치 회양나무 아래에서 피풍의로 병기를 감춘 두 명의 죽립인이 담소를 나누다가 시선을 느끼고는 이쪽을 무섭게 노려보았다. 죽립에 가려져 눈동자를 볼 수는 없지만 제법 예사롭지 않은 기도가 느껴졌다.

"저들이 왜요?"

"아까부터 자네를 따라다니고 있네. 내가 그 좋은 즐거움을 놔두고 서둘러 나온 것도 귀띔을 해주기 위해서고. 이래도 내 말을 공으로 들을 겐가?"

장개산은 조금 이상한 생각이 들었다.

자신이 돈 냄새를 풍긴 것은 평안객점에서 은 한 냥을 점소이에게 내주고 다시 조금 전 기루에서 순식간에 이십 냥을 쓴 게 전부다. 그 사이에 벌써 노상강도가 따라붙었단 말인가? 그런 일이 있지 말라는 법은 없지만 그래도 이건 너무 빠르지 않나.

그 순간 표쌍홍이 갑자기 오만상을 찌푸렸다.

장개산이 물었다.

"왜 그러십니까?"

"어쩐지 낯이 익더라니, 저 인간백정들이 장안엔 왜 나타났지?"

"아는 사람들입니까?"

"자세한 얘기는 나중에 하고, 일단 저들부터 따돌리세. 보아하니 자네 돈을 노리는 것 같은데, 어영부영 하다가는 뼈도 못 추릴 걸세."

말과 함께 표쌍홍이 갑자기 방향을 꺾어 골목으로 들어갔다. 장개산은 영문도 모른 채 얼떨결에 그를 따라갔다. 표쌍홍은 복잡하게 얽힌 골목을 한참이나 이리저리 꺾으며 잰걸음으로 달려가더니 반쯤 무너지다 만 건물 속으로 쑥 들어갔다.

그러자 목불의 잔해가 이리저리 나뒹구는 제법 큰 공간이 나타났다. 표쌍홍은 장개산을 구석에 처박아 놓고 무너져 내린 창문 틈으로 바깥을 한참이나 살피다가 말했다.

"다행히 따돌린 것 같구만."

"여긴 어딥니까?"

"한때 중으로 위장한 강간마 두 명이 부녀자들을 유인해 재미를 보려고 만든 법당일세. 염려 말게. 강간마들은 진즉에 죽었거니와 지금은 밤마다 원혼들이 출몰한다고 해서 사람들까지 발길을 끊었으니까."

그러고 보니 사방에 먼지와 거미줄이 가득했다.

"한데 아까 그들은 누굽니까?"

"사마귀같이 길쭉하게 생긴 놈이 탈혼수 모삼풍, 장비같이 우락부락하게 생긴 놈이 이름은 모르고 단지 철포라 불리는 작자일세. 자네도 귀가 있다면 폭룡채 놈들이 얼마나 흉악한지 한번쯤은 들어 보았겠지? 그놈들이 바로 그 폭룡채의 백부장들일세."

탈혼수 모삼풍과 철포는 사흘 전 그의 두목인 매소랑과 함께 만금산장에서 장개산에게 맞아 죽었다.

게다가 조금 전에 본 한 사람은 키가 크기는 하지만 탈혼수처럼 양팔이 길지도 않았고, 또 한 사람은 제법 덩치가 크다고는 하나 철포에 비하면 어린아이에 불과했다. 무엇보다 두 사람은 죽립을 깊게 눌러 썼기 때문에 얼굴을 자세히 볼 수가 없었다.

장개산은 만검산장에서 폭룡채를 몰살한 후 곧장 말을 달려 장안부로 왔기에 아직 만검산장의 혈사가 이곳까지는 전해지지 않았다.

그걸 모르는 표쌍홍이 다소 어리버리한 장개산을 무림초출이라 여기고 사기를 친 것이다. 결국 그 두 명의 죽립인도 우연히 거기 서 있다가 장개산이 자신들을 쳐다보자 함께 노려보며 눈싸움을 한 것에 불과했다.

'요것 봐라.'

第十一章

개방(丐幇)의 고수를 만나다

　장개산의 생각을 까맣게 모르는 채 표쌍홍이 계속해서 작업을 들어왔다.

　"탈혼수와 철포는 금은보화라면 사족을 못 쓰는 인간들인데, 아무래도 자네에게서 돈 냄새를 맡고 틈을 엿보는 것 같으이. 다행이 잠시 놈들의 눈을 속이긴 했지만 아마 근동을 이 잡듯이 뒤지고 다닐 걸세. 이대로 나갔다간 죽음을 면치 못할 텐데 이를 어쩐다……."

　"하면 어떻게 해야 합니까?"

　장개산은 시치미를 뚝 떼고 물었다.

"이렇게 함세. 우선 자넨 여기서 꼼짝 말고 기다리게. 하루까지는 아니어도 한 시진 정도는 충분히 놈들의 눈을 피할 수 있을 걸세. 그동안 내가 가서 인피면구와 갈아입을 옷가지들을 구해보지. 그런 다음 역용과 변복을 한 후 함께 탈출을 하세. 어떤가, 내 생각이?"

"인피면구는 돈이 많이 들겠지요?"

"구하려고만 들면 싼 것도 얼마든지 구할 수 있지. 하지만 싼 물건으로는 탈혼수와 철포의 눈을 속이기가 쉽지 않을 거라는 데 문제가 있지."

"놈들의 눈을 속일 정도로 비싼 인피면구를 구하려면 얼마나 들까요?"

"글쎄. 사나흘 시간을 두고 구하자면 은 열 냥 정도면 뒤집어쓰겠지만, 다급하게 구하려면 쉰 냥 정도는 들어야 할 걸세."

"쉰 냥이나요?"

장개산이 짐짓 놀란 척을 하자 노인은 슬그머니 한 발을 양보했다.

"너무 염려 말게. 마침 그 방면으로다가 내가 잘 아는 사람이 있으니 얼추 마흔 냥에 한번 맞춰 보겠네. 옷가지는 급한 대로 오는 길에 남의 집 담벼락에서 몇 개 걷어오면 되는 거고."

장개산이 마흔 냥을 주면 노인은 그대로 들고 튈 게 분명했다. 팔십 냥을 말하면 의심을 살까봐 욕심을 부리지 않고 적당한 선에서 미끼를 던지는 수법 좀 보소. 세상에 이런 날강도가 있을 수가.

"저 때문에 괜한 고생을 하시는군요."

"휴우, 이래서 사람은 빚지고는 못 사는 거라니까. 괜히 공술을 얻어 먹어가지고 설라무네……."

노인은 땅이 꺼져라 한숨을 쉬었다.

장개산은 웃음보가 터지려는 걸 가까스로 참았다. 정말 벗겨 먹어도 어떻게 이렇게까지 벗겨 먹을 수가 있나.

장개산은 품속에서 전낭을 꺼내 들었다. 순간 표쌍홍이 눈동자를 이글거리며 손을 뻗어왔다. 전낭이 이 손에서 저 손으로 넘어가려는 순간 장개산이 물었다.

"한데 그자들이 탈혼수와 철포가 확실합니까?"

"무슨 뜻인가?"

"제가 듣기로 탈혼수는 대쪽같이 마른 체구에 양팔이 비정상적으로 긴 장년인으로 허리춤에는 두 자루 사슬낫을 꽂아놓고 다닌다더군요. 철포는 칠 척의 거구로 부리부리한 호목에 사지가 기둥뿌리처럼 굵고 튼튼하며 오 척의 대초자곤(大梢子棍)을 어깨에 메고 다니고요. 한데 아까 저자에서 보았던 그 두 명은 탈혼수라고 하기에는 팔이 너무 짧고, 철포라고

하기에는 턱없이 작아 보였습니다. 사슬낫도, 대초자곤도 보이지 않았고요."

말을 해놓고 장개산은 어떻게 나오는지 한번 보자는 식으로 표쌍홍을 물끄러미 응시했다. 표쌍홍은 착 가라앉은 표정으로 장개산을 뚫어지게 바라보더니 슬그머니 일어나 밖으로 나가려 했다.

"어딜 가시는 겁니까?"

"욕보게."

그게 끝이었다.

사기를 치려던 게 들통 나버리자 자초지종에 대한 설명 한마디 없이, 미안하다는 사과 한마디 없이 그는 이대로 가버릴 생각이었다.

"이것 보십시오!"

화가 머리끝까지 난 장개산은 우수를 뻗어 표쌍홍의 어깨를 덥석 짚었다.

그때였다.

표쌍홍이 뒤도 돌아보지 않고 장개산의 완맥을 틀어쥐는가 싶더니 뭐가 어떻게 된 건지도 모르게 거구의 장개산이 허공으로 떠올랐다. 그러곤 어떤 묵직한 힘에 이끌려 공중에서 반 바퀴를 돈 후 땅바닥에 패대기쳐졌다.

쿵! 소리와 함께 먼지가 사방으로 피어올랐다. 그와 동시에 표쌍홍의 청려장이 훅 날아와서는 양미간의 인당혈(印堂穴)을 정확히 겨누었다. 인당혈은 사푼의 힘만으로도 숨통을 끊어 놓을 수 있는 급소 중의 급소다.

장개산은 어안이 벙벙했다.

평생 누군가를 패대기쳐 본 적은 있지만 패대기쳐진 적은 없었다. 게다가 저토록 빠른 출수라니.

표쌍홍이 착 가라앉은 음성으로 말했다.

"강제로 빼앗지 않고 순순히 보내주는 것만으로도 다행으로 여겨야지. 나쁜 놈 같잖아 내 한마디 충고를 할작시면, 강호는 너 같은 천둥벌거숭이가 힘만 믿고 설칠 만한 곳이 아니다. 지금이라도 늦지 않았으니 천수를 누리고 싶다면 고향으로 돌아가 밭이나 일구거라."

지금까지의 장난스런 기색은 온데간데없이 서늘한 한기가 느껴지는 음성이었다. 엄한 훈계를 내린 표쌍홍은 청려장을 휙 거두고는 태연자약하게 법당을 나가려 했다.

물론 순순히 보내줄 장개산이 아니었다.

장개산은 누운 상태에서 벼락처럼 튀어 올랐다. 표쌍홍의 반응은 도저히 늙은이의 그것이라 볼 수 없을 만큼 기민했다. 기척을 느낀 그는 뒤돌아서기 무섭게 청려장을 힘차게 휘둘러왔다.

하지만 그때쯤 장개산은 선풍답(旋風踏)의 수법을 발휘, 허공으로 반 장이나 솟구치고 있었다. 봉황이 날개를 펼치듯 양쪽으로 짝 벌린 두 다리 아래로 청려장이 무시무시한 파공성을 내며 지나갔다.

장개산은 긴 팔을 이용, 체공상태에서 표쌍홍의 천령개(天靈蓋)를 수도(手刀)로 힘차게 내려쳤다. 바위를 때려 그 아래 잠든 뱀을 까무러치게 만든다는 이 수법의 이름은 타암긍사(打岩蛇), 애초 반룡십팔수였던 것을 장개산이 새롭게 해석하고 살을 덧붙여 이제는 반룡십팔검이라 불리게 된 병기공의 절초였다.

본래는 검으로 펼쳐야 하지만 장개산은 표쌍홍을 정말로 죽일 생각은 없었기에 수도로 내려친 것이다. 하지만 그 기세만큼은 여전히 위력적이었다.

그 순간, 표쌍홍이 또 한 번의 신기를 보였다.

그는 청려장이 흐르는 궤적을 그대로 살려 몸을 질풍처럼 뒤집더니 반대쪽에서 올라오는 팔꿈치를 크게 휘둘렀다. 머리 위에서 수직으로 떨어지는 장개산의 수도를 팔꿈치로 쳐서 방향을 꺾어 버리려는 심산, 뻥! 소리와 함께 표쌍홍은 묵직한 경력을 느끼고 튕겨 나갔다.

몸을 비틀어 팔꿈치를 끌어 올리고 수도를 가격한 표쌍홍의 궤적은 허공에서 천령개를 내려친 장개산의 수도가 만들어 내는 궤적에 비해 훨씬 크고 길었다.

하지만 그는 장개산의 수도가 떨어지는 방향을 꺾지 못했다. 한마디로 속도로는 표쌍홍이 빨랐고, 힘으로는 장개산이 압도한 것이다.

두 사람은 삼 장의 간격을 두고 서로를 마주 보며 딱딱한 표정을 지었다. 두 사람의 머릿속에 똑같은 생각이 떠올랐다.

'예사로운 놈이 아니군!'

'예삿 노인이 아니다!'

"네놈은 누구냐?"

"언제 봤다고 이놈 저놈 하는 겁니까?"

"왜 나를 막아서는 거지?"

"전 단지 사과를 듣고 싶었을 뿐입니다."

"사과? 내가 왜? 네 놈의 돈을 빼앗은 것도 아니잖느냐?"

"칼을 뽑고 사람을 죽이려 했어도 상대의 숨통만 끊어지지 않으면 죄가 없는 겁니까?"

"날 잡아먹으라고 돈 냄새를 풍기고 다닌 건 네놈이 아니더냐. 내가 아니었어도 누군가는 네놈의 전낭을 노렸을 터, 그나마 나였기에 망정이지, 아니었다면 지금쯤 네놈의 목은 저자를 굴러다니고 있을 것이다."

"실로 뻔뻔하기 짝이 없군. 무릇 사람은 나이가 들수록 공경할 만한 점이 있어야 하거늘, 내 오늘 반드시 노인장의 그 못된 버르장머리를 고쳐 놓고야 말겠소!"

말과 함께 장개산이 양팔을 활짝 벌린 채 신형을 쏘았다. 그 모습이 흡사 커다란 날개를 펼친 독수리가 늙은 여우를 덮치는 것 같았다.

어지간한 사람이라면 압도당하고도 남을 만한 기세였지만 표쌍홍은 여전히 여유로웠다. 그는 두어 걸음을 물러남으로서 장개산의 일차 공격을 무위로 만든 다음, 청려장으로 옆구리를 맹렬하게 후려쳐 왔다. 그 속도가 가히 섬전과도 같았다.

하지만 더욱 장개산을 망연자실하게 만든 것은 청려장에 실린 경력이었다. 앞서 그가 펼친 초식들도 예사롭지 않은 경력이 느껴졌었는데 이건 그것들과는 차원이 달랐다.

실로 엄청난 내공의 소유자!

표쌍홍은 줄곧 본신의 실력을 숨기고 있었던 것이다.

쌍수를 뻗어 이미 표쌍홍의 견골을 집어가던 장개산은 자신이 무슨 기가 막힌 재주를 부리더라도 저 가공할 속도로 날아오는 청려장을 피할 수 없다는 사실을 깨달았다.

방법은 하나밖에 없었다.

격보(隔步), 바닥을 짧게 박차 속도를 높인 장개산은 표쌍홍의 전권 속으로 과감하게 뛰어들었다. 허리를 내어주고 대신 상대의 어깨를 부숴 버릴 작정이었다.

까짓 허리 한 대 맞는다고 죽는 건 아니다. 하지만 일단 상대의 양쪽 어깨를 붙잡고 나면 그 다음엔 탈탈 털어 바닥에 발라버리리라. 십중팔구 사망이요, 용케 목숨을 건진다고 해도 다시는 무공을 사용할 수 없으리라.

퍼억!

가죽북 때리는 소리와 함께 옆구리로 막중한 경력이 뚫고 들어왔다. 내장이 진탕 당하는 충격을 느끼는 순간 장개산의 쌍수는 이미 표쌍홍의 어깨를 틀어쥐었다.

그 상태에서 장개산은 표쌍홍을 공중으로 번쩍 뽑아 들려고 했다. 한데 어쩐 일인지 표쌍홍은 땅바닥에 못이라도 박힌 듯 꿈쩍을 하지 않았다.

수령 백 년의 고목을 뿌리째 뽑는 신력이다.

여태 누군가를 들어올리기로 마음을 먹고 한 번도 실패를 해본 역사가 없거늘 이 조그마한 늙은이가 대관절 무엇이관데 꿈쩍을 하지 않는단 말인가.

장개산은 머리끝이 서늘해졌다.

그사이 표쌍홍은 청령장으로 장개산의 옆구리를 연거푸 십여 대나 두들겨 왔다. 흡사 학당의 훈장이 말썽꾸러기 학동에게 회초리를 가하는 듯한 모습이었다.

퍽퍽! 소리가 요란하게 울리길 한참, 장개산은 황소에게 연거푸 옆구리를 받치는 듯한 고통을 느꼈다.

'이대로는 안 되겠어!'

장개산은 상체를 구부려 표쌍홍의 허리춤을 틀어쥐었다. 동시에 어깨로는 그의 가슴팍을 들이받으면서 그대로 밀어붙였다. 표쌍홍은 밀려나지 않게 천근추의 수법을 펼치는 한편 두 다리를 땅바닥에 굳건히 버티고 섰다.

하지만 공중으로 뽑아 올릴 때와 달리 수평으로 밀어내던 장개산의 무지막지한 힘을 견디기에는 역부족이었다. 쟁기가 밭을 갈듯 땅에 두 개의 깊숙한 고랑이 패며 표쌍홍이 주르륵 밀려났다. 머지않은 곳에 있던 석벽이 '쾅' 소리를 내며 뚫리는 순간 두 사람은 하나로 뒤엉킨 채 골목길에 나뒹굴었다.

장개산은 표쌍홍의 등이 바닥에 붙은 것을 확인하자마자 벌떡 일어나며 다시 한 번 그를 뽑아 들었다. 이번에는 표쌍홍도 더 이상 힘을 쓰지 못했다. 눈 깜짝할 사이에 표쌍홍을 허공에 번쩍 들어 올린 장개산은 천근의 경력을 실어 그대로 맞은편에 황소바위를 향해 던져 버렸다.

마지막 순간까지 얼마나 힘을 주었는지 표쌍홍의 허리춤이 투투둑 틀어지는가 싶더니 바짓가랑이가 앙상한 두 다리를 타고 주루륵 벗겨졌다.

이 한 수로 장개산은 표쌍홍의 사지가 황소바위에 떡이 되어 발릴 것을 믿어 의심치 않았다. 한데 표쌍홍은 또 한 번의 믿을 수 없는 신기를 보였다.

절체절명의 순간 몸통을 벌레처럼 오므려 팽글 돌더니 느닷없이 양발로 바위를 박차며 튕겨 오르는 게 아닌가. 장개산이 던진 힘이 어찌나 강맹했던지 표쌍홍은 박찬 바위가 쩍 하고 갈라졌다. 표쌍홍은 허공으로 무려 십수 장이나 솟구친 끝에 '쿵!' 소리를 내며 바닥으로 떨어졌다.

장개산은 머릿속이 노래질 정도였다.

지금까지 자신이 싸운 사람들 중 최강자는 단연코 야신이었다. 그때와 지금의 자신이 다르다는 걸 감안하면 저 노인네는 결코 야신의 아래가 아니었다. 오히려 내공은 야신보다 한 수 위였다. 게다가 노인을 밀어붙일 때 온몸으로 전해지던 한 줄기 웅혼한 공력이란.

'도대체 정체가 뭐지?'

그때 자신의 손에 들려 있는 표쌍홍의 바지가 보였다. 그를 집어 던지는 순간 저도 모르게 뜯어 벗겨버린 바지의 뒤집어진 허리춤에는 괴이한 물건이 숨겨져 있었다.

그건 손때가 구질구질하게 묻은 광목을 아홉 개의 매듭으로 묶은 요대였다. 구결매듭의 요대를 보는 순간 장개산은 가슴이 철렁 내려앉았다.

"용두방주(龍頭幫主)……!"

지난 일 년 동안 강호를 종횡하면서 장개산은 개방(丐幫)이라는 방파에 대해서도 귀가 따갑도록 들었다. 대륙 전역에 십만의 방도를 거느린다는 거지들의 방파, 숫자가 그렇게 많아도 정작 무공을 익힌 거지는 천여 명에 불과하고, 그나마 고수라 불릴 만한 자들은 그리 많지 않아 각자가 알아서 구걸해 먹거나 이따금 정보를 팔아서 개를 잡아먹는다는 방파가 바로 개방이었다.

그 개방의 방주를 용두방주라 부르고 구결의 매듭으로 신분을 나타낸다고 했다. 술을 광적으로 좋아하여 취선(取仙) 홍쌍표라 불린다던가. 그리고 보니 표쌍홍이라는 이름은 홍쌍표를 거꾸로 말한 것이었다.

바로 그 취선 홍쌍표가 눈앞에 나타났다.

장개산은 자신의 신력이 통하지 않았던 이유를 그제야 깨달았다. 개방의 용두방주라면 충분히 그러고도 남았다. 개방의 방주라면 한때는 구대문파의 문주들과 어깨를 나란히 하던 백도무림의 명숙, 장개산은 그가 자신에게 한 짓을 까맣게 잊고는 공손하게 포권지례를 올렸다.

"개방의 방주님이신 줄 몰라 뵙고 결례를 범했습니다."

"일단 그 바지부터 좀 던져라."

홍쌍표가 엉거주춤 앉은 상태에서 사색이 되어 말했다. 그제야 장개산은 그의 아랫도리가 지금 훌러덩 벗겨진 상태라는 걸 깨달았다. 황급히 뜯어진 바지를 던져주니 홍쌍표는 용케도 가랑이를 찾아 두 다리를 쑤셔 넣고는 비로소 장개산을 돌아보았다.

"도대체 네놈은 누구냐?"

"제종산문의 십칠대 제자 장개산입니다."

"제종산문이라……. 그런 문파도 있었나?"

"광동 청옥산에 있사옵고……."

"장개산? 항주 북검맹의 그 장개산?"

홍쌍표가 장개산의 말을 싹뚝 잘라먹으며 말했다.

장개산은 입맛이 씁쓸했다.

제종산문의 제자 장개산은 몰라도 북검맹도 장개산은 알아보는 모양이었다. 왠지 모르게 남 좋은 일만 시킨 것 같은 이 기분은 뭘까?

"지금은 북검맹도가 아닙니다."

"어쩐지 용력이 예사롭지 않더라니, 과연 듣던 대로 무지막지하구만. 하마터면 황천 갈 뻔했네. 북검맹도면 흑도의 무리도 아닐진대 손속이 어찌 그리 잔인한가?"

"그거야 노인장께서… 아니, 방주님께서 제게 사기를 쳤기 때문이 아닙니까? 개방의 형제들은 비록 구걸을 할망정 남의 뒤통수를 치지는 않는다고 들었거늘, 어찌 방주님께서 그런 기괴한 짓을 하시는 겝니까?"

"크허허허. 잘못 알고 있군. 거지는 본래가 반은 도둑놈이라네."

"……?"

"하지만 내가 자네의 은자를 탐낸 건 자네의 목숨을 구해주기 위해서였네. 그만한 돈을 들고 다니면 해가 떨어지기 전에 등에 칼을 맞는다는 말은 그냥 한 말이 아니었네. 그럴 바에야 내가 따끔하게 경고를 해주어 고향으로 쫓아 보내려 했더니만, 이제 보니 주제넘은 짓을 했군."

자기합리화를 위한 궤변이었지만 장개산은 이쯤에서 넘어가 주기로 했다. 그의 말마따나 그만한 무력을 지녔으면서 억지로 빼앗지 않은 것만으로도 최소한 큰 악의는 없었다는 뜻이 될 테니까. 결정적으로 초반 몇 초식은 장개산을 다치지 않도록 하기 위해 사정을 보아준 기색이 역력했다.

"한데 북검맹도가 여긴 어쩐 일인가?"

"전 북검맹도가 아니라고 말씀드렸습니다만."

"아아, 그건 아무래도 상관없고. 그래서 여긴 왜 왔다고?"

개방의 용두방주라면 숨기고 자시고 할 게 없었다. 게다가 개방도의 힘을 빌리면 구양적을 찾는 일이 훨씬 수월할 수도 있지 않겠는가. 장개산은 야신을 추적해 만검산장으로 간 시점에서부터 지금까지 있었던 짧고 간략하게 설명했다.

"구양적을 찾는다고?"

"그렇습니다."

"그는 왜?"

"누가 말하길, 구양적이라는 사람이 뉘 집 개가 어떤 개와 붙어먹어서 새끼를 몇 마리 낳았는지까지 알 정도로 장안 사정에 정통한 인물이라고 하더군요."

"누군지 모르나 구양적을 단 한마디로 깔끔하게 설명했군. 맞네. 장안부에서 일어나는 일 치고 그가 모르는 건 없지. 그가 모르는 일이라면 그건 장안부에서 일어나는 일이 아닐세."

"구양적을 아십니까?"

장개산은 반색을 하며 물었다.

"알지."

"하면 그를 만나게 해주실 수도 있습니까?"

홍쌍표는 대답 대신 한 손을 척 내밀었다.

장개산은 두 번도 망설이지 않고 은 열 냥을 홍쌍표의 손바닥 위에 올려놓았다. 한데 홍쌍표의 손은 거둬지지 않았다.

장개산은 가볍게 웃고는 열 냥을 더 얹어 놓았다. 무림초출인 주제에 백도무림의 명숙과 투닥거린 것이 송구스럽기도 해서 크게 인심을 쓴 것이다. 한데 홍쌍표의 손은 이번에도 거둬지지 않았다.

장개산은 조금 쓴맛을 느끼며 열 냥을 더 얹어 놓으려다 멈칫했다. 지금의 상황이 어쩐지 조금 전의 상황과 많이 닮아 있지 않은가. 장개산이 가자미눈을 뜨고 물었다.

"개방주가 확실합니까?"

"쯧쯧쯧. 이름은 속여도 무공은 못 속이는 법이라네."

그건 그렇다.

"하면 구양적이라는 사람이 어디에 있는지는 확실히 아시는 거겠지요? 혹시 들고 튀실 생각이라면……."

"내 곁에 찰싹 달라붙어 있을 생각이 아니던가?"

"만약 가짜를 내세워 구양적이라고 사기를 치시면 서로 피곤해 집니다. 미리 말씀드리건대 저는 지금까지 제 돈을 떼먹은 인간을 가만 놔둔 적이 없습니다."

장개산은 자신이 할 수 있는 한 최대한 공손하게 말했다. 사실 이런 말을 한다는 것 자체만으로도 개방의 방주쯤 되는 인물에게는 크나큰 결례였다. 하지만 그가 처음부터 사기를 친데다 거지는 반은 도둑놈이라는 말 때문에 장개산은 도저히 신뢰를 할 수가 없었다.

"그거야 어디까지나 신분이 밝혀지지 않았을 때 얘기지. 내가 사기를 치면 개방주가 사기를 쳤다고 동네방네 떠들고 다닐 터인데, 내가 미치지 않고서야 그런 멍청한 짓을 할 리가 없지 않은가? 자넨 보기보다 맹한 구석이 있군."

홍쌍표가 살짝 인상을 찌푸렸다.

듣고 보니 그렇다.

하지만 워낙 신기묘산한 노인네인지라 장개산은 마음이

놓이지 않았다. 그렇다고 달리 뾰족한 수가 있는 것도 아니니 일단은 도박을 해보기로 했다.

열 냥이 다시 올라갔다. 잠시 후 또 열 냥 그리고 또 열 냥…… 홍쌍표는 장개산을 홀라당 벗겨 먹고 나서야 비로소 손을 거두었다.

"그 전낭 계속 가지고 다닐 건가?"

홍쌍표가 텅 빈 장개산의 전낭을 가리키며 물었다. 팔십 냥을 모두 벗겨 먹은 것으로도 모자라 이제는 전낭까지 빼앗을 작정인가 보다. 어차피 돈도 없는 마당에 빈 전낭만 있으면 뭘 하겠는가. 장개산은 미련없이 전낭을 건네주었다.

"사슴가죽으로 만들었군."

홍쌍표는 전낭을 이리저리 돌려 보더니 다 떨어져 가던 자신의 전낭을 홱 뜯어 던져 버리고는 새 전낭에 은전 팔십 냥을 가득 채우고 히죽히죽 웃었다. 그러곤 다시 근엄한 표정이 되어 장개산을 돌아보며 물었다.

"그래, 구양적에게 무얼 부탁할 참인가?"

"제 짐작이 틀리지 않다면 장안부에 대망혈제회의 고수들이 침투해 있습니다. 그들의 소굴을 알아봐 달라고 할 참입니다."

"대망혈제회 놈들은 왜?"

"한 사람을 찾아 숨통을 끊어 놓기 위해섭니다."

"그가 누군가?"

"그건 구양적을 만나서 직접 얘기하겠습니다."

"그러니까 얘기하라고."

"그게 무슨……?"

"내가 바로 구양적일세."

"……!"

『십만대적검』 5권에 계속…

무정철협

무정철협

월인 新무협 판타지 소설

FANTASTIC ORIENTAL HEROES

「두령」, 「사마쌍협」, 「장흥관일」의 작가 월인
2013년 벽두를 여는 신무협이 온다!

삭초제근(削草制根)!
일단 손을 쓰면 뿌리까지 뽑아버렸다.

무정(無情)!
검을 들면 더 이상 정을 논하지 않았다.

그래서 나는 무정철협이 되었다.

진정한 협(俠)을 아는가!
여기 철혈의 사내 이한성이 있다!

「무정철협」

생존록

홍준성 퓨전 판타지 소설

FUSION FANTASTIC STORY

대한민국 평범한 청년 정우성.
어느날 합숙을 가러 집을 나섰는데,

휘이이잉-

"이, 이게 무슨……?"

눈앞에 펼쳐진 설원.
설원을 지나니 이번엔 밀림이?

보랏빛 행성이 하늘에 떠 있고 나무가 살아 움직인다.

"살아남아 반드시 지구로 돌아가리라!"

베인의 이계 생존록.
살아남기 위한 그의 처절한 노력이 시작된다.

Book Publishing CHUNGEORAM

유행이 마닌 자유추구-
WWW.chungeoram.com

이문혁 장편 소설

FUSION FANTASTIC STORY

~BONG CENTER~

PURSUER
퍼슈어

「난전무림기사」, 「마협 소운강」의 작가 이문혁
그가 그려내는 현대물의 신기원!

서울 서초구 고층 빌딩 사이에 존재하는
아는 사람만 아는 미지의 건물 봉 센터.
베일에 쌓인 그곳에 오늘도
정보에 목마른 자들이 왕래한다.

정계의 비밀부터 국가 기밀까지,
혹은 사회를 떠들썩하게 만든 사건의 정보까지!
원하는 모든 것을 찾아주나,
아무나 그곳을 찾을 수는 없다!

그대여, 이런 현대물을 본 적이 있는가!
이 세상의 어둠 속에서 숨 쉬는
또 다른 세상의 이면을 즐겨라!